絢爛！平安王朝絵巻
解き放たれた姫たち

たすきつなぎ

ものがたり百人一首

中村 博

JDC

はじめに

桐の木箱に閉じ込められた百人。
蓋を開けても　そこには
金色とは言え　四角な枠に囲まれ
立つことすらも出来ない　姫・殿・僧。
詠みにし歌も　上下（かみしも）に引き裂かれて…。

子供の頃から学生時代。
よく「カルタ遊び」をしました。
「カルタ」と言えば『百人一首』。
必死で覚えました。
「むすめふさほせ」に始まって
「カクサシ」だの「キリコロ」だの
「瀬を早み～」「ちはやぶる～」などは落語で覚えました。
しかし　意味はさっぱり。

作者の名前は少し覚えましたが
「人麻呂」「小町」「業平」「貫之」「西行」「清少納言」

「紫式部」などの名の知れた人ばかり。

後は　どんな人らや知らぬまま。

少し勉強してみようと本を買いました。


全部「天智天皇」から始まって「順徳院」で終わっている。

どうも時代順らしいが　人と人の関係が分からない。

ある歌の作者の説明で出てくる人が　離れたところで出てくる。

作者が時代の中でどう生きたか　どういう状況で詠まれた歌なのか　よく分からない。

やたらと多い「掛詞」の訳がくどくどしくて煩わしい。

そして　何よりも　人物紹介と歌の解釈に　埋めきれない大きな溝が　ポッカリと口を開けたま

まだ。
「百人の歌」の本なので〈仕方なしに歌訳が入れられている〉といった感が拭いきれない。
さながら　上の句と下の句が引き裂かれた状況を見る様に。

これはひとつ自分で試みるしかない。

との発想のもと　この本は書かれた。

①時代背景・作歌の状況を「定家」に語らせ
②作者自身の「口」で　さらに詳しい状況を
③訳は　作歌時の心情が浮かび上がるように歌心を捉えた「五七五七七」の短歌形式に
④作者同士の関連に着目し次の人に駅伝宜(よろ)しく「たすきをつなぐ」形で

そして生まれたのが
『たすきつなぎ　ものがたり百人一首』です。

見えてきた　絢爛たる平安王朝絵巻
血が通い生き生きと響く歌詠みの声
閉じ込められていた　姫・殿・僧たちの頬に朱が差し込めているではないか

たすきつなぎ　ものがたり百人一首／もくじ

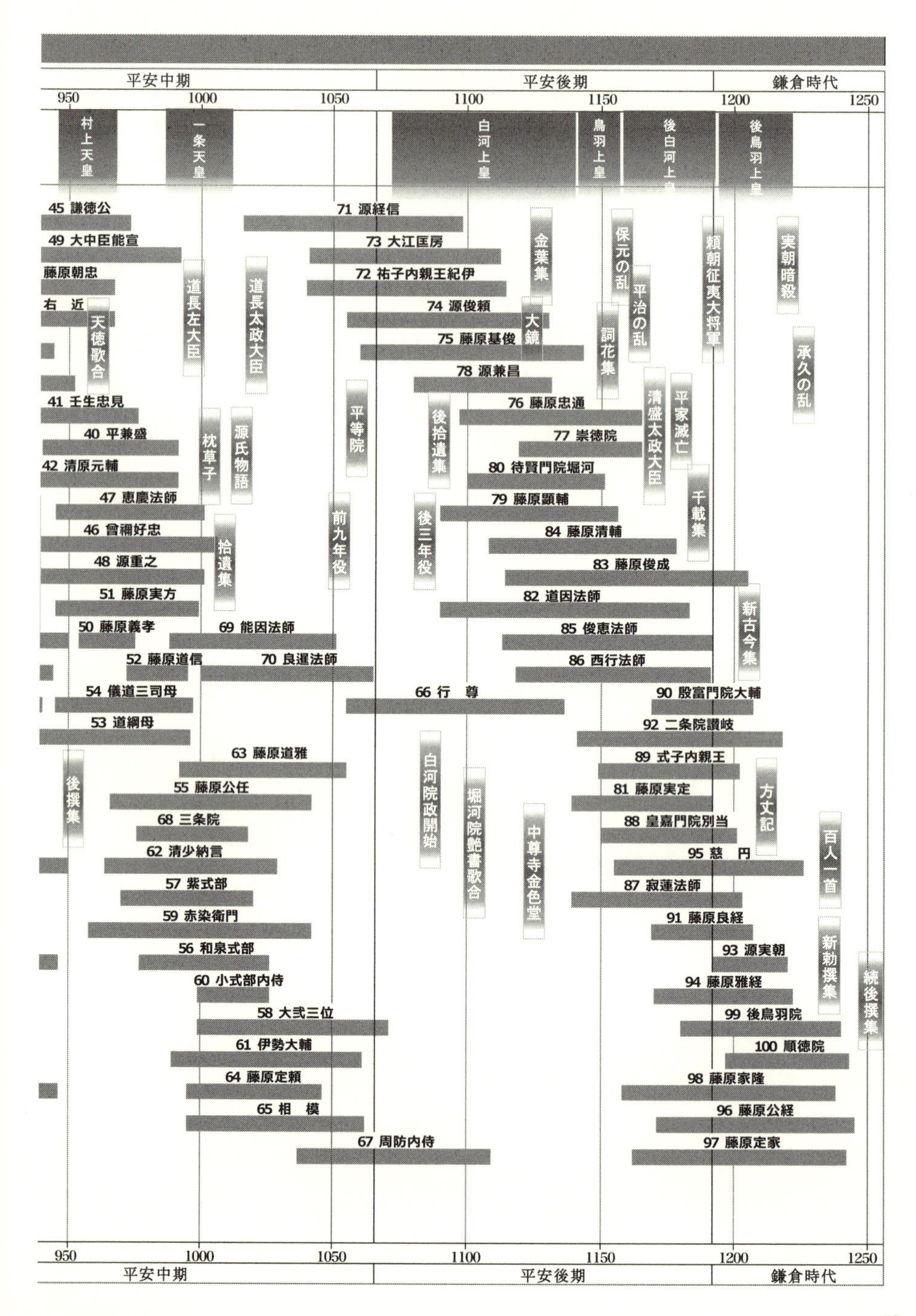
平安中期
平安後期
鎌倉時代
950
1000
1050
1100
1150
1200
1250
村上天皇
一条天皇
白河上皇
鳥羽上皇
後白河上皇
後鳥羽上皇
45 謙徳公
49 大中臣能宣
藤原朝忠
右 近
41 壬生忠見
40 平兼盛
42 清原元輔
47 恵慶法師
46 曾禰好忠
48 源重之
51 藤原実方
50 藤原義孝
52 藤原道信
54 儀道三司母
53 道綱母
63 藤原道雅
55 藤原公任
68 三条院
62 清少納言
57 紫式部
59 赤染衛門
56 和泉式部
60 小式部内侍
58 大弐三位
61 伊勢大輔
64 藤原定頼
65 相 模
67 周防内侍
69 能因法師
70 良暹法師
71 源経信
73 大江匡房
72 祐子内親王紀伊
74 源俊頼
75 藤原基俊
78 源兼昌
76 藤原忠通
77 崇徳院
80 待賢門院堀河
79 藤原顕輔
84 藤原清輔
83 藤原俊成
82 道因法師
85 俊恵法師
86 西行法師
66 行 尊
90 殷富門院大輔
92 二条院讃岐
89 式子内親王
81 藤原実定
88 皇嘉門院別当
95 慈 円
87 寂蓮法師
91 藤原良経
93 源実朝
94 藤原雅経
99 後鳥羽院
100 順徳院
98 藤原家隆
96 藤原公経
97 藤原定家
天徳歌合
道長左大臣
道長太政大臣
枕草子
源氏物語
拾遺集
後撰集
平等院
前九年役
後拾遺集
後三年役
白河院政開始
堀河院艶書歌合
金葉集
大鏡
中尊寺金色堂
詞花集
保元の乱
平治の乱
清盛太政大臣
平家滅亡
千載集
頼朝征夷大将軍
新古今集
方丈記
実朝暗殺
承久の乱
百人一首
新勅撰集
続後撰集

■百人一首歌人年表

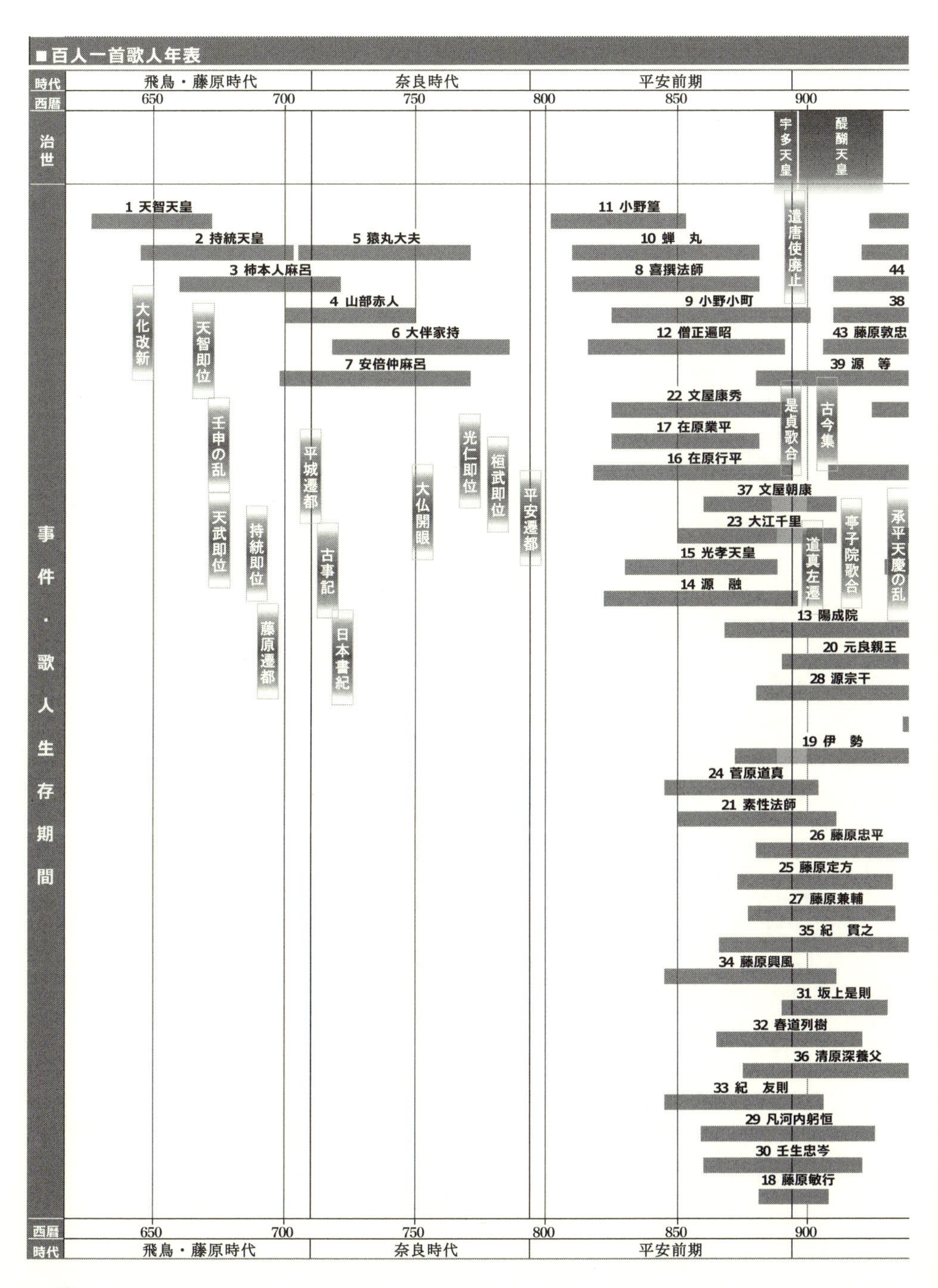

時代
飛鳥・藤原時代
奈良時代
平安前期
西暦
650
700
750
800
850
900
治世
宇多天皇
醍醐天皇
事件・歌人生存期間
1 天智天皇
2 持統天皇
3 柿本人麻呂
4 山部赤人
5 猿丸大夫
6 大伴家持
7 安倍仲麻呂
11 小野篁
10 蝉　丸
8 喜撰法師
9 小野小町
12 僧正遍昭
22 文屋康秀
17 在原業平
16 在原行平
37 文屋朝康
23 大江千里
15 光孝天皇
14 源　融
13 陽成院
20 元良親王
28 源宗干
19 伊　勢
24 菅原道真
21 素性法師
26 藤原忠平
25 藤原定方
27 藤原兼輔
35 紀　貫之
34 藤原興風
31 坂上是則
32 春道列樹
36 清原深養父
33 紀　友則
29 凡河内躬恒
30 壬生忠岑
18 藤原敏行
44
38
43 藤原敦忠
39 源　等
大化改新
天智即位
壬申の乱
天武即位
持統即位
藤原遷都
平城遷都
古事記
日本書紀
大仏開眼
光仁即位
桓武即位
平安遷都
遣唐使廃止
是貞歌合
古今集
道真左遷
亭子院歌合
承平天慶の乱
西暦
650
700
750
800
850
900
時代
飛鳥・藤原時代
奈良時代
平安前期

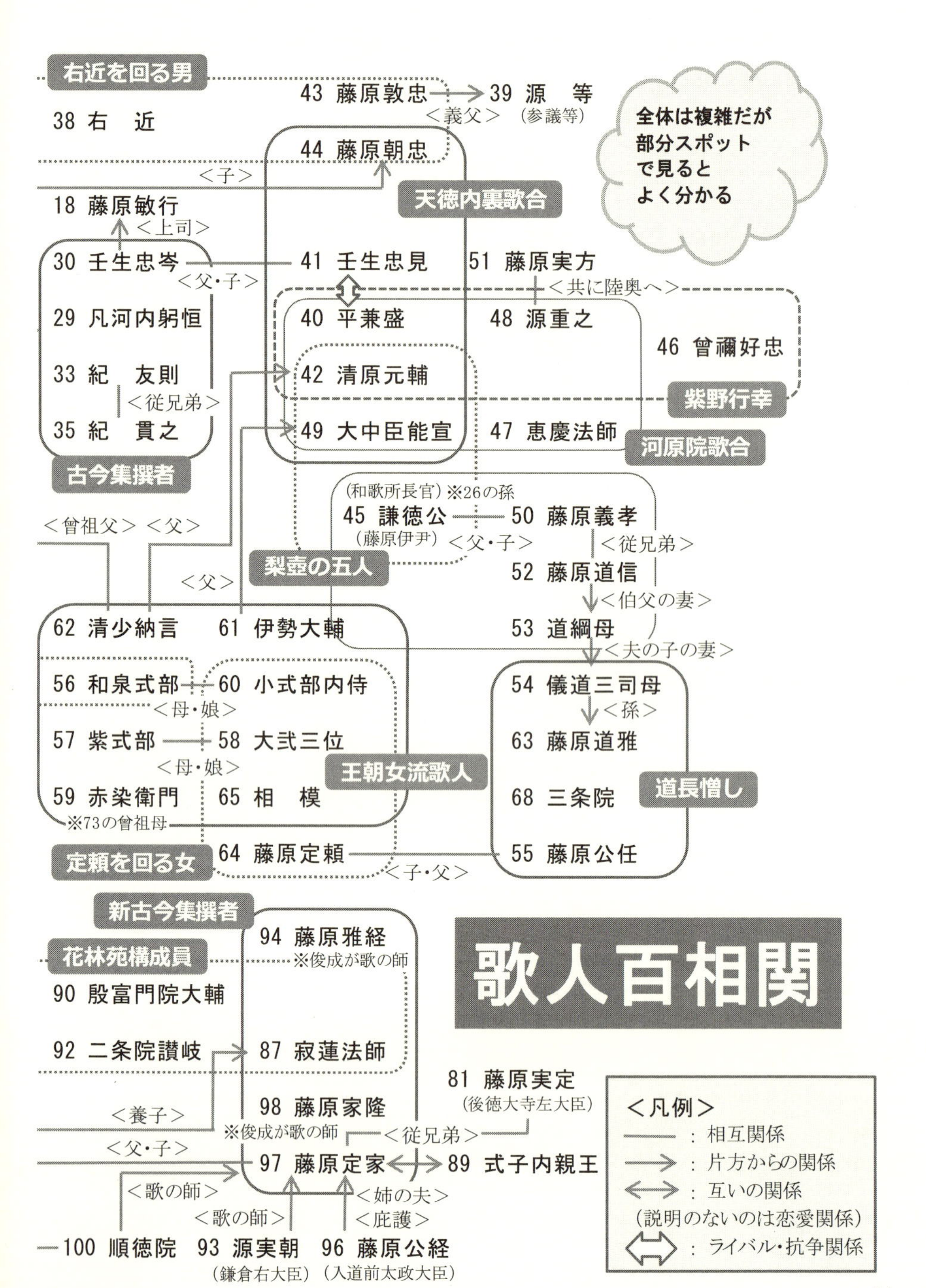

歌人百相関
全体は複雑だが
部分スポット
で見ると
よく分かる
右近を回る男
43 藤原敦忠
39 源 等
＜義父＞
（参議等）
38 右 近
44 藤原朝忠
＜子＞
18 藤原敏行
天徳内裏歌合
＜上司＞
30 壬生忠岑
41 壬生忠見
51 藤原実方
＜父・子＞
＜共に陸奥へ＞
29 凡河内躬恒
40 平兼盛
48 源重之
46 曾禰好忠
33 紀 友則
42 清原元輔
＜従兄弟＞
紫野行幸
35 紀 貫之
49 大中臣能宣
47 恵慶法師
河原院歌合
古今集撰者
（和歌所長官）※26の孫
45 謙徳公
50 藤原義孝
（藤原伊尹）
＜父・子＞
＜従兄弟＞
＜曾祖父＞ ＜父＞
梨壺の五人
52 藤原道信
＜父＞
＜伯父の妻＞
62 清少納言
61 伊勢大輔
53 道綱母
＜夫の子の妻＞
56 和泉式部
60 小式部内侍
54 儀道三司母
＜母・娘＞
＜孫＞
57 紫式部
58 大弐三位
63 藤原道雅
＜母・娘＞
王朝女流歌人
59 赤染衛門
65 相 模
68 三条院
道長憎し
※73の曾祖母
定頼を回る女
64 藤原定頼
55 藤原公任
＜子・父＞
新古今集撰者
94 藤原雅経
花林苑構成員
※俊成が歌の師
90 殷富門院大輔
92 二条院讃岐
87 寂蓮法師
81 藤原実定
（後徳大寺左大臣）
98 藤原家隆
＜養子＞
※俊成が歌の師
＜従兄弟＞
＜父・子＞
97 藤原定家
89 式子内親王
＜歌の師＞
＜姉の夫＞
＜歌の師＞
＜庇護＞
100 順徳院
93 源実朝
96 藤原公経
（鎌倉右大臣）
（入道前太政大臣）
＜凡例＞
：相互関係
：片方からの関係
：互いの関係
（説明のないのは恋愛関係）
：ライバル・抗争関係

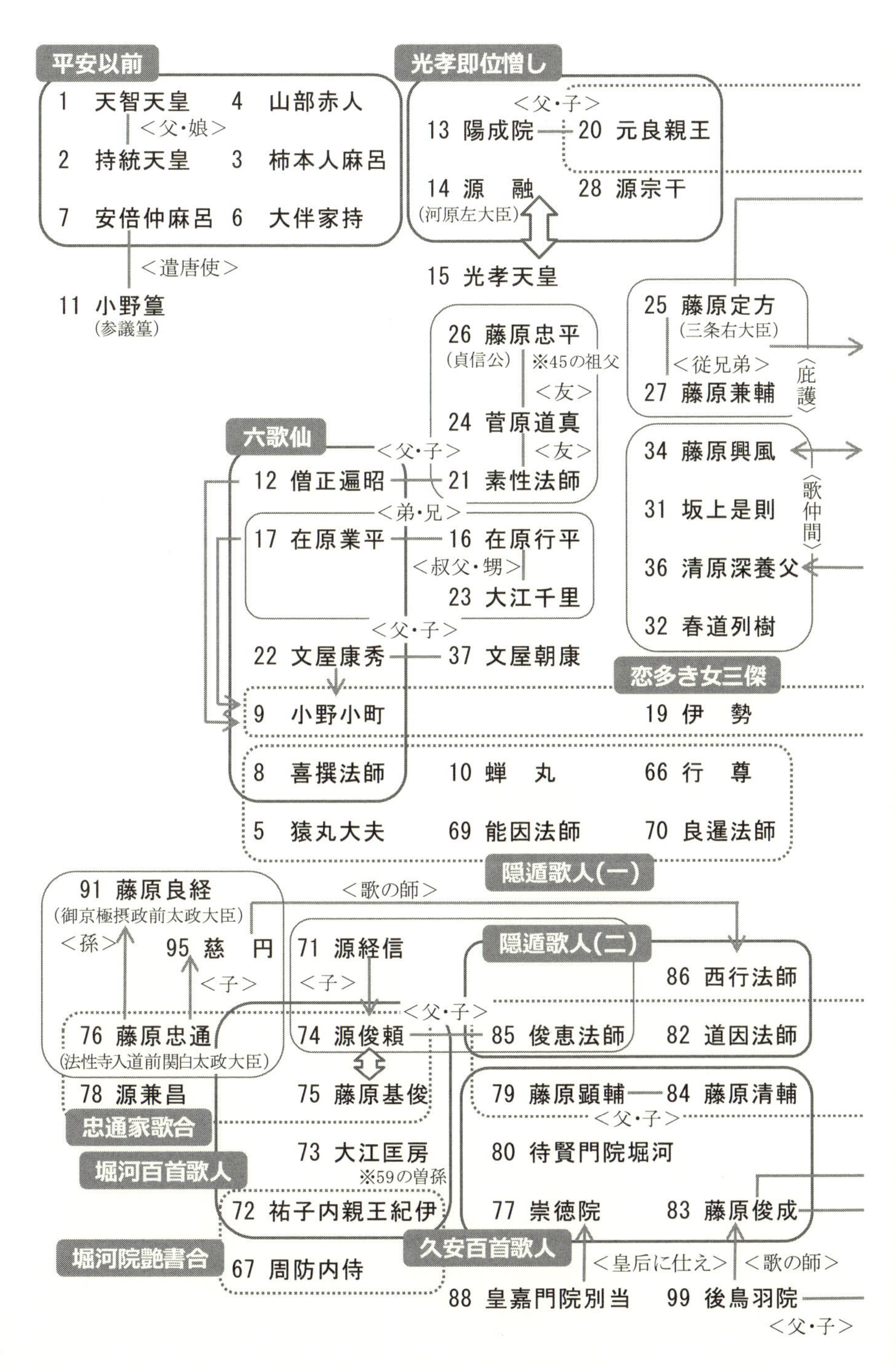

平安以前
1 天智天皇
<父・娘>
2 持統天皇
7 安倍仲麻呂
4 山部赤人
3 柿本人麻呂
6 大伴家持
<遣唐使>
11 小野篁
(参議篁)
光孝即位憎し
<父・子>
13 陽成院
20 元良親王
14 源 融
(河原左大臣)
28 源宗于
15 光孝天皇
25 藤原定方
(三条右大臣)
<従兄弟>
27 藤原兼輔
〈庇護〉
26 藤原忠平
(貞信公)
※45の祖父
<友>
24 菅原道真
<友>
六歌仙
<父・子>
12 僧正遍昭
21 素性法師
<弟・兄>
17 在原業平
16 在原行平
<叔父・甥>
23 大江千里
<父・子>
22 文屋康秀
37 文屋朝康
34 藤原興風
〈歌仲間〉
31 坂上是則
36 清原深養父
32 春道列樹
恋多き女三傑
9 小野小町
19 伊 勢
8 喜撰法師
10 蝉 丸
66 行 尊
5 猿丸大夫
69 能因法師
70 良暹法師
隠遁歌人(一)
91 藤原良経
(御京極摂政前太政大臣)
<孫>
95 慈 円
<子>
<歌の師>
71 源経信
<子>
隠遁歌人(二)
86 西行法師
<父・子>
76 藤原忠通
(法性寺入道前関白太政大臣)
74 源俊頼
85 俊恵法師
82 道因法師
78 源兼昌
75 藤原基俊
79 藤原顕輔
84 藤原清輔
<父・子>
忠通家歌合
堀河百首歌人
73 大江匡房
※59の曽孫
80 待賢門院堀河
72 祐子内親王紀伊
77 崇徳院
83 藤原俊成
堀河院艶書合
久安百首歌人
67 周防内侍
<皇后に仕え>
<歌の師>
88 皇嘉門院別当
99 後鳥羽院
<父・子>

今に呼ばれる「百人一首」
後世付けし　呼び名にありて
元は吾輩（それがし）　藤原定家
「百人秀歌」　名付けしものぞ
ここにその時　選びの由来
歌の詠まれし　経緯（いきさつ）記して
関連歌を　手渡し渡し
順次繋ぎて　解き解（ほぐ）し為（な）し
読み易きにと　物語（かたり）としたり

撰者　藤原定家　謹上

秋の田の　〔1〕——天智天皇——

天武系列　途絶えの後に
世は平安京と　遷りて変り
着きし帝は　白壁王の
光仁天皇　その人こそは
天智天皇　第七皇子の
志貴皇子なる　お子様にてぞ
以下に続くは　天智の系譜
故に先ずにと　取り上げ為すは
始祖と崇める　所以にありて

（定家）

我れを冷血非道の帝王と酷評為すは
これ致し方なきか

思い上がりし蘇我一族
誅せんがためと板蓋宮にて
中臣鎌足と謀り入鹿を謀殺
母皇極天皇に代りて立ちし　孝徳天皇を
難波宮に置き去りにして　死に至らしめ
蘇我赤兄をして　遺児有間皇子を謀反へと唆し
挙句に縊り殺しし藤白坂
斯く記すは　日本書紀
これ天武朝の　作りしものにて・・・

我れにも　民慈しみの心情ありしを
この歌にて　証左と為すに　信ずや否や
(何々訳が下卑たるを済まぬと申すか
民に成り代わりての歌なるに　許す許す)

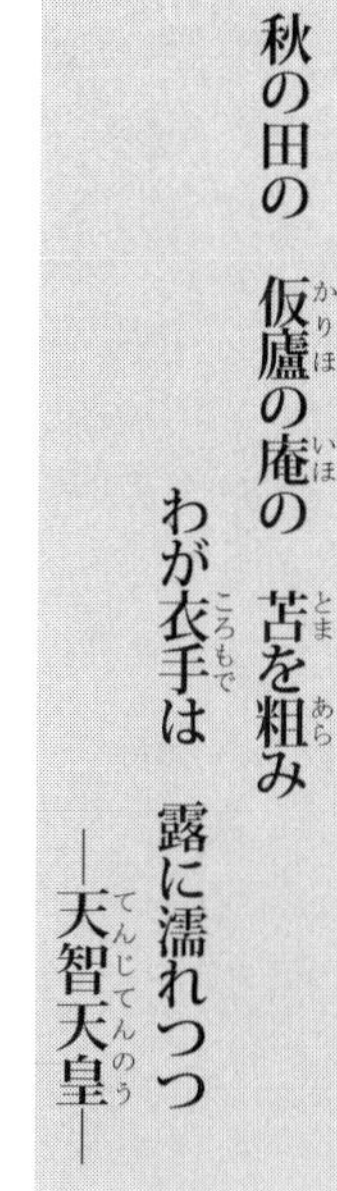
秋の田の　仮廬(かりほ)の庵(いほ)の　苫(とま)を粗(あら)み
わが衣手(ころもで)は　露に濡れつつ
―天智天皇(てんじてんのう)―

《秋の田を　番する小屋の
苫目(めえ)え粗(あ)ろて
わしのこの袖　偉(え)ろ露濡(ぬ)れるがな》

35 皇極天皇（37 斉明天皇）
- 38（1）天智天皇 ― 志貴皇子 ― 49 光仁天皇（白壁王）
- 40 天武天皇

36 孝徳天皇 ― 有間皇子

【参考】類歌
秋田(あきた)刈る　仮廬(かりいほ)を作り
我が居(お)れば
衣手(ころもで)寒く　露ぞ置きにける

《秋田(た)ぁを刈る　仮小屋作り　寝て居(お)ると
袖に寒々(さむざむ)　露置いとおる》
―作者未詳―（万葉集・巻十・二一七四）

我れが娘の　鵜野讃良皇女(うのさららひめ)
天武(てんむ)天皇嫁ぎて　皇后となり
後に天皇　持統となるに
次を託すが　良いかな娘
（天智天皇）

春過ぎて〔2〕――持統天皇――

その手権力　握りたならば
上立つ心　分かるとなるか
これ脅かす　芽の出でくるを
早く摘むには　及かずと策し
大津皇子の力　削ぐにはこれと
姉の大伯皇女を　伊勢斎宮に
やがて天武天皇の　崩御に遭うや
企て謀反　密告聞きて
打つ手早きは　これ陰謀か
大津皇子失せなば　我が子の世ぞと
思いしものの　二年半で
思い掛けずも　草壁皇子死すに
然らば孫の　育つを待つと
暫し繋ぎの　我慢の治世
即位為したは　持統天皇

（定家）

あれは　大津皇子を亡き者とした
翌年であった

朕が心は　晴れやか
我が子草壁皇子に　帝王たるの教えを為して
即位の日を迎えたらば
朕が後見となり
父天智天皇が　礎を作り
夫天武天皇が　築きの扉を開いた
我国統治の政治
成し遂げるの願望
達成の日も　近いようじゃ

おう風が吹いてくる
なんと云う良き薫りの風じゃ
うららの春も過ぎ
夏が来た様じゃ
我が晴れやか心と同じに

春過ぎて　夏来にけらし
白妙の　衣干すてふ　天の香具山
──持統天皇──

《香久山に　白い衣の　干す時期か
あぁ春去って　夏来たんやな》

【参考】同万葉歌

春過ぎて　夏来るらし
白栲の　衣干したり　天の香具山

《香久山に　白い衣が　干したぁる
ああ春去って　夏来たんやな》
──持統天皇──（万葉集・巻一・二八）

1 *38* 天智天皇
2 *41* 持統天皇
40 天武天皇
大田皇女
草壁皇子
大津皇子

朕が庇護して　宮廷一の
歌人とせし　柿本人麻呂そちに
次を託すに　さあ詠えよな
（持統天皇）

あしひきの〔3〕――柿本人麻呂――

古今和歌集　序文に云うの
「歌聖」なるやの　称号得しは
まこと言い得て　妙(みょう)なるぞかし
さすが慧眼(けいがん)　紀貫之(きのつらゆき)ぞ

持統(じとう)天皇・文武(もんむ)天皇の　二朝に仕え
宮廷歌人　第一位(くらい)
得たる柿本人麻呂(ひとまろ)　見い出されしは
草壁皇子(くさかべみこ)の　挽歌の見事
行幸(みゆき)お供と　行く先々の
詠い長歌(ちょうか)の　朗々響き
今もその名は　高くと響く

（定家）

「人麻呂やある　詠えやこの見事なる景色
この山や川　すべて朕(わ)がためにあると」
「人麻呂やある　詠えや逝(ゆ)きしの魂(たま)に
挽(ひ)き歌にて　讃えよや魂(たま)　導けよ魂(たま)」
応(こた)え詠う我れは　忘我(ぼうが)の境(きょう)にて
天からの降(お)り来る言の葉(ことのは)
口を吐(つ)きて　詠いしものを

わが魂(たま)は何処(いずこ)にありや
巻向郎女(まきむくのいらつめ)　引手(ひきて)の山は茂り居るか
軽郎女(かるのいらつめ)　畝傍(うねび)の山は　黄葉(もみじ)て居るか
ああ　依羅娘子(よさみのおとめ)　ひとり待つかや　石見(いわみ)にて

宮廷歌人の名を失(な)くし
一介の官吏の身
旅空の独り寝
身に沁(し)む妻恋しさは　侘びしき限りにて

あしひきの　山鳥の尾の　垂り尾の
長々し夜を　独りかも寝む
——柿本人麻呂——

《山鳥の　垂れ尾長いで
この長い
夜を独りで　寝んならんのか》

【平安以前】

1 天智天皇
2 持統天皇
3 柿本人麻呂
4 山部赤人
6 大伴家持
7 安倍仲麻呂

わしが選ばれ　詠いし後は
そなた措いては　他無きからに
さあさ詠えや　山部赤人殿よ
（柿本人麻呂）

田子の浦に〔4〕―山部赤人―

柿本人麻呂後を　継ぐかのように
聖武天皇の　治世の御代に
現れたるは　山部赤人にてぞ
長歌纏めの　短歌の役目
脱し開くの　新たの境地
景を詠うの　才長け為して
多く残せし　短歌の見事

（定家）

東海一の見所
世に類無き　神山
旅空遥か　やってきた甲斐というものか
叙景歌人と称えられし我れ
ここで詠わで　なんとしよう

天地の　分れし時ゆ
神さびて　高く貴き
駿河なる　富士の高嶺を
天の原　振り放け見れば
渡る日の　影も隠らい
照る月の　光も見えず
白雲も　い行き憚り
時じくぞ　雪は降りける
語りつぎ　言い継ぎ行かん
富士の高嶺は

―山部赤人―（万葉集・巻三・三一七）

田子の浦に　うち出でて見れば
白妙の　富士の高嶺に　雪は降りつつ
—山部赤人—

《田子の浦　出て見てみたら
富士の山
高嶺白雪　降り積んどるぞ》

【参考】同万葉歌

田児の浦ゆ　うち出でて見れば
ま白にぞ
富士の高嶺に　雪は降りける

《田子の浦　回って見たら　パッと富士
山上白う　雪降っとるで》
—山部赤人—（万葉集・巻三・三一八）

万葉集を　残すに当り
大い貢献　お方の居るに
これを外すは　以っての外ぞ
さあさお歌を　大伴家持殿よ
（山部赤人）

鵲の〔6〕——中納言家持——

因幡(いなば)の雪を　詠いて後(のち)は
詠わずなりし　大伴家持(やかもち)なるは
朝廷(みかど)長きの　仕えの後(あと)に
光仁(こうにん)天皇継ぎし　桓武(かんむ)天皇の御代に
陸奥按察使(みちのくあぜち)　鎮守将軍(ちんじゅのしょうぐん)と
なりて赴(おもむ)く　多賀城地にて
終(つい)の生涯　終えしの後(のち)に
藤原種継(たねつぐ)暗殺　与(くみ)すの嫌疑
讒言(ざんげん)受けて　官位を剥奪(はが)る
荘園私財　一切没収(とら)れ
名門その名　消え果てにしも
桓武(かんむ)天皇遺言(いごん)で　名を復し為(な)し
共に没(ぼっ)収しの　万葉集も
志貴皇子曾孫(しきみこひまご)　平城(へいぜい)天皇御代に
復権為(な)すの　幸運得たり

（定家）

何たることか　「狂業(たわわざ)な為(せ)そ」とは
天平宝字元年（757）十一月
内裏での　帝(みかど)主催の宴(うたげ)
新たに皇太子となりし大炊王(おおいおう)（後の淳仁天皇）
そして　藤原仲麻呂

過ぎし七月
突如の逮捕劇　橘奈良麻呂謀反(むほん)の顛末(てんまつ)
騒然(そうぜん)　ようやくの収束(おさまり)見つつあるの日
如何(いか)に権勢我れにあり　とは云え・・・

宴果てての　宿直(とのい)
寒々しい胸に　凍(こご)えるかの氷塊(ひょうかい)
見上げる銀河の皓皓(こうこう)たる白さ
目を落とす階(きざはし)に置く霜も白い

鵲の　渡せる橋に　置く霜の
白きを見れば　夜ぞ更けにける
——中納言家持——

《天川渡す　鵲橋か（鵲を下から見た胸腹は白い）
階に霜（殿舎のきざはし）　白う置いてる
早や夜更けぞな》

【参考】宴にての歌

天地を　照らす日月の　極み無く
あるべきものを（我れが皇位も）**　何をか思わん**

《天と地を　照らす日や月　限り無い
我れの皇位も　限りは無いぞ》
——大炊王——（万葉集・巻二十・四四八六）

いざ児ども　狂業な為そ
天地の　堅めし国ぞ　大和島根は

《お前達　戯け行い　致すなよ
神々おわす（わし仕切り為す）　この大和国》
——藤原仲麻呂——（万葉集・巻二十・四四八七）

我れが生まれし　元正天皇御代に
海を越え為し　唐へと渡り
遂に戻れぬ　身となる人の
安倍仲麻呂　詠えやさあさ
（大伴家持）

天の原　〔7〕——安倍仲麻呂——

遣唐使い　歴史を見るに
大宝二年（702）　七次に山上憶良
養老元年（717）　八次の派遣
玄昉・吉備真備　同時に乗るは
安倍仲麻呂　この時二十歳
翌年船は　無事帰り来が
安倍仲麻呂唐に　残るの日々ぞ
九次派遣は　天平五年（733）
この時山上憶良　大使に贈る
「好去好来　歌」をば作る
ここで安倍仲麻呂　帰るを逸し
聖武天皇御代過ぎ　孝謙天皇御代の
十次天平　勝宝五年（753）
やっと乗りたる　帰りの船は・・・
（定家）

青雲の志を抱いての派遣であった

優秀群を抜きたるをと　玄宗皇帝に仕え
李白・王維らとも親交結び
漢詩交わしの日々
楽しかった
恵まれた境遇に　何時しか
三十六年の年月が過ぎていた
第十次の　遣唐使船が来たりて
帰りの船に同道するに決し
親しき唐の友らとの　別れ餞宴
場所は　明州海辺
皓々たる　月影に
遥か昔の　あの月が蘇る

天の原　振りさけ見れば
春日なる　三笠の山に　出でし月かも
―安倍仲麻呂―

《遥かなる　大空仰ぎ　見る月は
春日三笠山に　見たあの月ぞ》

【参考】別離その後

帰りの船は　暴風に
吹かれ流され　安南へ
命からがら　長安に
戻りしものの　その後は
帰国叶いの　機会なく
唐朝に仕えて　七十三歳
彼の地の土と　なりにける

わしが亡くなり　約七十年
今も続くの　唐への派遣
行くに悶着　起こせしお前
小野篁　起きたは何ぞ
（安倍仲麻呂）

■天の香具山＜２＞
「春過ぎて」（持統天皇）
■富士山・田子の浦＜４＞
「田子の浦に」（山部赤人）
■春日・三笠山＜７＞
「天の原」（安倍仲麻呂）

百人一首
歌枕地図

雄島
末の松山
沖の石
信夫
佐渡
伊吹山
筑波山
鎌倉
富士山
田子ノ浦
伊吹山
由良
天橋立
伊勢神宮
生野
因幡山
高砂
大峰山
淡路島
讃岐
隠岐

百人一首
歌枕地図
（近畿地区）

小倉山・大覚寺
比叡山
志賀の山越
逢坂山・逢坂の関
宇治山
宇治川
大江山
有馬山
稲名
難波・難波潟・難波江
須磨
松帆の浦
住の江
高師の浜
弘川寺
平安京
平城京
甕原・泉川
手向山
三笠山・春日
三室山
竜田川
初瀬
天の香具山
吉野

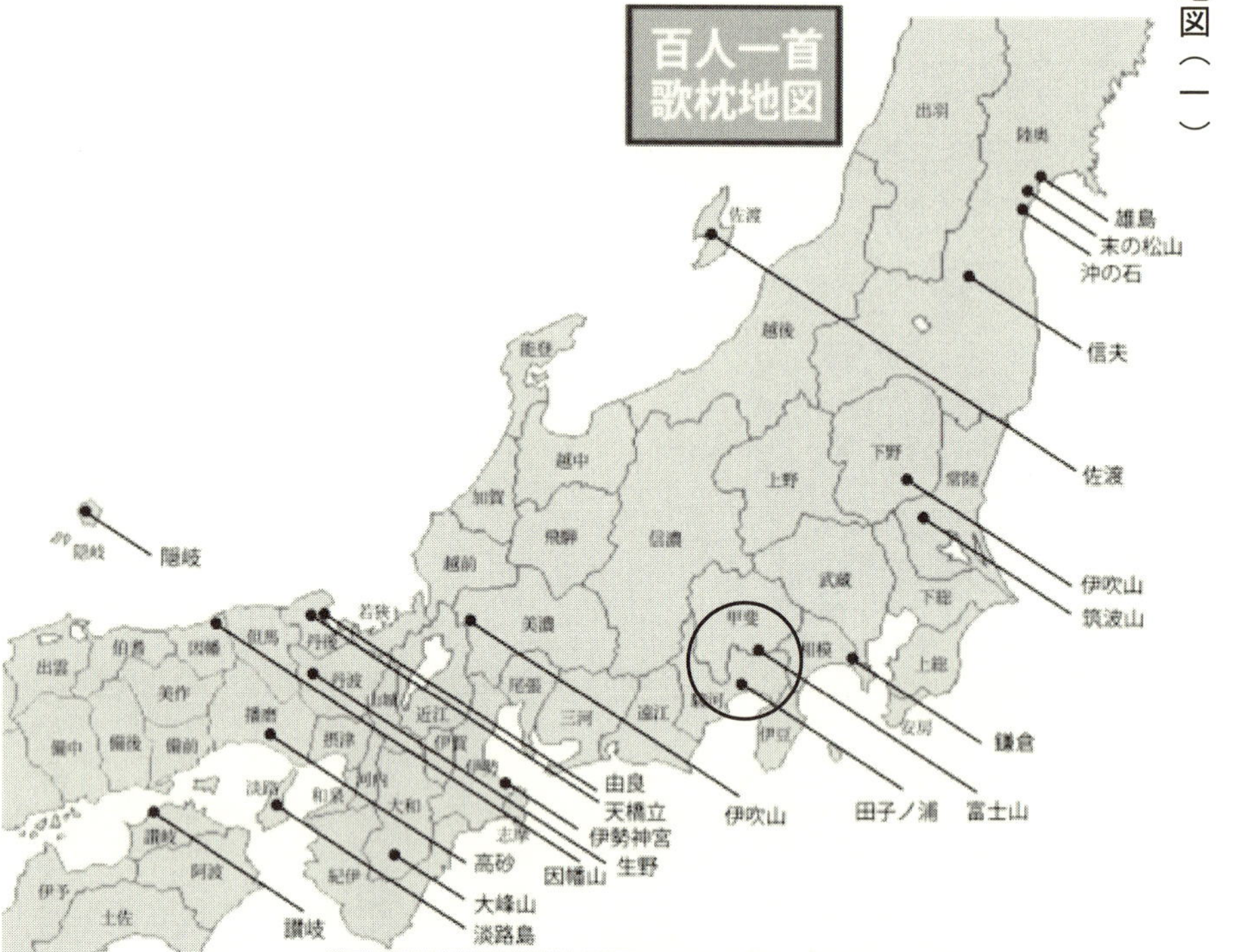

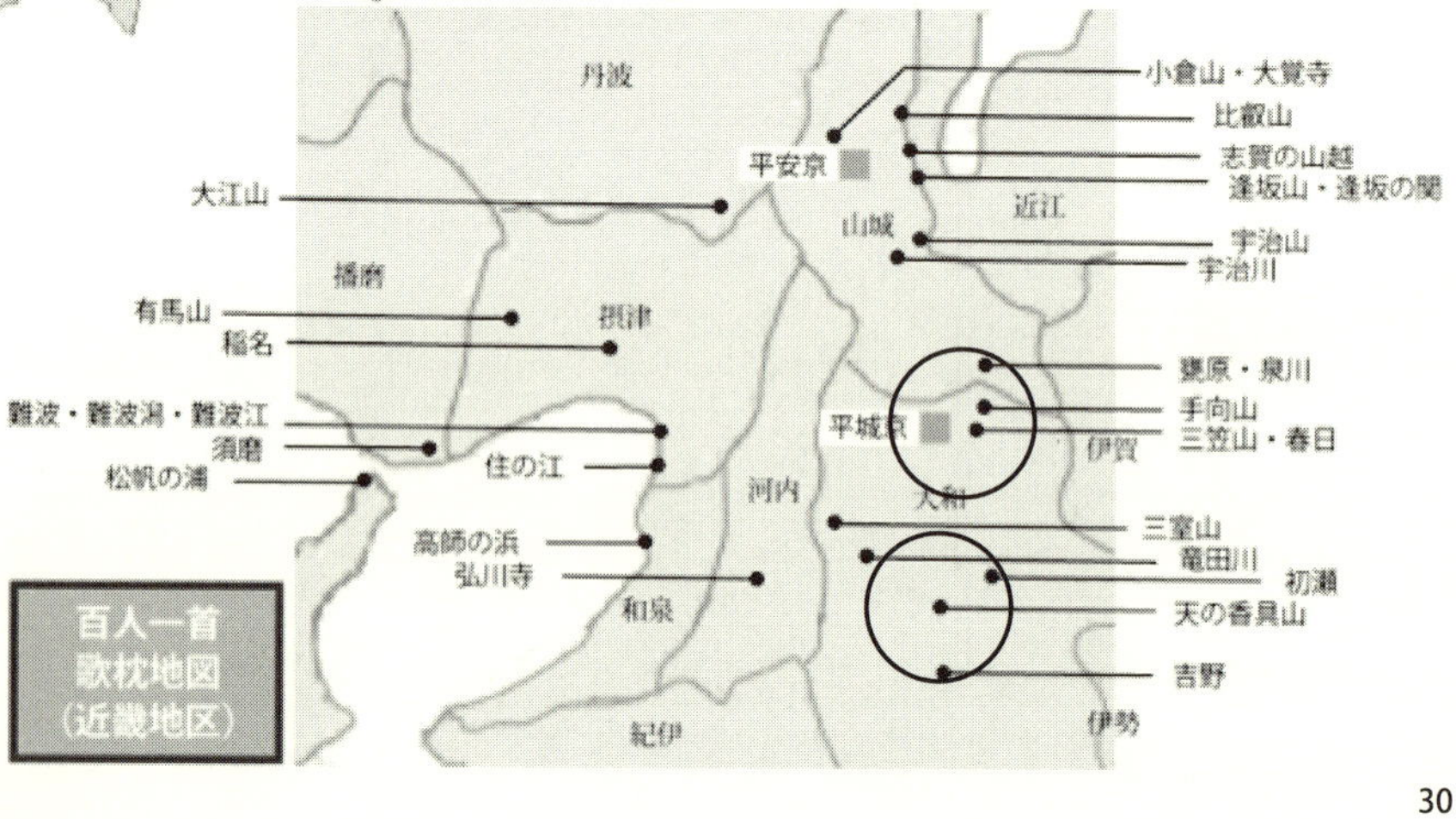

【百人一首年表】（1）

（斜体数字：生没年不肖または生年不肖）

年月 西暦	年号	年	天皇	歴史的事項（ゴシック体：文学関連事項）	皇極・斉明天皇	孝徳天皇	天智天皇	弘文天皇	天武天皇	持統天皇	文武天皇	元明天皇	元正天皇	聖武天皇	孝謙・称徳天皇	淳仁天皇	光仁天皇	桓武天皇	天智天皇	持統天皇	柿本人麻呂	山部赤人	大伴家持	安倍仲麻呂	猿丸大夫
西暦	年号	年			35 37	36	38	39	40	41	42	43	44	45	46 48	47	49	50	1	2	3	4	6	7	5
645年	大化	1年	皇極	乙巳の変	52	50	20		15										**20**						
653年	白雉	4年	孝徳	難波長柄豊崎宮を廃し飛鳥へ	60	58	28		23										**28**						
658年	斉明	4年	斉明	有間皇子を藤白坂にて処刑	65		33		28										**33**						
668年	天智	7年	天智	天智天皇即位			43	21	38	24									**43**	**24**					
671年		10年		天智天皇崩御			46	24	41	27									**46**	**27**					
672年	天武	1年	天武	壬申の乱				25	42	28										**28**					
686年	朱鳥	1年		天武天皇崩御、大津皇子事件					56	42		26								**42**	***27***				
689年	持統	3年	持統	草壁皇子没す						45		29								**45**	***30***				
690年		4年		持統天皇即位						46		30								**46**	***31***				
694年		8年		藤原京遷都						50		34	15							**50**	***35***				
697年	文武	1年	文武	文武天皇即位						53	15	37	18							**53**	***38***				
701年	大宝	1年		大宝律令完成						57	19	41	22							**57**	***42***				
702年		2年		第七次遣唐使 **憶良・遣唐使**						58	20	42	23							**58**	***43***				
707年	慶雲	4年	元明	元明天皇即位							25	47	28								***48***				
710年	和銅	3年		平城京遷都								50	31								***51***				
712年		5年		**『古事記』完成**								52	33								***53***			**15**	
715年	霊亀	1年	元正	元正天皇即位								55	36	15							***56***	***16***		**18**	***16***
717年	養老	1年		第八次遣唐使 安倍**仲麻呂・遣唐使**								57	38	17							***58***	***18***		**20**	***18***
718年		2年		養老律令完成								58	39	18							***59***	***19***		**21**	***19***
720年		4年		**『日本書紀』完成**								60	41	20							***61***	***21***		**23**	***21***
724年	神亀	1年	聖武	聖武天皇即位									45	24			16					***25***		**27**	***25***
729年	天平	1年		長屋王の変、光明子皇后									50	29			21					***30***		**32**	***30***
733年		5年		第九次遣唐使									54	33	16		25					***34***	**16**	**36**	***34***
737年		9年		疫病大流行、藤原四兄弟死去									58	37	20		29					***38***	**20**	**40**	***38***
738年		10年		橘諸兄右大臣									59	38	21		30					***39***	**21**	**41**	***39***
740年		12年		藤原広嗣の乱、聖武天皇東国巡行									61	40	23		32					***41***	**23**	**43**	***41***
743年		15年		墾田永年私財法発布									64	43	26		35					***44***	**26**	**46**	***44***
745年		17年		恭仁京から平城京へ戻る									66	45	28		37					***46***	**28**	**48**	***46***
749年	天平勝宝	1年	孝謙	孝謙天皇即位										49	32	17	41					***50***	**32**	**52**	***50***
752年		4年		大仏開眼供養										52	35	20	44	16					**35**	**55**	***53***
753年		5年		**安倍仲麻呂帰国目指すも難船**										53	36	21	45	17					**36**	**56**	***54***
757年		9年		橘奈良麻呂の変											40	25	49	21					**40**	**60**	***58***
758年	天平宝字	2年	淳仁	淳仁天皇即位											41	26	50	22					**41**	**61**	***59***
759年		3年		**大伴家持・因幡守**											42	27	51	23					**42**	**62**	***60***
764年		8年	称徳	恵美押勝謀叛 称徳天皇重祚											47	32	56	28					**47**	**67**	***65***
766年	天平神護	2年		道鏡法王に											49		58	30					**49**	**69**	***67***
770年	宝亀	1年	光仁	光仁天皇即位(62)											53		62	34					**53**	**73**	***71***
772年		3年		光仁天皇呪詛事件													64	36					**55**		
773年		4年		山部親王立太子													65	37					**56**		
775年		6年		吉備真備右大臣													67	39					**58**		
777年		8年		藤原良継内大臣													69	41					**60**		
781年	天応	1年	桓武	桓武天皇即位(45)													73	45					**64**		
				藤原魚名左大臣													73	45					**64**		
782年	延暦	1年		氷上川継謀反														46					**65**		
784年		3年		長岡京遷都														48					**67**		
785年		4年		藤原種継暗殺事件 **大伴家持没す**														49					**68**		
794年		13年		平安京遷都														58							
797年		16年		坂上田村麻呂征夷大将軍														61							
				『続日本史』完成														61							

海の原〔11〕——参議篁——

小野篁　遣唐副使
平城・嵯峨と　淳和天皇と過ぎた
仁明天皇御代を　迎えて二年
承和元年（834）　任じられしも
二度の渡航は　失敗続き
承和五年（838）の　三度目迎え
今度こそはの　気概に燃ゆも
何と大使の　藤原常嗣船の
水漏れたるを　不都合なりと
我が乗る船と　取り替え為すに
乗船渡航　怒りて拒否し
漢詩で以って　遣唐使を風刺
時の嵯峨上皇　逆鱗に触れ
隠岐の島へと　配流と決す

（定家）

【隠岐への配流行程】
①難波の津を出航　瀬戸内を経て隠岐に至る海路
②山陽道を西進　播磨から美作を経る山陽陸路
③京から丹波・但馬・因幡を経て出雲に到る山陰陸路

■考察
①は流人に貴重な公船を使い費用を掛けて行くはずがないこと　菅原道真でさえ陸路であったから　ありえない。
②は駅制整備後の行程であり不可（後鳥羽院配流はこれ）。
③に拠る場合「八十島」の解釈が疑問となるが　千酌浜から見る隠岐島前の諸島が多くの島に見えなくもない。

難渋陸路を歩かされて
やっとの思いで辿り来た　ここ出雲千酌の浜
沖を望む海原　この先に隠岐はあるのか
理不尽な
何故にわしが配流されねばならぬ
筋の通らぬものは　通らぬのだ
泡立ち吹き付ける　冬の波頭
眦据えても　強風が霞めて見えぬわ

海の原　八十島指けて　漕ぎ出でぬと
人には告げよ　海人の釣り舟
――参議篁――

《遠望す　島々見据え　漕ぎ出たと
告げよ釣り舟　京居る人に》

50
桓武天皇
51 平城天皇
52 嵯峨天皇
54 仁明天皇
53 淳和天皇

【参考】その後

六月出航たる　遣唐船は
翌六年（839）の　九月に帰る
詩才優れの　小野篁は
七年（840）二月　許され帰還

大使藤原常嗣　四月に没す
冥府行き来を　自在に為すの
小野篁口説く　閻魔の仕業？

やがて上りた　参議を以って
参議篁　呼び名とされる

小野妹子は　我が遠祖にて
聖徳太子派遣の　遣隋使なに
われの避けしを　叱るや如何に
孫？の小野小町に　次託すにて
（小野篁）

花の色は〔9〕——小野小町——

仁明(にんみょう)・文徳(もんとく)　清和(せいわ)天皇の御代に
かけて活躍　為(な)したる歌人(かじん)
古今和歌集　掲げて誉める
六歌仙なる　その人の名は
僧正遍昭(そうじょうへんじょう)　在原業平(なりひら)続き
文屋康秀(ふんややすひで)　喜撰法師(きせんのほうし)
小野小町(おののこまち)に　大友黒主(くろぬし)なりし
先ず取り上げの　小野小町(おのこまち)なは
言わずと知れた　美人の誉れ
寄り来る男　数知れずとぞ

（定家）

浮名流すの　美人と他人(ひと)に
言われ「小町」の　名を残すやも
私(わらわ)そうとは　心得なきに
何が良しとて　男が来やる
歌仙(かせん)仲間の　僧正遍昭(そうじょうへんじょ)
在原業平(ありわらなりひら)　文屋康秀(やすひで)などと
人はあれこれ　噂を為(な)すが
私(わらわ)その気が　からきし無(の)うて
通い百夜(ももよ)の　深草少将(ふかくさしょうしょ)
気の毒したが　これ戯(たわむ)れで
ほんに惚れたは　うち伏せ居るが
一族中(うち)の　小野貞樹(おのさだき)なり
然(さ)れど貞樹も　現世(このよ)に失(な)くて
眺め春の日　鬱々(うつうつ)曇り
庭の桜が　雨にと散るよ

花の色は　移りにけりな　徒らに
我が身世に経る（降る）　思沈（長雨）せし間に
——小野小町——

《長雨に　花は空しに　散っていく
うちも空しに　世過ごし為たな》

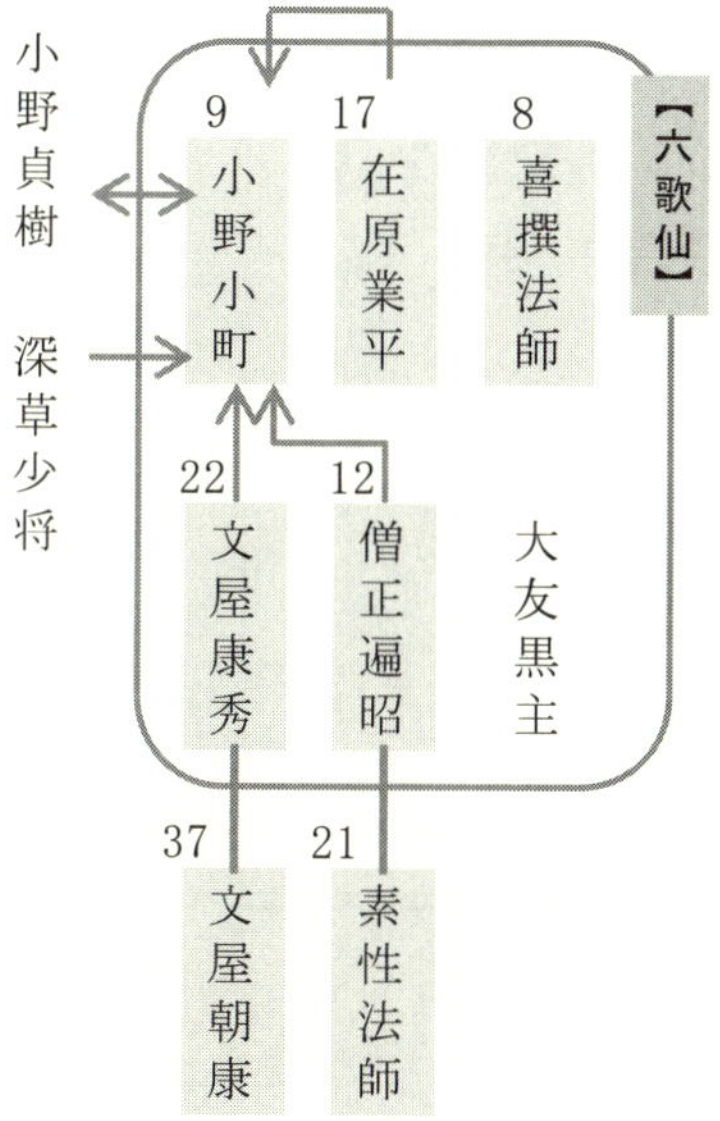

【六歌仙】

番号	歌人
8	喜撰法師
17	在原業平
9	小野小町
22	文屋康秀
12	僧正遍昭
	大友黒主
37	文屋朝康
21	素性法師

小野貞樹　深草少将

【参考】小野貞樹との遣り取り

今はとて　わが身時雨に　経り（降り）ぬれば
言の葉さへに　移ろひにけり

《もう私　年月重ね　歳経たに
昔の甘言葉　お忘れかもね
（時雨に濡れた葉　散り果てる様に）》
—小野小町—（古今集・七八二）

人を思ふ　こころ木の葉に　あらばこそ
風のまにまに　散りも乱れめ

《木の葉なら　散りも仕様が
我が心　なんの散るかや　乱れも為ぬよ》
—小野貞樹—（古今集・七八三）

次を託すは　僧正遍昭様に
その気は無しと　言うては見たが
魅力美男が　胸くすぐるに
（小野小町）

天つ風　〔12〕―僧正遍昭―

僧正遍昭　若き日名をば
良岑 宗定　申しし日には
明朗洒脱　美男な容姿
好男子も好男子たる　社交界の色男が
何思うてか　寵愛受けし
仁明帝の　大葬夜の
闇に紛れて　姿を消しぬ
時に嘉祥の　三年（850）なるの
年齢盛りの　三十四なり
その後難行　苦行の末に
遂に僧正　位に昇り
元慶寺にて　座主とはなれり
（大寺を統括する最高位の僧）

（定家）

あれはそうそう
新嘗祭の明くる日
開かれた豊明　節会の折
五節舞を舞った　舞姫であった
まるで天から舞い降りたるかの　華麗なる舞い
見る者皆が　呆けたように見て居った
わしも
言い寄る女どもに　こうしたのが居ればと
思うておったものだ
舞い終りて　座を去ろうとするに
仁明　帝の　「宗定歌を」との仰せ
ああ　今も思い出される　あの舞い姿

天つ風(あま)　雲の通ひ路(かよぢ)　吹き閉(と)ぢよ
天女(をとめ)の姿　暫(しば)し留(とど)めむ
――僧正遍昭(そうじょうへんじょう)――

《空渡る　風よ塞(ふせ)げや　帰り道
ここの舞姫(おとめ)の　帰らす惜(お)しに》

恋の敵(かたき)の　そなたに次の
歌を託すに　覚悟を為(せ)よや
在原業平(ありわらなりひら)　確(かく)とぞ受けよ
（僧正遍昭）

ちはやぶる　〔17〕——在原業平朝臣——

美男誉れの　評判高き
在原業平　藤原姫の
高子惚れて　忍びて盗み
背なに背負いて　逃げたる先で
鬼に高子　喰われし言うは
鬼は兄らで　この恋破れ
この故なりか　東国流浪

（定家）

今日呼ばれしは
清和の天皇に　赤児が生まれたお祝いにと
寄せられた屏風
「これに添える歌を」　とのお召し
御簾の向こうには
皇子の母君
そう　あの方　高子様
あの日からは　十二年の歳月
我れ　今は京に戻り
天皇近侍の蔵人頭に抜擢
皆　あの方の贔屓あればこそ
おお　見事な屏風絵
描くは竜田紅葉か

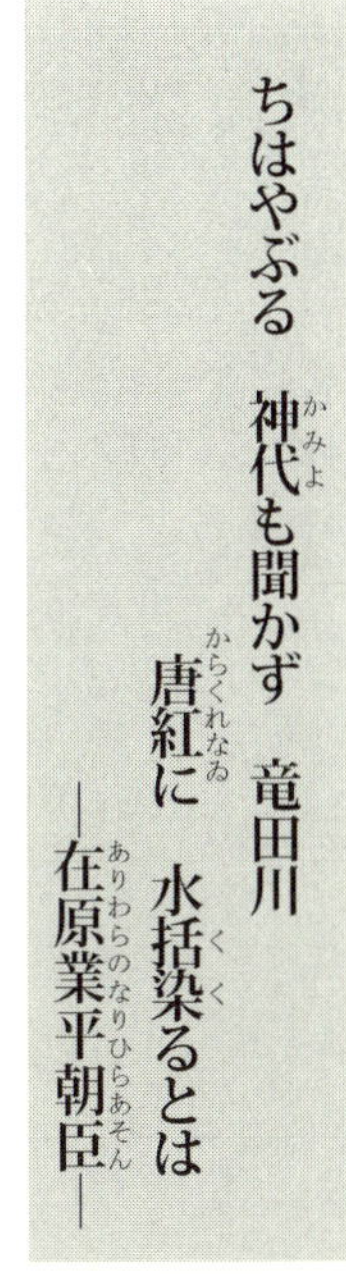
ちはやぶる　神代も聞かず　竜田川
唐紅に　水括染るとは
——在原業平朝臣——

《竜田川水　見事唐紅　染めるやは
神代昔も　在りとは聞かず》

在原業平朝臣
千早ぶる神代も
きかず
龍田川
からくれなゐに
水くくるとは

【蔵人頭】天皇直属の機関で機密事項に関与する蔵人所の長官。弁官（国政庶務の事務処理担当）・近衛中将が任じられた。頭弁・頭中将と称した。

藤原長良―藤原高子 ＝ 56 清和天皇
13 57 陽成天皇
17 在原業平 ⇔ 藤原高子

高子様と　来たりしならば
陽成院に　託すが良きが
ここは兄者の　在原行平如何に
（在原業平）

立ち別れ 〔16〕―中納言行平―

在原行平父御　阿保親王は
平城帝の　皇子様なるも
皇位を回る　争い渦に
（嵯峨御代薬子の変・仁明御代承和の変）
利用巻き込み　されしの後に
悶々日々に　この世を去りぬ
親の挫折を　目にして育つ
在原行平　忍従月日
備え剛直　気質に加え
民政学ぶ　機会を得たる
後に上るは　中納言職
時の関白　藤原基経対し
抵抗為すの　気概はあるも
海千山千　藤原氏には
敵わず晩年　文雅の道へ

（定家）

事ありて　好まざる須磨住まいを強いられた時
そこで詠みたる歌

わくらばに　問ふ人あらば
須磨の浦に　藻塩垂れつつ　侘ぶと答へよ

《まあ仮に　何処と訊かば
　須磨浦で
　　藻の潮（涙を）垂らし　侘び住むとでも》

―在原行平―（古今集・九六二）

紫式部作りし『源氏物語』須磨の巻の構想
これ種に生まれたること　世に知れる通りにて

その我れは
斉衡二年（855）　因幡守に任じられた
三十八歳の時である
左遷という訳ではないが
これまで武官の道を辿り来たった　我れにとり
地方官の任務は
さすがに都別れの未練が胸に迫る

立ち別れ　因幡（去なば）の山の　峰に生ふる
松（待つ）とし聞かば　今帰り来む
――中納言行平――

《因幡へと　別れて行くが　峰松の
待つと聞いたら　直ぐにも帰る》

- 51 平城天皇 ─ 阿保親王
  - 16 在原行平
  - 17 在原業平
- 52 嵯峨天皇 ─ 54 仁明天皇 ─ 55 文徳天皇（道康親王）
- 53 淳和天皇 ─ 恒貞親王

【薬子の変（平城太上天皇の変）】弘仁元年（810）
平城上皇と嵯峨天皇が政策上での争いで対立し、譲位した上皇が藤原薬子と兄の策謀に乗り重祚を図り東国で挙兵しようとしたが失敗した事件。
阿保親王は処罰の連座を受け大宰府へ左遷。

【承和の変】承和九年（842）
平城・嵯峨・淳和と続いた兄弟皇統を嵯峨の子仁明が継ぐに当り、次は淳和の子（恒貞親王）と約し皇太子としたが、藤原良房による妹順子の生んだ道康親王（文徳天皇）を皇太子とし他氏排斥を図ろうとする陰謀により、恒貞親王が皇太子を廃された事件。
阿保親王は策謀を持ちかけられたが数日苦悩の末密書にて通報、難を逃れるが以後密告を苦しみ世を去る。

されば弟　意志をば思い
元へと戻し　陽成院に
（在原行平）

■隠岐＜11＞
「海の原」（参議篁）
■竜田川＜17＞
「ちはやぶる」（在原業平朝臣）
■因幡山＜16＞
「立ち別れ」（中納言行平）

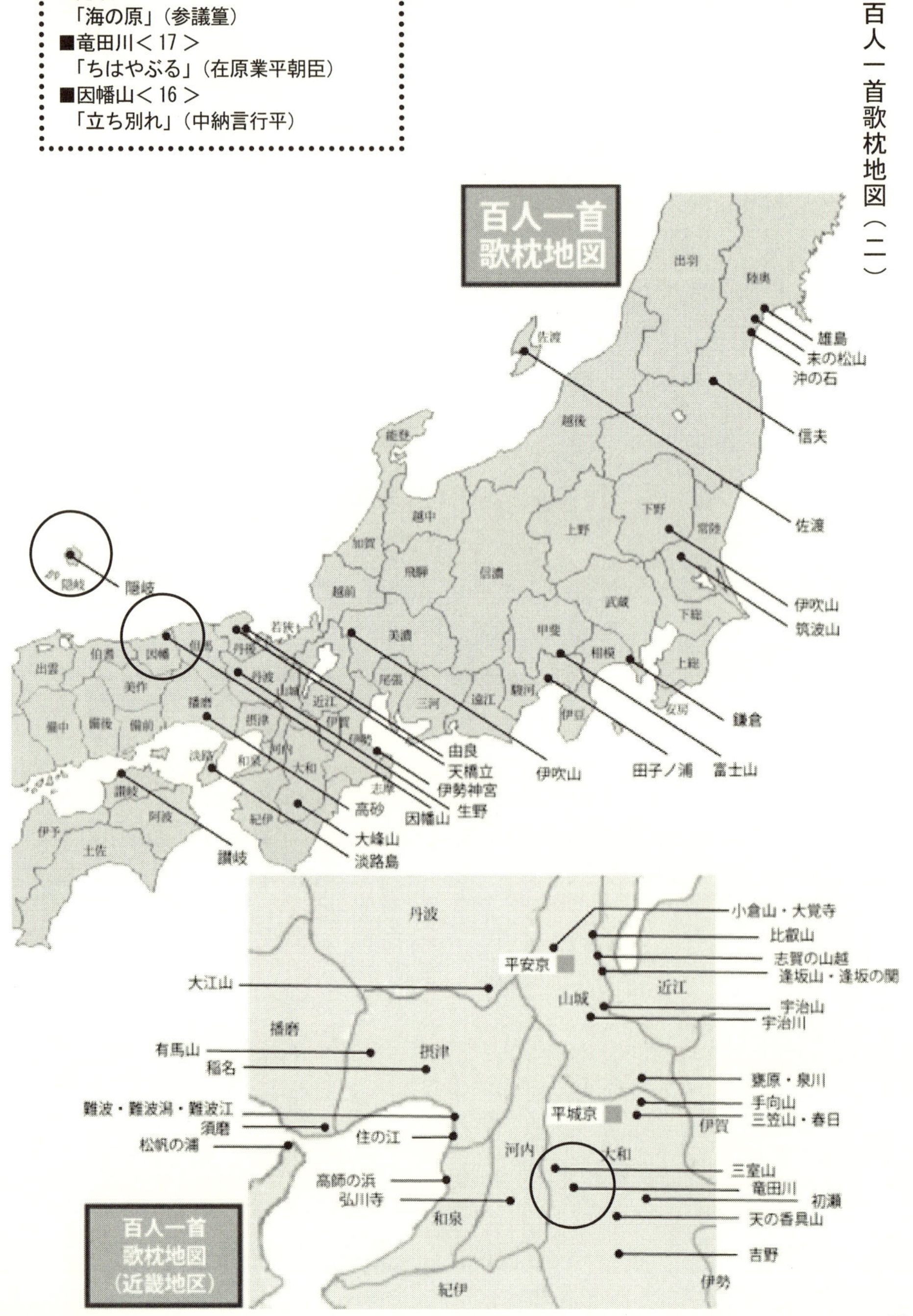

【百人一首年表】 (2)

（斜体数字：生没年不肖または生年不肖）

西暦	年号	年	天皇	歴史的事項（ゴシック体：文学関連事項）	平城天皇 51	嵯峨天皇 52	淳和天皇 53	仁明天皇 54	文徳天皇 55	清和天皇 56	陽成院 57	光孝天皇 58	宇多天皇 59	醍醐天皇 60	**小野篁** 11	**喜撰法師** 8	**蝉丸** 10	**小野小町** 9	**僧正遍昭** 12	**在原業平** 17	**在原行平** 16
806年	大同	1年	平城	平城天皇即位(33)	33	21	21														
809年		4年	嵯峨	嵯峨天皇即位	36	24	24														
810年	弘仁	1年		藤原薬子の変	37	25	25														
816年		7年		空海・高野山金剛峯寺を開く	43	31	31								15						
822年		13年		比叡山に戒壇建立を許す	49	37	37								21						
823年		14年	淳和	淳和天皇即位 (38)	50	38	38								22						
827年	天長	4年		延暦寺に戒壇院設立を認む		42	42	18							26	*18*	*18*				
833年		10年	仁明	仁明天皇即位(24)		48	48	24							32	*24*	*24*		18		16
838年	承和	5年		**小野篁・隠岐配流**		53	53	29							37	*29*	*29*		23		21
840年		7年		**『日本後記』撰進**		55	55	31							39	*31*	*31*	*16*	25	16	23
842年		9年		承和の変		57		33	16						41	*33*	*33*	*18*	27	18	25
848年	嘉祥	1年		藤原良房・右大臣				39	22			19			47	*39*	*39*	*24*	33	24	31
850年		3年	文徳	文徳天皇即位(24)				41	24			21			49	*41*	*41*	*26*	35	26	33
855年	斉衡	2年		**在原行平・因幡守**					29			26				*46*	*46*	*31*	40	31	38
857年	天安	1年		藤原良房太政大臣					31			28				*48*	*48*	*33*	42	33	40
858年		2年	清和	清和天皇即位(9)					32	9		29				*49*	*49*	*34*	43	34	41
862年	貞観	4年								13		33				*53*	*53*	*38*	47	38	45
866年		8年		藤原良房摂政 応天門の変						17		37				*57*	*57*	*42*	51	42	49
869年		11年		**『続日本後紀』撰上**						20		40				*60*	*60*	*45*	54	45	52
872年		14年		藤原基経摂政						23		43				*63*	*63*	*48*	57	48	55
876年		18年	陽成	陽成天皇即位(9)						27	9	47				*67*	*67*	*52*	61	52	59
878年	元慶	2年		元慶の乱						29	11	49				*69*	*69*	*54*	63	54	61
879年		3年		**文屋康秀・縫殿助**						30	12	50				*70*	*70*	*55*	64	55	62
884年		8年	光孝	光孝天皇即位(55)							17	55	18					*60*	69		67
887年	仁和	3年	宇多	宇多天皇即位(21)							20	58	21					*63*	72		70
888年		4年		藤原基経関白							21		22					*64*	73		71
890年	寛平	2年		**遍昭・蝉丸に和琴を習う?**							23		24					*66*	75		73
892年		4年		**是貞親王家歌合<05><22><23>** **寛平御時后宮歌合<18><37>**							25		26					*68*			75
893年		5年		**道真・『新撰万葉集』撰進**							26		27					*69*			76
894年		6年		遣唐使廃止							27		28					*70*			
897年		9年	醍醐	醍醐天皇即位(13)							30		31	13				*73*			
898年	昌泰	1年		**道真・宮滝行幸供奉**							31		32	14				*74*			
899年		2年		藤原時平左大臣							32		33	15				*75*			
901年		4年		**道真・大宰権帥に左遷** **『日本三代実録』完成**							34		35	17							
905年	延喜	5年		**『古今和歌集』撰進**							38		39	21							
907年		7年		唐滅亡 **大堰川行幸<26>**							40		41	23							
909年		9年		**素性・屏風歌を詠む**							42		43	25							
913年		13年		**亭子院歌合、内裏菊合**							46		47	29							
916年		16年		**亭子院有新無心歌合**							49		50	32							
924年	延長	2年		**坂上是則・加賀介** **藤原定方・右大臣**							57		58	40							
925年		3年		**躬恒・和泉国より帰京**							58		59	41							

筑波嶺の〔13〕——陽成院——

薬子変にて　嵯峨天皇の
抜擢受けた　藤原冬嗣北家
続く藤原良房　承和の変で
文徳天皇　擁立果たし
娘送りて　産みたる皇子の
幼きなるを　天皇（清和天皇）に為して
摂政関白　実権握り
平安遷都その後　続いて来たの
皇親政治　様変わりへと
更に藤原基経　清和天皇の許へ
妹高子　送りて皇后
生したる皇子ぞ　陽成天皇
後の騒動　ここにて生まる

（定家）

我れが母高子
奔放恋の遍歴只成らず
その血を引きたるかにや
我れまた放縦日々を送りしが
高子と兄藤原基経により　九歳にして即位とされ
その藤原基経が摂政となりて　実権握り
我れの無軌道をば　「物狂い」と言い
ついに我れより皇位を剥がし
あろうことか年齢五十五の時康親王（光孝天皇）を帝位に
この人の良い老人なら
意にままにとの魂胆なりしか

十七歳で退位の我れに　政略かや　婚の話し
相手は何と　綏子内親王
これ　光孝天皇皇女
釣殿での見交わせに　持ちし訝り
次第薄らぎ行きしは　男女の機微か・・・

筑波嶺(つくばね)の　峰より落つる　男女(みな)の川
恋ぞ積りて　淵(ふち)となりぬる
――陽成院(ようぜいいん)――

《筑波嶺(つくば)落つ　滴(したた)り積り
　男女川(かわ)となる
我が恋積り　隠(こも)れる淵(ふち)ぞ》

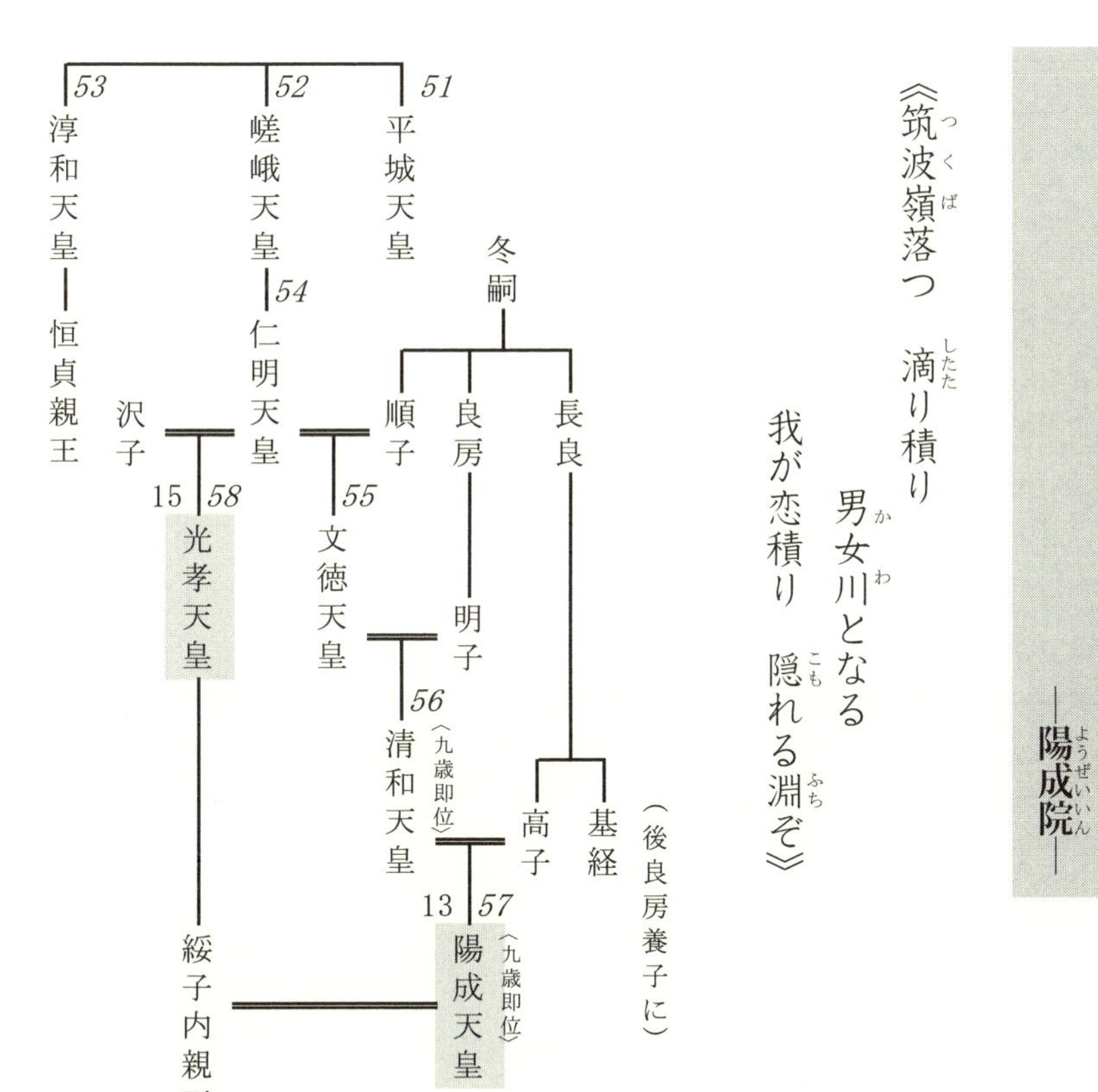

片腹痛き　ことにはあれど
事の展開　止(や)むなしなれば
次はお前ぞ　光孝天皇(こうこうみかど)
（陽成院）

君が為　〔15〕——光孝天皇——

桓武(かんむ)天皇以降に　続くの王位
兄弟継承　続きし後(あと)に
仁明・文徳　清和に陽成(ようぜ)天皇
嗣子(しし)への継承　続くと見るも
政府率(ひき)いる　兄藤原基経(もとつね)と
宮中支配　高子(たかいこ)間
対立日に日　激しになりて
妃(きさき)の座へと　娘の温子(おんし)
狙う藤原基経(もとつね)　高子(たかいこ)阻み
権力削(そ)がる　恐れる兄は
陽成(ようぜ)天皇・高子(たかいこ)　追放策し
粗暴行ない　王器(おうき)で無しと
廃帝迫り　光孝(こうこう)天皇立つに
皇統流れ　傍流筋の
宇多・醍醐へと　変わりて移る
（定家）

あれよあれよの展開
我れを天皇(みかど)に　と申すか
我が母は　藤原基経(もとつね)母と姉妹
それ故　幼き時からの友　との誼(よしみ)
狂える陽成天皇(ようぜいみかど)を廃し　後(あと)にと

老骨なれど　期待とならば
いやいや　野心などござらぬて
我が子の全て　源氏の姓を与え　臣籍と下(くだ)すに

何々　親王(みこ)なりし時のこの歌
「君」をば
藤原基経(もとつね)殿を指すやに言うか
ハハハ　推量は如何(いか)にても

君が為（ため）　春の野に出（い）でて　若菜摘む
我が衣手（ころもで）に　雪は降りつつ
——光孝天皇（こうこうてんのう）——

《貴男（あなた）にと　思い春野で　摘む若菜
その我が袖に　雪降り掛かる》

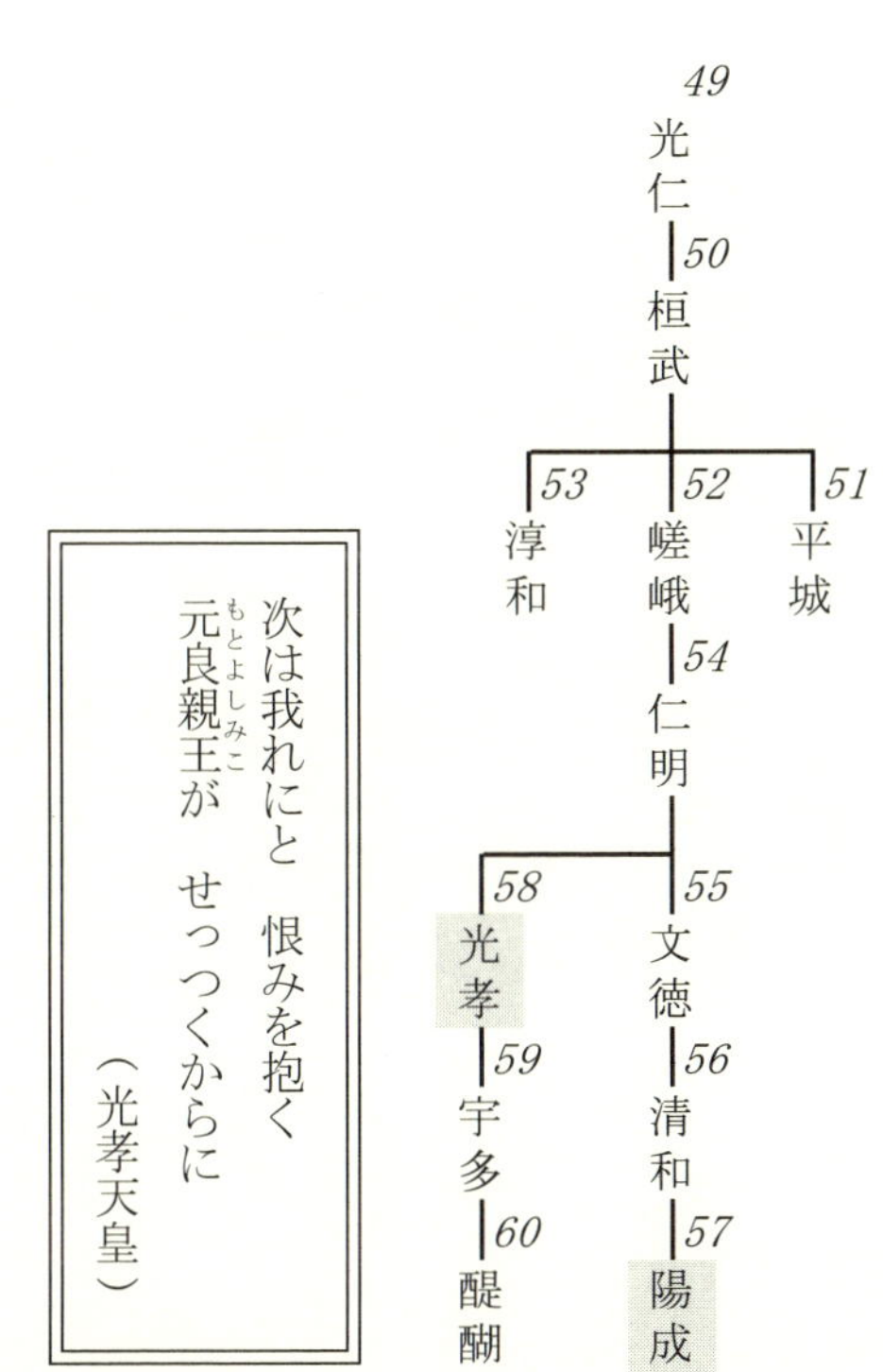

次は我れにと　恨みを抱く
元良親王（もとよしみこ）が　せっつくからに
（光孝天皇）

侘びぬれば〔20〕――元良親王――

皇位奪われ　無念の去らぬ
陽成院と　皇太后は（藤原高子）
光孝天皇憎し　宇多天皇憎し
「宇多天皇が皇籍　外れし折は
　我れの臣下に　ありたるくせに」
悔やみ恨めど　元戻らぬに
やがて生まれし　第一皇子の
元良親王　長じて仇名
『一夜めぐりの　君』とは正に
よくぞ言い得た　色恋好み

（定家）

世が世成れば　我れは天皇に
この境遇を　元に返す術とて無い
女に現を抜かす他　憤懣の遣り場はないのだ
一度ものにした女に　二度目はない
執着は　身を滅ぼす
祖母高子の血を引くのやも知れぬ
父も祖母も　未だに燻って居る
祖母に至っては　五十路を越えたと言うに
僧との密通　遂に皇太后廃立
なんたる態だ
我れなんぞ
宇多院の愛妃褒子（京極御息所）をものにしてやった
醍醐天皇の女御と成るべきを
横取りした宇多院め　恐れ入ったか
しかるに　露見
褒子に限り　二度目を望まなくもない
せめて　いま一目

侘びぬれば　今はた同じ　難波なる
身を尽くし（澪標）ても　逢はむとぞ思ふ
——元良親王——

《知れた今　思嘆いてみても
どもならん
この身滅ぼと　逢わずに措くか》

藤原高子
13 *57* 陽成院
20 元良親王
15 *58* 光孝天皇
59 宇多天皇 ＝ 京極御息所
60 醍醐天皇

おっとこれなは　源融
われも恨みや　悔しを述ぶや
さあさ存分　胸底晒せ
（元良親王）

陸奥の〔14〕——河原左大臣——

陽成天皇　剥奪(とら)れの皇位
後(あと)を定むに　如何(いか)にと諮(はか)る
会議公卿(くぎょう)は　藤原基経(もとつね)胸を
忖度(そんたく)なして　黙する中に
「我れは嵯峨(さが)天皇皇子(みこ)　資格のあるに」
「一度臣下と　なりたる皇子(みこ)の
　皇位着きたる　例(ためし)は無き」と
退(しりぞ)かされし　源(みなもと)　融(とおる)
築き豪邸　河原院(かわらのいん)は
陸奥(むつ)の塩竈(しおがま)浦　風光模した
池を造りて　塩焼き窯(がま)も
難波海から　運びし海水(みず)に
海の魚介を　飼育(そだ)てる贅(ぜい)ぞ

（定家）

おのれ藤原基経(もとつね)　選(よ)りに選(よ)って光孝(こうこう)天皇なぞ
き奴年齢(やつよわい)　五十五歳(ごじゅうご)なるも　なんたる老いぼれ
我れ六十二歳(ろくじゅうに)の方が　まだカクシャクぞ
臣下下(くだ)りしが　悔やみの元か

我れが死したる後　あの河原院
わが子手を経て　宇多法皇に渡りしに
そこに掠(かす)め取りたる寵妃(ちょうき)
今は「京極御息所(みやすんどころ)」と呼ばれる藤原褒子(ほうし)住まわせ
我れが未だ住まい居るに
月夜愛(め)でての逢い引きとは心得ぬ
疾(と)くと去(い)にやれ

少しく荒れたる河原院
亡霊騒ぎに　ますます荒れるかや
ハハハ
「誰故に　荒れ初めにしか」ぞ

陸奥の　信夫捩ぢ摺り
誰故に　乱れ初めにし
我れならなくに
—河原左大臣—

《このわしが　誰が為にと　乱れ初む
陸奥信夫　捩じ摺りや無し》
（信夫の捩じ摺りの染め柄は乱れ模様）

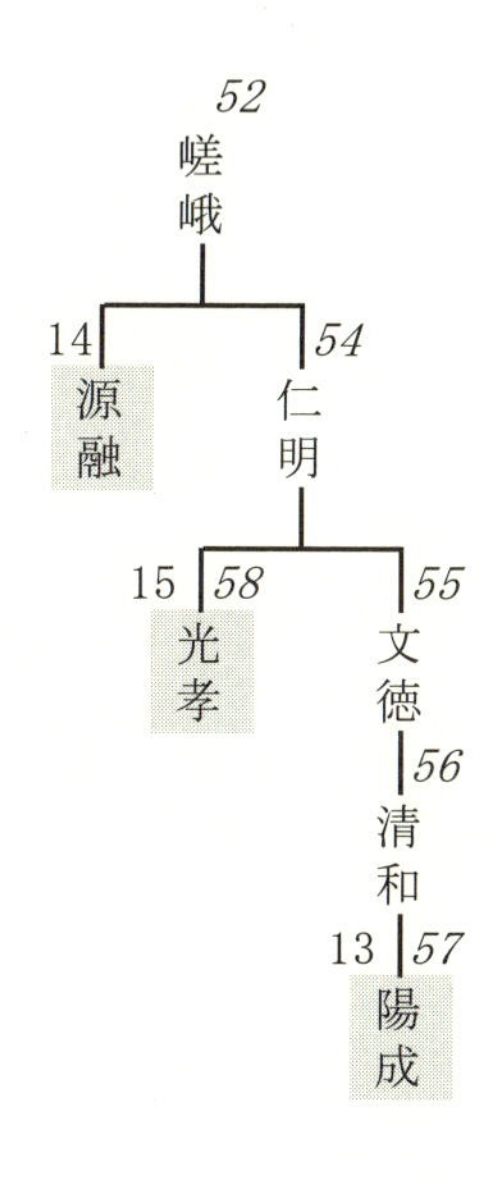

さても宇多天皇　恨みと為すは
いまも、一人の　源宗干なるに
（源　融）

山里は　〔28〕——源宗于朝臣——

新た王統　光孝天皇後を
継ぐに我が娘を　妃と為して
己が権力の　確たる保持を
狙う藤原基経　意向に反し
臣下下しし　第七皇子の
源貞省　推挙を為しは
源貞省養子と　迎えておりし
内侍の　藤原淑子（基経の妹）
歯噛み藤原基経　渋々承知
新た着いたは　宇多なる天皇
寛平三年（891）藤原基経死すや
第一皇子の　是忠親王始め
同母兄弟　皇籍復帰
源宗于なるは　是忠親王お子ぞ
（定家）

我が父　一旦臣下となるも
叔父宇多天皇の意向を以ちて　皇籍に復帰
然れど　我れは　三年後またも臣籍にと下り
地方官を経て　右京の大夫に
如何にも微官にての扱い
偶々　石付き海松が題材となりしに
我れ此処ありを示すに
この機会逃すべきやと　奉りし歌

沖つ風　吹飯の浦に　立つ浪の
波残りにさへや　われは沈まぬ

《吹飯浦　沖風寄せる　波の跡
残る浅瀬にさえ　沈むか我れは》
——源宗于——（大和物語）

御心如何に　仰ぎてみるに
宇多天皇は　側近向かい
「題の石海松　何れに有りや」
知らぬ顔にて　ただ澄ますのみ
最早　誰も目を掛けぬか　わしに

山里は　冬ぞ寂しさ　増さりける
人目も草も　枯(離)れぬと思へば
——源宗于朝臣——

《山里の　寂しさ冬が　格別や
草木枯れるし　人かて来んし》

15 *58*
光孝天皇

59
宇多天皇
〈第七皇子・源貞省〉

是忠親王
〈第一皇子〉

28
源　宗于

文室康秀　歌仙のひとり
取り上げ歌の　時代に合わせ
遅れたなれど　さあ詠えやな
（源宗于）

吹くからに〔22〕——文屋康秀——

文屋康秀　辿るの血筋
天武天皇　第七皇子の
長皇子なの　末裔なるも
不遇託ちて　凋落身分
上手の歌に　我が身を託し
年齢重ねて　七十歳前の
やっと臨みし　宇多帝御代の
是貞親王の　歌合にて
（光孝天皇第二皇子）
詠みたる歌は　他と比べ為し
雅遥かに　遠きにあるも
言葉遊びの　面白きにて
ここに採録　為すとぞ決めし

（定家）

老いさらばえて仕舞うたわい
身分低きままの宮仕え

何とかならぬものかと
清和天皇女御の　高子様に呼ばれ
詠うた歌　あれは三十年近く前貞観の頃か

春の日の　光にあたる　我なれど
頭の雪と　なるぞ侘びしき

《春日の光　当たる頭に　雪が降り
白きとなれる　この侘びしさよ》

——文屋康秀——（古今集・八）

花の木に　あらざらめども　咲きにけり
古りにし木の実（この身）　成る時もがな

《木作りの　造花は咲いたが　古惚けた
木の実（この身）成る様な　時来んものか》

——文屋康秀——（古今集・四四五）

今となっては出世も叶わず
萎（しお）れ枯れるを待つ身と成って仕舞（しも）うたか

吹くからに　秋の草木の　萎（しを）るれば
むべ山風（やまかぜ）を　嵐（荒し）と言ふらむ
——文屋康秀（ふんやのやすひで）——

《吹くだけで　秋の草木を
荒れ枯らす
そんで山風（やまかぜ）「荒し」と言（ゆ）んか》

【参考】決し思いの首尾如何に
この身窶（やつ）れて　うらぶれ居れど
恋に境の　これ無きものと
小野小町（おののこまち）を　赴任の旅に
誘いし歌に　返りた歌が
今も自慢ぞ　来たかは別に

侘（わ）びぬれば　身を浮き（憂き）草の　根を絶えて
誘ふ水あらば　往（い）なむとぞ思ふ

《侘（わ）びしさの　憂（う）さを晴らしに　ここ離れ
誘いに乗って　行こかなうちも》
——小野小町——（古今集・九三八）

我が子文屋朝康（あさやす）　次託すにて
父を崇（あが）めて　詠えよいか
（文屋康秀）

白露に

〔37〕――文屋朝康――

文屋康秀　その身を憂い
出世なんとか　藻掻きを為すに
その子文屋朝康　我れ関せずと
歌の修行に　励みしからに
歌合席　多くに出でて
玉よ露よと　雅の歌を
多く残すに　その故以ちて
ここに収録の　一首を掲ぐ

（定家）

同じくに呼ばれし　父子揃っての
是貞親王の　歌合席
なんと親父め　詰まらぬ歌を
こうは詠えぬものか

秋の野に　置く白露は　玉なれや
貫き懸くる　蜘蛛の糸筋

《きらきらと　秋野置く露　水晶玉やろか
蜘蛛の細糸　貫いとおる》

――文屋朝康――（古今集・二二五）

うんそうじゃ
今後は白露を玉と見立てた歌
わしの得意となすか

白露(しらつゆ)に　風の吹き頻(し)く　秋の野は
貫(つらぬ)き留(と)めぬ　玉ぞ散りける
——文屋朝康(ふんやのあさやす)——

《糸通(いととお)し　為(し)とらん玉や　白露(しらつゆ)は
秋野頻(しき)りと　吹く風に散る》

文(ぶん)屋(や)朝(あさ)康(やす)
白(しら)露(つゆ)に風(かぜ)の
ふきしく
秋(あき)の野(の)は
つらぬきとめぬ
玉(たま)ぞちりける

さても同じの　是貞親王(これさだみこ)の
席連ねしの　大江千里(ちさと)へ繋ぐ
（文屋朝康）

月見れば〔23〕―大江千里―

燕子楼中霜月色
秋来只為一人長

―白氏文集―

『二人過ごせし　燕子楼
楼の名因み　燕
二人夫を　持たぬとか
一人になりて　十年過ぎ
霜色月の　射す楼に
秋が来たりて　只独り
過ごすこの夜は　いと長し』
そうだ　この漢詩
是貞親王の　歌合臨むに
和歌に変え　我が歌と為すか

大江千里　在原業平叔父に
持ちたる家の　漢学者にて
和歌も熟すの　情緒の人で
宇多天皇や醍醐天皇の　御代我国の
中華文化の　影響脱し
日本古来の　文化が復し
新た文芸　育み時代
宇多天皇の　勅命受けて
漢詩句題を　和歌詠み替えて
成した歌集を　献上したる
「句題和歌」なを　作りし人ぞ

（定家）

月見れば　千々に物こそ　悲しけれ
我が身一つの　秋にはあらねど
——大江千里——

《月見たら　あれこれどれも　もの悲し
わしだけに来た　秋違う云うに》

さて次なるは　何方が良いか
そうぞ宇多天皇　縁と言えば
この人伊勢に　留めを指すに
（大江千里）

難波潟 〔19〕—伊勢—

宇多天皇(うだのみかど)に　付いたる女御(にょうご)
藤原温子(おんし)仕えの　女房の中に
伊勢守(いせのかみ)なる　藤原継蔭(つぐかげ)娘
年頃同じ　寛容女主人(あるじ)
敬愛以(も)ちて　仕える伊勢に
こともあろうに　宇多天皇(みかど)が懸想(けそう)
生まれた皇子(みこ)は　早世為(そうせいな)して
宇多天皇(みかど)御退位　剃髪為(な)され
やがて藤原温子(おんし)も　亡くなられしの
憂い沈みの　伊勢にと掛ける
熱き言の葉　敦慶親王(あつよしみこ)ぞ
(宇多天皇第四皇子)

（定家）

王朝歌人(うたびと)の中
私(わらわ)ほど　恋に生き歌に生きたはあろうか
小野小町(おののこまち)？　あんなお婆さんなど
今はどうしているのやら
和泉式部(いずみしきぶ)？　百年も後のこと　どうだって！
私は　今がいいの　そう今日も恋文が来たわ
藤原仲平(なかひら)様？　藤原時平(ときひら)様？
ああ　これは宇多天皇(うだのみかど)？
それとも敦慶親王(あつよししんのう)様？

この歌　何方(どなた)に差し上げたのだったかしら

難波潟(なにはがた)　短き芦の　節(ふし)の間(ま)も
逢(あ)はでこの世を　過ぐしてよとや
—伊(い)勢(せ)—

《難波芦(なにわあし)　短か節間(ふしま)の　一寸間(ちょっとま)も
逢わんと一生(いっしょ)　過ごせて言うか》

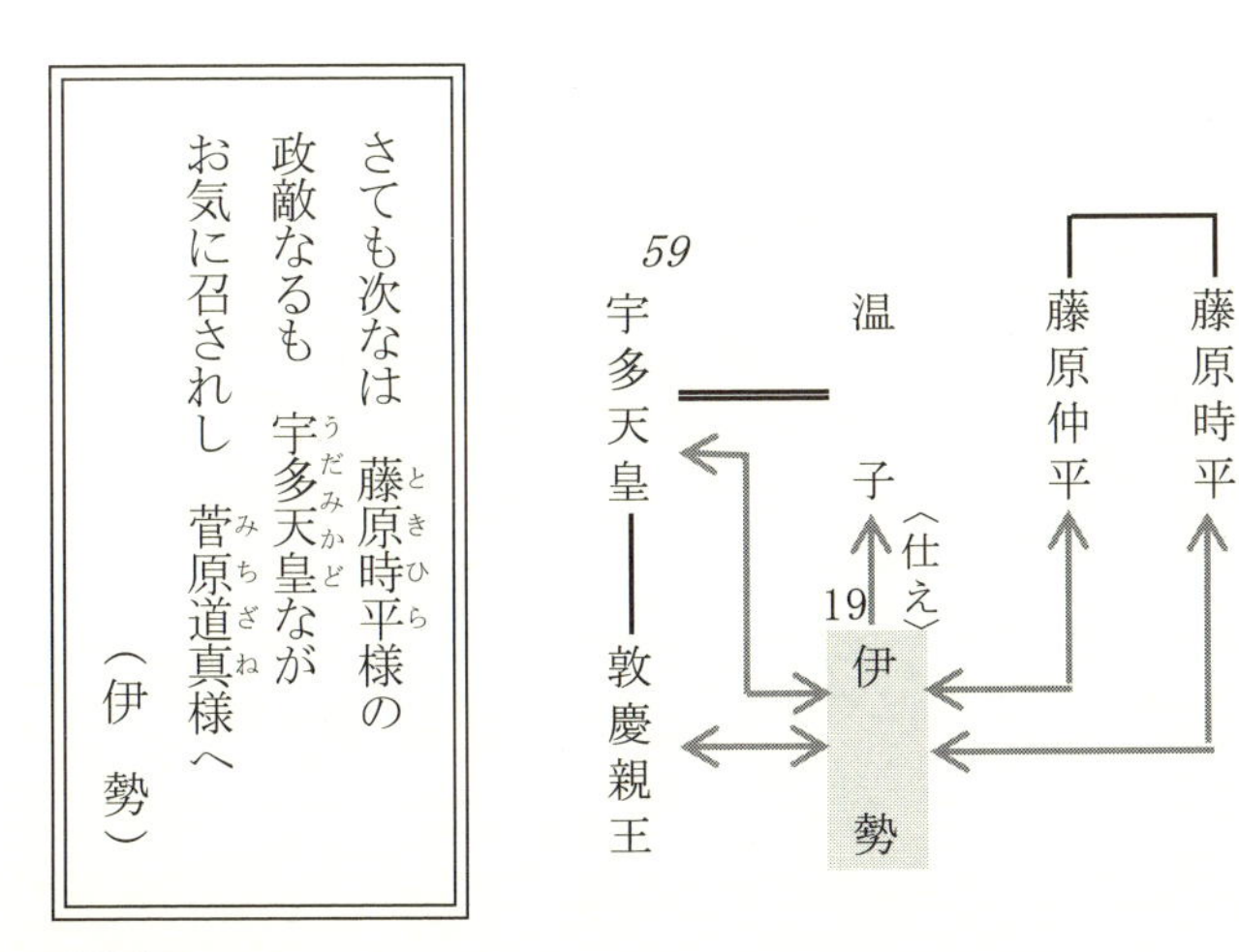

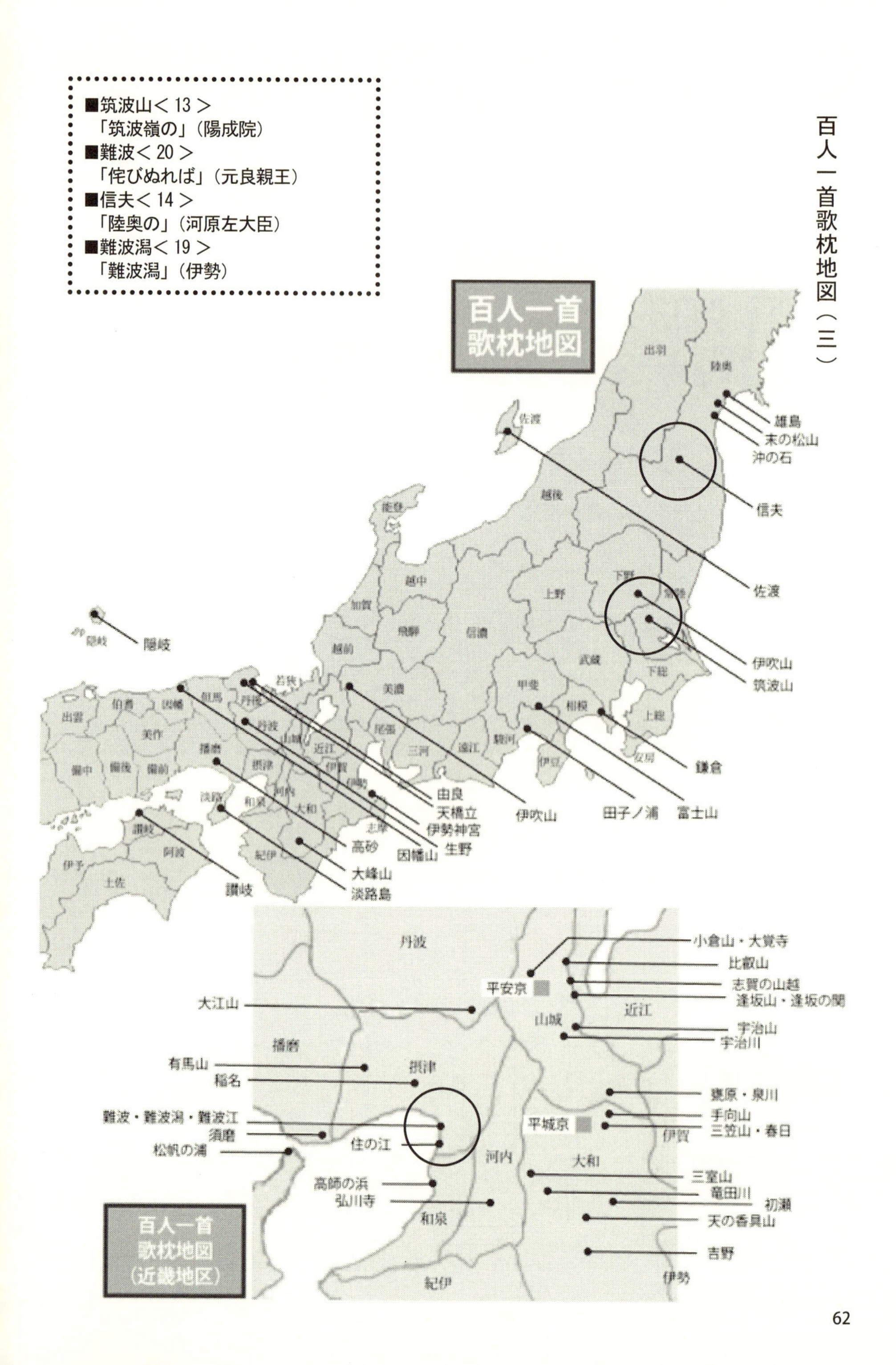
■筑波山＜13＞
「筑波嶺の」（陽成院）
■難波＜20＞
「侘びぬれば」（元良親王）
■信夫＜14＞
「陸奥の」（河原左大臣）
■難波潟＜19＞
「難波潟」（伊勢）
百人一首
歌枕地図
雄島
末の松山
沖の石
信夫
佐渡
伊吹山
筑波山
隠岐
鎌倉
由良
天橋立
伊勢神宮
伊吹山
田子ノ浦
富士山
高砂
因幡山
生野
大峰山
淡路島
讃岐
丹波
小倉山・大覚寺
比叡山
平安京
志賀の山越
逢坂山・逢坂の関
大江山
山城
近江
宇治山
宇治川
播磨
有馬山
摂津
稲名
甕原・泉川
手向山
難波・難波潟・難波江
平城京
三笠山・春日
須磨
伊賀
住の江
松帆の浦
河内
大和
三室山
高師の浜
竜田川
弘川寺
初瀬
和泉
天の香具山
百人一首
歌枕地図
（近畿地区）
吉野
紀伊
伊勢

【百人一首年表】 (3)

(斜体数字：生没年不肖または生年不肖)

西暦	年号	年	天皇	歴史的事項 (ゴシック体：文学関連事項)	仁明天皇 54	文徳天皇 55	清和天皇 56	陽成天皇 57	光孝天皇 58	宇多天皇 59	醍醐天皇 60	朱雀天皇 61	村上天皇 62	光孝天皇 15	源融 14	陽成院 13	元良親王 20	源宗干 28	文屋康秀 22	文屋朝康 37	大江千里 23	伊勢 19
827年	天長	4年		延暦寺に戒壇院設立を認む	18																	
833年		10年	仁明	仁明天皇即位(24)	24																	
838年	承和	5年		**小野篁・隠岐配流**	29										17							
840年		7年		**『日本後紀』撰進**	31										19				*16*			
842年		9年		承和の変	33	16									21				*18*			
848年	嘉祥	1年		藤原良房・右大臣	39	22			19					19	27				*24*			
850年		3年	文徳	文徳天皇即位(24)	41	24			21					21	29				*26*			
855年	斉衡	2年		**在原行平・因幡守**		29			26					26	34				*31*			
857年	天安	1年		藤原良房太政大臣		31			28					28	36				*33*			
858年		2年	清和	清和天皇即位(9)		32	9		29					29	37				*34*			
862年	貞観	4年					13		33					33	41				*38*			
866年		8年		藤原良房摂政 応天門の変			17		37					37	45				*42*		*17*	
869年		11年		**『続日本後紀』撰上**			20		40					40	48				*45*		*20*	
872年		14年		藤原基経摂政			23		43					43	51				*48*		*23*	
876年		18年	陽成	陽成天皇即位(9)			27	9	47					47	55	9			*52*	*17*	*27*	
878年	元慶	2年		元慶の乱			29	11	49					49	57	11			*54*	*19*	*29*	
879年		3年		**文屋康秀・縫殿助**			30	12	50					50	58	12			*55*	*20*	*30*	
884年		8年	光孝	光孝天皇即位(55)				17	55	18				55	63	17			*60*	*25*	*35*	
887年	仁和	3年	宇多	宇多天皇即位(21)				20	58	21				58	66	20			*63*	*28*	*38*	16
888年		4年		藤原基経関白				21		22					67	21			*64*	*29*	*39*	17
890年	寛平	2年		**遍昭・蝉丸に和琴を習う?**				23		24					69	23			*66*	*31*	*41*	19
892年		4年		**是貞親王家歌合<05><22><23>** **寛平御時后宮歌合<18><37>**				25		26					71	25			*68*	*33*	*43*	21
893年		5年		**道真・『新撰万葉集』撰進**				26		27					72	26				*34*	*44*	22
894年		6年		遣唐使廃止				27		28					73	27		*15*		*35*	*45*	23
897年		9年	醍醐	醍醐天皇即位(13)				30		31	13					30		*18*		*38*	*48*	26
898年	昌泰	1年		**道真・宮滝行幸供奉**				31		32	14					31		*19*		*39*	*49*	27
899年		2年		藤原時平左大臣				32		33	15					32		*20*		*40*	*50*	28
901年		4年		**道真・大宰権帥に左遷** **『日本三代実録』完成**				34		35	17					34		*22*		*42*	*52*	30
905年	延喜	5年		**『古今和歌集』撰進**				38		39	21					38	16	*26*		*46*	*56*	34
907年		7年		唐滅亡 **大堰川行幸<26>**				40		41	23					40	18	*28*		*48*	*58*	36
909年		9年		**素性・屏風歌を詠む**				42		43	25					42	20	*30*		*50*	*60*	38
913年		13年		**亭子院歌合、内裏菊合**				46		47	29					46	24	*34*				42
916年		16年		**亭子院有新無心歌合**				49		50	32					49	27	*37*				45
924年	延長	2年		**坂上是則・加賀介** **藤原定方・右大臣**				57		58	40					57	35	*45*				53
925年		3年		**躬恒・和泉国より帰京**				58		59	41					58	36	*46*				54
930年		8年	朱雀	朱雀天皇即位(8) 藤原忠平摂政				63		64	46	8				63	41	*51*				59
935年	承平	5年		平将門の乱				68				13				68	46	*56*				64
938年	天慶	1年		**伊勢・哀傷歌**				71				16				71	49	*59*				67
939年		2年		藤原純友反乱				72				17				72	50	*60*				
941年		4年		藤原忠平関白				74				19	16			74	52					
945年		8年		**貫之・木工権頭**				78				23	20			78						
946年		9年	村上	村上天皇即位(21)				79				24	21			79						
951年	天暦	5年		**梨壺に和歌所を置く** **『後撰和歌集』編纂開始**								29	26									
955年		9年		**道綱母<53>**									30									
960年	天徳	4年		**天徳内裏歌合<40><41><44>**									35									
962年	応和	2年		**河原院歌合**									37									
966年	康保	3年		**内裏前栽合・右近出詠**									41									

この度は〔24〕―菅家―

藤原基経死して　念願なるの
天皇親政　始めし宇多天皇は
藤原勢力　伸長抑え
己が皇統　守るが為と
皇子の敦仁親王（醍醐天皇）　位を譲り
上皇なりて　醍醐天皇を支え
右大臣にと　菅原道真推挙
藤原基経息子　藤原時平着きし
左大臣への　押さえと為せり
菅原道真進む　天皇主導
改革言うに「寛平の治」と

（定家）

譲位なさた宇多上皇が　突如の発意
「馬を駆り立て　狩りしつつに
京南へ　奈良抜け為して
宮滝行くに　支度を直ぐと」

我れ菅原道真
藤原氏を遠離け　我が娘も女御に送り込んだ
国力を弱めている唐への遣使
これも進言により　派遣停止と為した
我れが思うの政治　着々進み居るわ
楽しい狩りを　山の紅葉が彩っていた
山城から大和へ　見え来るは手向山

この度（旅）は　幣も取り敢へず　手向山
紅葉の錦　神の任に任に
――菅家――

《手向山神　紅葉錦を幣と
お受け召せ
急ぎ旅出掛けで　幣持たぬにて》

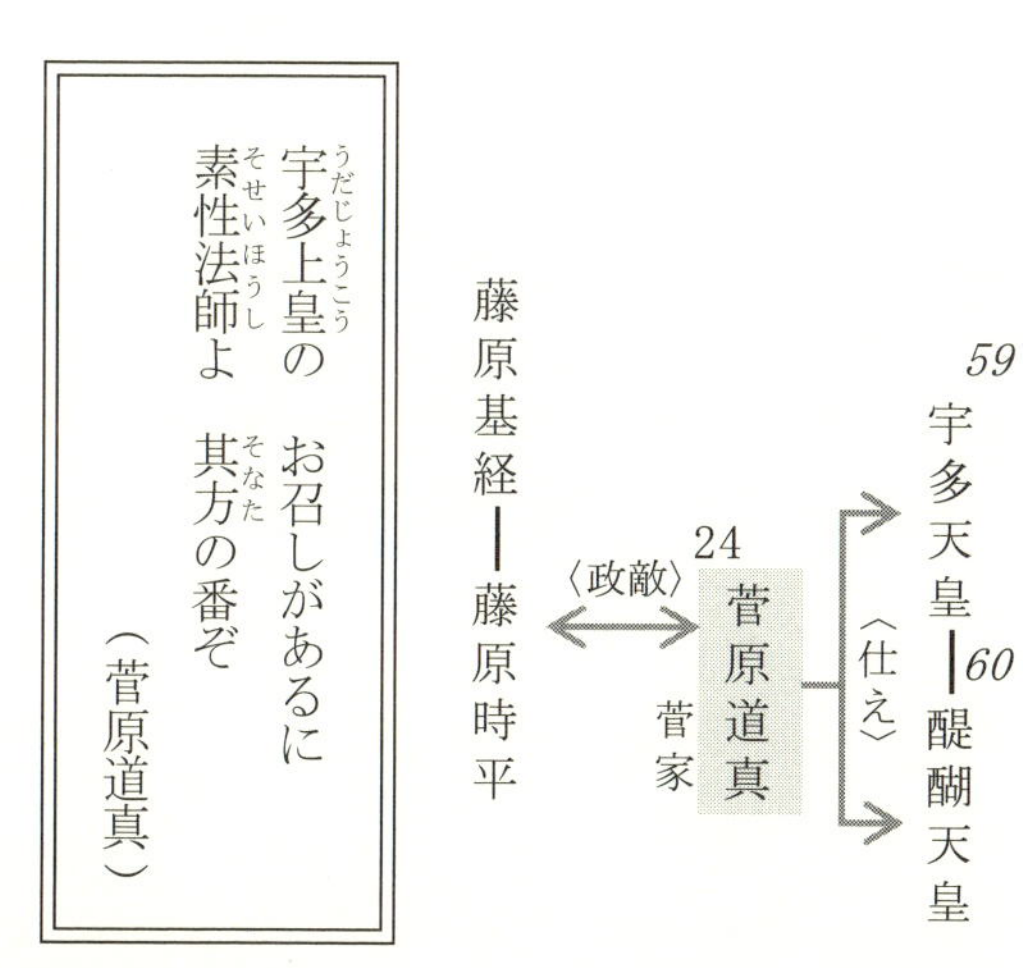

今来むと　〔21〕——素性法師——

（素性法師と言えば
　親は僧正遍昭）
初瀬寺祈る　母と子二人
「叶うことなら　今も一度の
　父との逢瀬　仏よ慈悲を」
隣壁越し　宿りてなるは
蓑一枚の　僧形これぞ
出家遍昭　様子を知るも
「ここぞ」の名告り　血涙　堪う
幾年過ぎて　会いたる父は
開口一番「僧の子僧」と
故に渋々　俗世を捨てつ
聞きし経緯　斯くありしとぞ
（定家）

なんと　宇多上皇の使いとな

僧門入りたる　この身
放蕩暮らし　市中構わずとの色好み
「延喜の遊徒」との　名を馳せしの日々
ようやくと収まり
ここ大和国は石上「良因院」に隠棲しおるに

またも俗世からのお呼びか
菅原道真殿も同道とか
ここは行かねばなるまい
待たすよりは　待つの辛きは　心得居るにて

昔　女の心となりて　詠いし歌
思い出したわい

今来むと　言ひしばかりに
長月の　有明の月を　待ち出でつるかな
――素性法師――

《直ぐ来ると　言うたを信じ
長い夜を
待つに来たんは　有明月や》

角突き合わす　菅家と藤家
藤原時平弟　藤原忠平なるは
菅原道真　良き友なるに
次ぎに登場　これ願い為す
（素性法師）

小倉山　〔26〕――貞信公――

絶頂誇る　菅原道真待つは
油断大敵　藤原時平練りし
「醍醐天皇廃しへ　皇弟立つ」の
風説醍醐天皇　真に受け為して
大宰権帥　左遷と為すの
これぞいわゆる　昌泰の変
起こりたるのは　昌泰四年（901）
配流され二年　失意に死すや
怨霊なりて　災禍の嵐
死して三十年　相次ぐ悲劇
藤原時平死する　皇太子さえ
皇太孫も　死したる上に
清涼殿に　大落雷が
続く災厄　菅原道真怖し

（定家）

如何な権勢守る術とは言え
兄上の為され様　着いては行けぬ
なになに菅原道真公から便りじゃと
東風吹かば　匂ひ寄越せよ　梅の花
主人なしとて　春を忘るな
《庭の梅　主人無くとも　春来れば
咲きて東風乗せ　我が許香れ》
―菅原道真―（拾遺集・一〇〇六）
おう大宰府へ配流され決しし時　庭梅に詠いし歌
か
今日は菅原道真公を頼りとされた
宇多法皇の大井川行幸
小倉山の紅葉　ほんに今が見頃じゃ
ほう何と
法皇様が　醍醐天皇にも見せたやと仰せか

小倉山（をぐらやま）　峰の紅葉葉（もみぢば）　心あらば
いま一度（ひとたび）の　行幸（みゆき）待たなむ
——貞信公（ていしんこう）——

《わしの心（むね）　小倉山紅葉葉（おぐらもみじば）
分（わ）かるなら
次の行幸（みゆき）を　散らんと待てよ》

聞きたる醍醐　天皇（みかど）なは
追いて行幸（みゆき）の　お出ましに

【昌泰の変】昌泰四年（901）
宇多法皇が菅原道真と共に醍醐政権を主導しようとする手法に不満な醍醐天皇や藤原時平が、道真の娘婿でもある斉世（ときよ）親王を皇太弟に立てようとしているという風説に乗り主導権を奪還しようとし、醍醐天皇の宣命によって道真を大宰権帥に降格した事件。

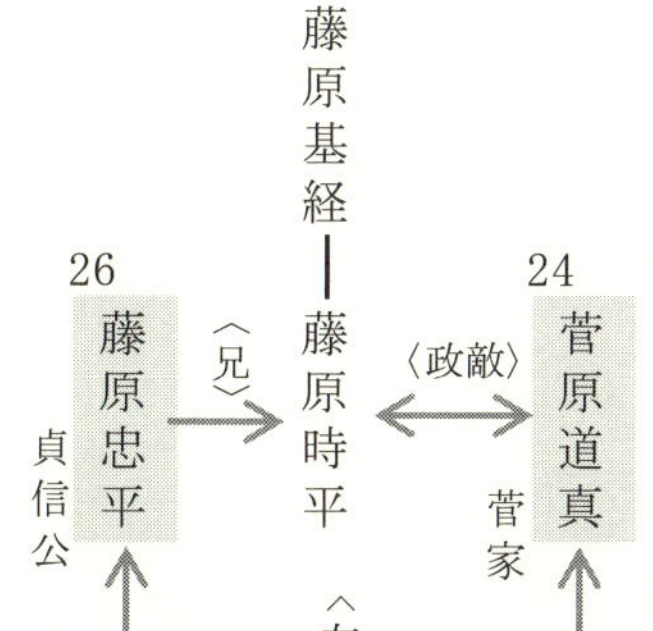

藤原基経━藤原時平
26 藤原忠平 貞信公 〈兄〉→ 藤原時平
藤原時平 ←〈政敵〉→ 24 菅原道真 菅家
藤原忠平 ←〈友〉→ 菅原道真

一族異例　文化の人の
藤原定方（さだかた）そちに　次をば託す
（藤原忠平）

名にし負はば〔25〕——三条右大臣——

醍醐天皇後半　三十年弱の
延喜・延長　この年内は
災厄続き　ありしと別に
政治情勢　平和に過ぎる
和歌の花咲く　時でもありて
これ率いたる　従兄弟の二人
政争閥族　異例と言える
藤原定方なると　藤原兼輔なりし
（定家）

門閥藤原家の　片隅
そんな我家に　思わぬ幸運が舞い込むとは
世も不思議

父の藤原高藤　鷹狩り出でて
遭いし落雷　宿りし屋敷
契り娘の　生みたる胤子
やがて源　定省と嫁ぐ
源定省即位し　宇多天皇なりて
間生まれし　醍醐天皇

お陰で父は内大臣に
我れ藤原定方は　右大臣と累進
邸三条にあるにて　この名を頂戴した

胤子は　さぞかし美しい姫であったかと?
その弟の我れも　さしずめ美男であろうと?
そうさな　美男蘰とでも言おうか
（「さねかづら」別名）

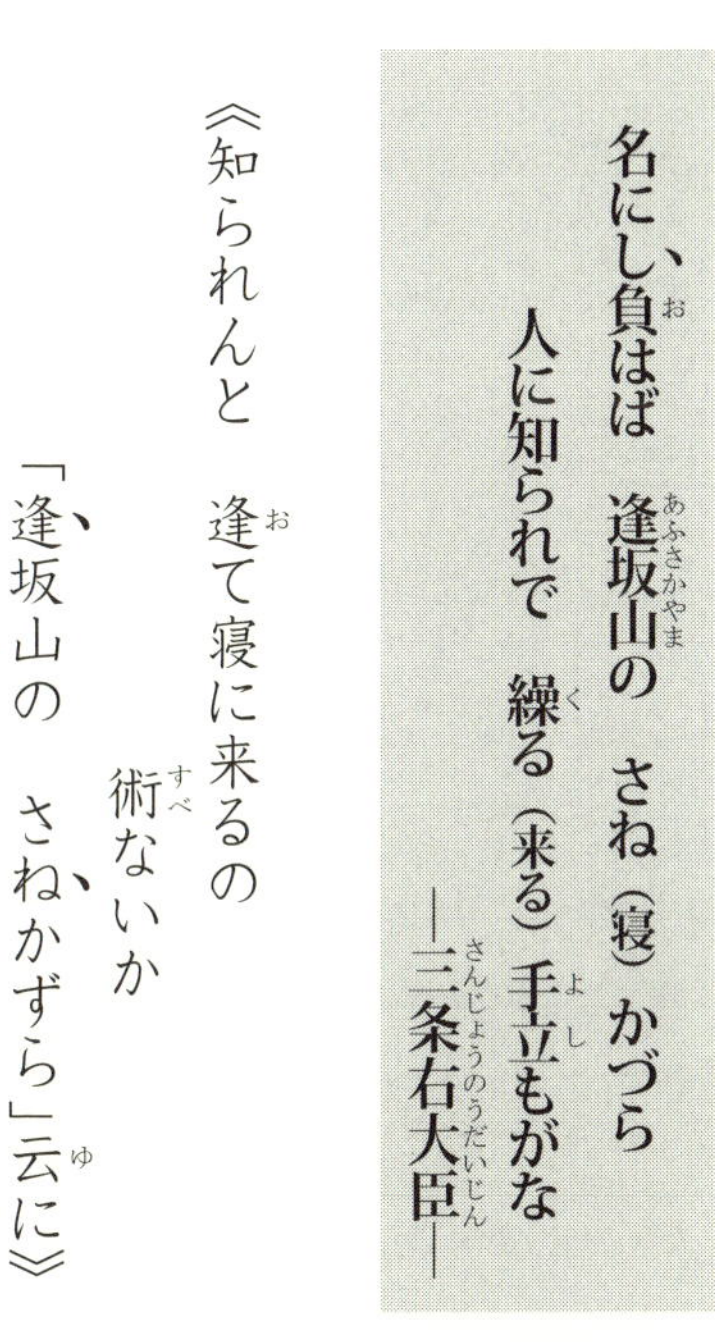

名にし負はば　逢坂山の　さね（寝）かづら
人に知られで　繰る（来る）手立もがな
―三条右大臣―

《知られんと　逢て寝に来るの
術ないか
「逢坂山の　さねかずら」云に》

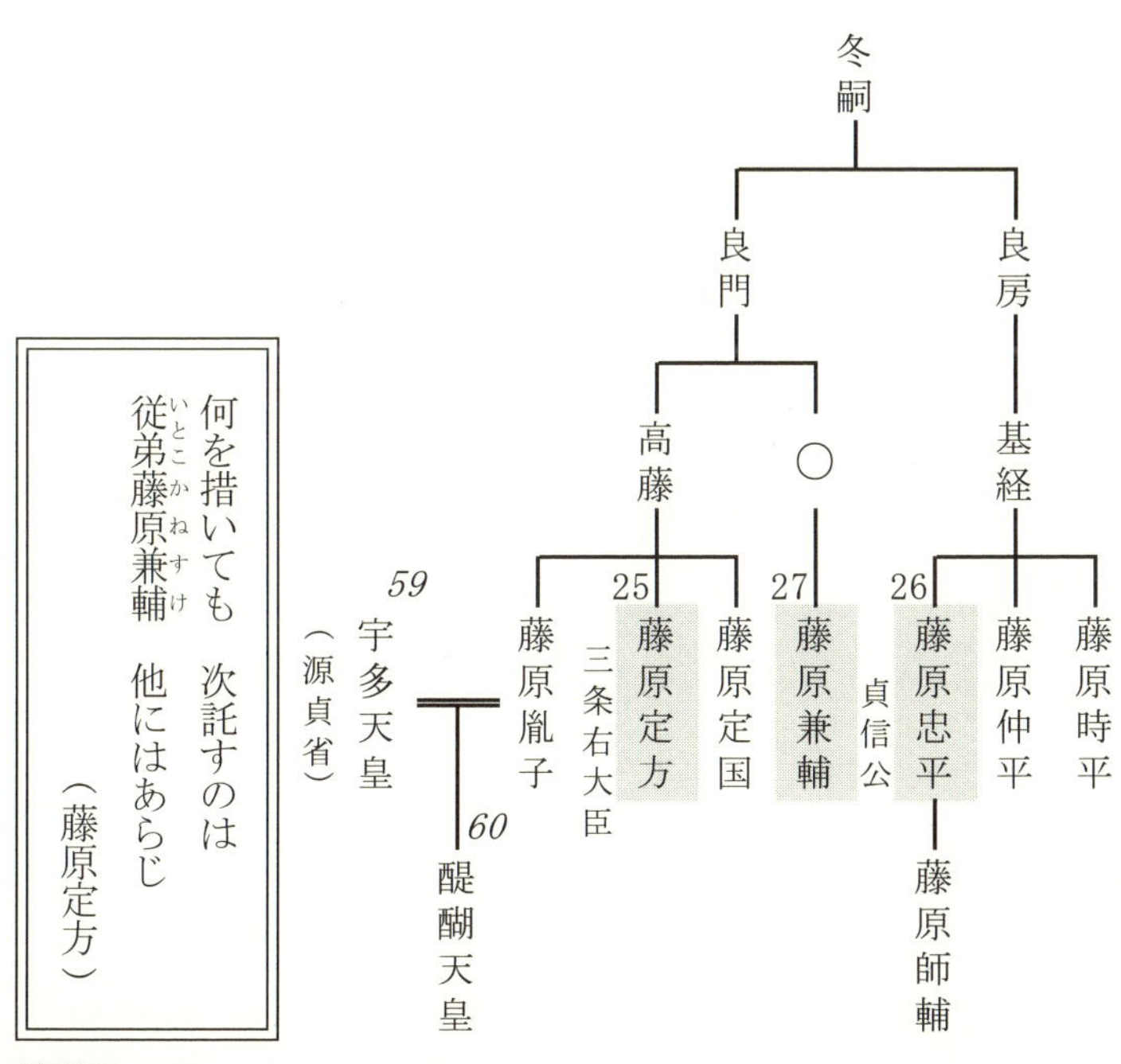

甕の原

〔27〕―中納言兼輔―

藤原時平(ときひら)亡き後(あと)　権勢流れ
弟筋の　藤原忠平(ただひら)移り
次いで息子の　藤原師輔(もろすけ)継ぐが
まずまず平和　続きし時代
文化の面も　栄えを見せて
清和・陽成　光孝(こうこう)天皇御代の
歴史を記(しる)す　第六国史
『日本三代　実録』成りて
勅撰和歌の　『古今和歌集(こきんのわかしゅう)』
完成せしも　醍醐(だいご)天皇の御代ぞ
（定家）

我ら従兄弟(いとこ)　二人して庇護せし歌人(うたびと)
多きにあるが　その中
我れと主従の仲とも言えるは　紀貫之(きのつらゆき)殿
三人で交わせし親密　ここに
朝臣家(あそみいえ)　藤花咲ける遣り水辺り
　しこたま飲みた後にて詠う

限りなき　名に負ふ藤の　花なれば
　底ひも知らぬ　色の深さか（三条右大臣）

色深く　映(にほ)いしことは　藤波の
　立ちも返らで　君泊まれとか（兼輔朝臣）

棹差(さほ)せど　深さも知らぬ　藤なれば
　色をば人も　知らじとぞ思ふ（紀貫之）

《藤色深さ　見事の限り
　藤も泊まれと　言う風情(ふぜい)にて
　　藤色深さ　測りも無しの
　　　主人(あるじ)心ぞ　篤(とく)お知りあれ》

我ら二人と紀貫之殿　氏は別れて居れど
湧く歌心は同じにて

甕の原　分（湧）きて流るる　泉川
何時逢きとてか　恋しかるらむ
――中納言兼輔――

《何時逢たの　覚えも無しに
湧く恋心
甕原分けて　湧く泉川》

時代歌壇の　中核なりし
我れら紀貫之　次継ぐべきぞ
（藤原兼輔）

人はいさ〔35〕——紀貫之——

延喜の五年（905）　醍醐天皇（だいごのみかど）
発起（ほっき）一念　命じられしは
我が国初の　勅撰歌集
『古今和歌集』　撰修任（にん）が
紀貫之（きのつらゆき）に　紀友則（とものり）従兄弟（いとこ）
凡河内（おおしこうちの）　躬恒（みつね）に加え
壬生忠岑（みぶのただみね）　四人に下る

（定家）

昔栄えし大伴氏・紀氏
かの応天門の変（866）により　大伴氏没落
そして我が紀氏も衰微甚（はなは）だし
大伴家持は『万葉集』を残し
我れは今『古今和歌集』を編む
胸込み上げる感懐　例えるは無し

さてわしの歌だが
これは逃（のが）せぬ一首だ

初瀬観音　参りし折に
いつも泊りの　馴染みの家に
久し間（ま）置きて　訪（おとな）いたるを
「家は変わらず　ここ在り居るに」
言うに咲く梅花（うめ）　手折りて詠みき

人はいさ　心も知らず
初瀬里は　花ぞ昔の　香に匂ひける
―紀貫之―

《馴染み里　梅花変わらんと　香り来が
あんたの心　さあどやろかな》

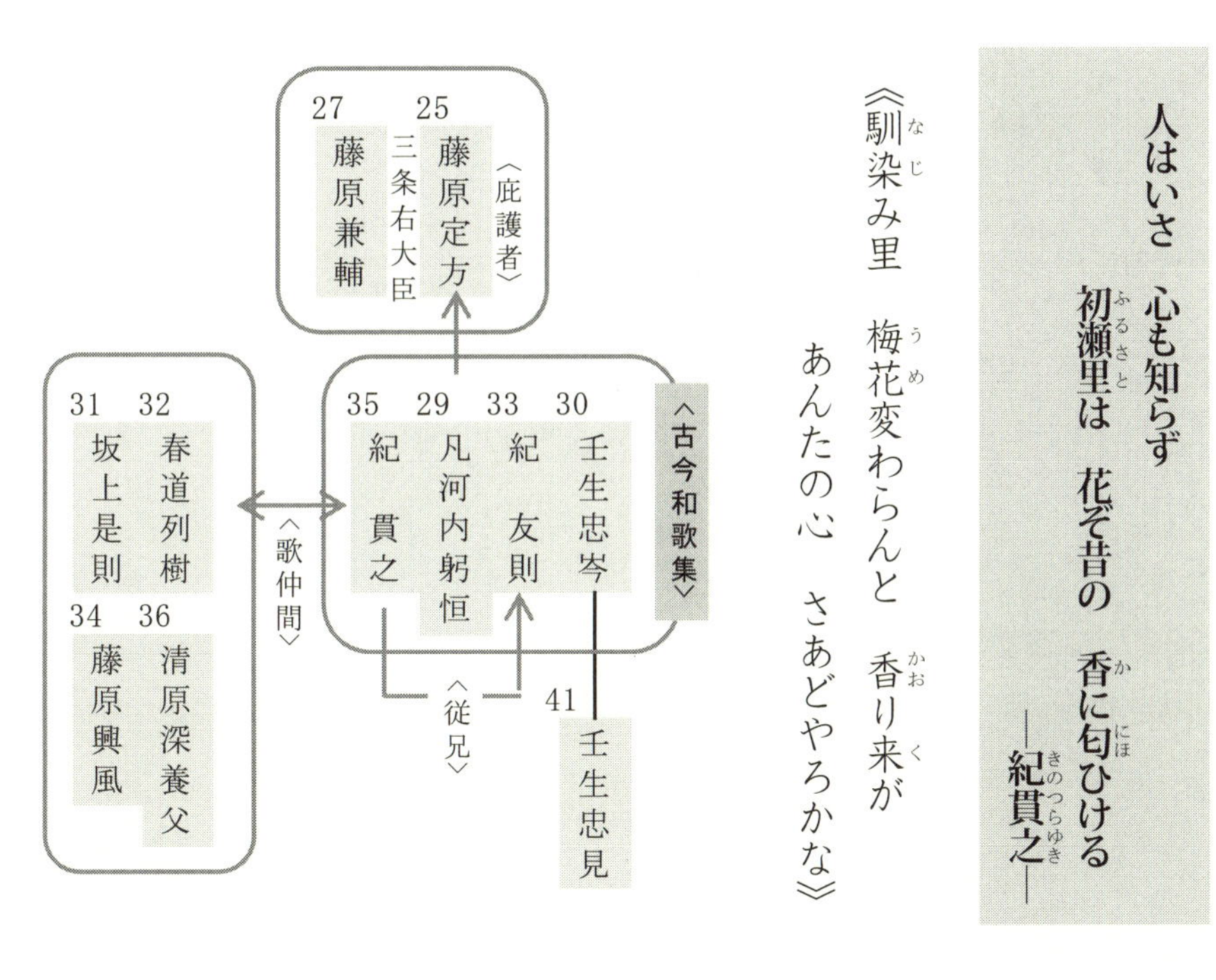

【応天門の変】貞観八年（866）

応天門が放火され炎上。

大納言伴善男は左大臣源信の犯行であると告発するも太政大臣藤原良房の裁定により無罪。

その後　密告があり伴善男父子に嫌疑がかけられ有罪流刑。

これにより古代からの名族伴氏（大伴氏）は没落。

藤原氏による他氏排斥事件のひとつとされる

さあこの次は　古今和歌集
共に編みたる　同士も良いが
友の藤原興風　清原深養父・春道列樹
そして坂上是則　先にと繋ぐ
（紀貫之）

誰をかも　〔34〕――藤原興風――

管弦優れ　弾琴師なる
藤原興風歌も　上手にありて
古今の集に　取り上げらるは
十七及ぶ　有数歌人
寛平三年（891）藤原高子様の
五十賀での　屏風歌献げ
延喜年間　亭子院歌合
外にいろいろ　出詠なせり
（定家）

老木の松
若きにして見るは　逞しく
「その霊力賜えや我れに」と思うのであろうか
万葉集に　市原王が詠っている

一つ松　幾代か経ぬる
吹く風の　声の清きは　年深みかも

《風の音　爽やかなんも　尤もや
この一本松の　年輪見た分かる》
―市原王―（万葉集・巻六・一〇四二）

老いた身には　そうは見えぬわ
時代やも知れぬな
平城の昔の歌は　溌剌の気に満ちておる
平安の歌は　如何にも弱々し気
わしも世の人　時代に生きるに致し方無しか

誰（たれ）をかも　知る人に為（せ）む
高砂（たかさご）の　松も昔の　友ならなくに
―藤原興風（ふじわらのおきかぜ）―

《さあ誰を　友としようか
年の経（へ）た
高砂松（まつ）かて昔馴染（なじ）み　云（ゆ）う訳違（ちゃ）うに》

紀貫之（つらゆき）様の　お勧めあって
先の出番を　頂戴したに
次は坂上（さかうえ）　是則（これのり）殿へ
（藤原興風）

朝ぼらけ

〔31〕——坂上是則——

古今集仲間と　励みし歌の
上手坂上　是則殿は
寛平四年（892）催されしの
后宮での　歌合にも
延喜七年（907）大井川行幸
同十三年の　亭子院歌合
晴の舞台で　詠歌残す
蹴鞠名手の　人とぞ聞こゆ
（定家）

み吉野の　象山の際の　木末には
ここだも騒ぐ　鳥の声かも

《吉野山　象山木立ち　梢先
鳥無数に　囀る朝や》
——山部赤人——（万葉集・巻六・九二四）

見れど飽かぬ　吉野の川の　常滑の
絶ゆることなく　また還り見む

《見飽けへん　吉野の川に　また来たい
またまた来たい　ずうっとずっと》
——柿本人麻呂——（万葉集・巻一・三七）

ああ吉野の地
古の旧都
やって来たのだ

朝ぼらけ　有明の月と　見るまでに
吉野の里に　降れる白雪
——坂上是則——

《ほのぼのを　有明月か　思うたら
白雪やんか　相かここ吉野里》

次は誰かな　おおそうじゃった
春道列樹殿へと　託すによいか
（坂上是則）

山川に　〔32〕―春道列樹―

詠いし歌の　数少なきに
古今和歌集　載せられしなは
きっとこの歌　柵含み
先に大宰府　配流となりし
菅原道真公の　「お救い為せ」と
宇多天皇へと　訴えた歌
紀貫之殿が　気付きし故か
流れ行く　我れは水屑に　なり果てぬ
君柵と　なりて留めよ
―菅原道真―（大鏡）
（定家）

平安の京始めし天皇の始祖
天智天皇縁の寺
ここ志賀寺に参詣する人は多い
来る人の胸に去来するは
果たして　始祖天皇なりや
はたまた但馬皇女なりや

穂積皇子に　天皇の勅が降りた
近江朝鎮魂供養での　志賀の山寺への参籠の命
後れ居て　恋ひつつあらずは
追ひ及かむ　道の隈回に　標結へ我が背
《残されて　泣いてるよりか　追うて行く
通る道々　標縄張れあんた》
―但馬皇女―（万葉集・巻二・一一五）

多くの人が行く
負けじと紅葉も降り来よるわ

山川(やまがは)に　風の懸(か)けたる　柵(しがらみ)は
流れも敢(あ)へぬ　紅葉(もみぢ)なりけり
——春道列樹(はるみちのつらき)——

《谷川に　風寄せ作る　柵(しがらみ)は
流れ淀(よど)みの　紅葉(もみじ)やなんと》

さあさ次なは　清原深養父(ふかやぶ)殿に
（春道列樹）

夏の夜は 〔36〕——清原深養父——

官吏としての　清原深養父殿は
さほどの地位は　得られず不遇
されど歌人　名を世に留め
古今和歌集　十七首外
勅撰集に　四十と一首

（定家）

わしの孫は　清原元輔
その子が　かの清少納言
そう『枕草子』の作者なのじゃ
それでもって
わしも「曾祖父」として知られて居るが
歌詠いとしても一流なのじゃ
その証拠に
定家殿が詠うておる

夏の月は　まだ宵の間と　眺めつつ
寝るや河辺の　東雲の空

——藤原定家——（拾遺愚草・一〇三三）

宵ながら　雲の何処と　惜しまれし
月を長しと　恋つつぞ寝る

——藤原定家——（拾遺愚草・二四三二）

これらの歌の本歌　ほれ　このわしの歌じゃ

夏の夜は　まだ宵(よひ)ながら　明けぬるを
雲の何処(いづこ)に　月宿るらむ
——清原深養父(きよはらのふかやぶ)——

《まだ宵(よい)や　云(ゆ)うに短夏夜(なつよ)は
もう明ける
月行きそびれ　何処(どこ)の雲隠(かげ)やろ》

清原深養父
夏の夜はまだ
宵ながら
明けぬるを
雲のいづこに
月やどるらむ

36
清原深養父
〈孫〉
42
清原元輔
〈娘〉
62
清少納言

痺(しび)れ切らして　待ち兼ねたるや
ここで古今集(こきん)の　撰者に譲る
先ずは紀貫之(つらゆき)　従兄(いとこ)であるの
紀友則(とものり)様よ　いざお出ましを
（清原深養父）

久方の〔33〕―紀友則―

大和朝廷　支えし紀氏は
藤原勢力　次第に押され
遂に衰運　決すと為すは
文徳天皇　送りし女御
紀名虎娘の　生みたる皇子の
惟喬親王　期待を為しに
藤原良房娘　明子の産みし
惟仁親王なるに　皇太子と越され
（後の清和天皇）
惟喬親王が政治を　お離れなされ
文雅和歌へと　流れし時か
既に五十年　昔となりぬ
（定家）

もう四十歳を越したと言うに
ろくな官職にも就けずは
我れが紀氏なるにてか

春々の　数は忘れず　ありながら
花咲かぬ木を　何に植ゑけむ
―紀友則―（後撰集・一〇七八）

しかしやっと勅書の起草に当たる要職
「内記」にと任じられた
これもあの時の歌合で
右列を黙らせ得たことによるやも知れぬて
題は秋の「初雁」であった
左列　我れの初句「はるがすみぃ～」に
右列から失笑
委細構わず　我れは続ける

春霞　かすみて往にし　雁がねは
今ぞ鳴くなる　秋霧の上に
―紀友則―（古今集・二一〇）

皆の驚き顔が　浮かび来る
さて次は　真実（まこと）の春の歌

久方（ひさかた）の　光のどけき　春の日に
静心（しづこころ）なく　花の散るらむ
（落ち着いた心もなしに）
――紀友則（きのとものり）――

《風も無く　のどか射（さ）し照る　春日（はるひ）やに
気が急（せ）くかして　あぁ花が散る》

紀名虎―静子
═╤═
惟喬親王
第一皇子

55
文徳天皇
═╤═
56
清和天皇
第四皇子・惟仁親王

良房―明子

古今和歌集　完成待たず
我れ死したれど　残りて皆と
精進為（な）せし　凡河内躬恒（みつね）ぞ次に
（紀友則）

心当てに〔29〕――凡河内躬恒――

古今和歌集　収録歌に
一番なるは　紀貫之で
百を超えたる　歌をば収む
次いで多きは　凡河内躬恒でありて
六十弱を　採用されり
貫之・躬恒　何れの歌が
優れたるやの　判じを為すに
源俊頼　いみじくも言う
「あだや躬恒を　侮るなかれ」

（定家）

古今和歌集の選者と選ばれ
世に面目を施し
延喜十三年（913）の「亭子院歌合」にて
紀貫之殿を凌ぐやの花形と称せられたは
この上無き名誉ではあったが
如何せん　この身の不遇
依然勤めは　内裏台所である御厨子所の「膳部」
「何とか」と人に頼みし歌の数々

何処とも　春の光は　区別か無くに
　　またい吉野の　山は雪降る
――凡河内躬恒――（後撰集・一九）

枯れ果てむ　ことをば知らで　夏草の
　　深くも人を　頼みけるかな
――凡河内躬恒――（躬恒集）

立ち寄らむ　木の幹も無き　蔦の身は
　　永遠ながらに　秋ぞ悲しき
――凡河内躬恒――（大和物語・三十三段）

さあこの歌で　何れ優るや勝負ぞ紀貫之よ

心当てに　折らばや折らむ
初霜の　置き惑はせる　白菊の花
──凡河内躬恒──

《白菊に　初霜降りて　白紛れ
取るに取れるや　当てずっぽでも》

それでは残る　選者の一人
壬生忠岑　其方の出番
（凡河内躬恒）

有明の〔30〕——壬生忠岑——

斯くはあれども　照る光
近き守護の　身なりしを
誰かは秋の　来る方に
（宮城西門）
降下き出でて　御垣より
外の重守る身の　御垣守
長々しくも　思ほえず
（誇り高くも）
—壬生忠岑—（古今集・雑体）

近衛府・兵衛府　衛門府順に
内裏守るの　内からなるに
近き守護を　外の重と移る
嘆き詠うの　壬生忠岑なるも
古今和歌集　選者の一人
選ばれしやの　歌上手にて
（定家）

我れが仕えしは藤原定国様
右大臣藤原定方様の兄君
時の権勢左大臣　藤原時平邸お訪ねは
他所でしこたま痛飲の勢い借りた四更時
「何処の序での立ち寄りぞ」
機嫌斜め藤原時平様へ
我れが進み出
鵲の　渡せる橋の　霜の上を
夜半に踏み分け　特別にこそ
《階に　寒々積もる　霜の上
踏み分け来たる　ひたすら此処へ》
—壬生忠岑—（大和物語・一二五段）
感じ入ったる　藤原時平様は
三人なりて　飲み明かし為し
藤原定国様に　賜わりものを
吾輩褒美　賜りしにて

男と明かし　褒美が来るが
女と明かし　辛さ(つら)が来るよ

有明(ありあけ)の　つれなく見えし　別れより
暁(あかつき)ばかり　憂(う)きものは無し
―壬生忠岑(みぶのただみね)―

《朝別れ　有明月(つき)をつれ無(の)に
見てこっち
暁(あかつき)ほどの　疎(うと)まし知らん》

近衛府番長(このえ)　勤めし我れに
時の上司の　近衛少将(このえのしょうしょう)
声掛け歌を　交わしし仲の
藤原敏行(としゆき)様に　次託すにて
（壬生忠岑）

住の江の　〔18〕——藤原敏行朝臣——

窶れ藤原敏行　紀友則夢に
聞くに涙し　懇願曰わく
「地獄責め苦の　我れ救うにと
三井寺行きて　写経を託せ」

藤原敏行能書家　頼まれ写経
女思いつ　不埒の熟し
為に依頼者は　地獄に落ちる
亡者訴え　藤原敏行地獄
閻魔へ誓約す　真摯の写経
戻り現世も　またぞろ不埒
此度ならじと　憤怒の閻魔
紀貫之・紀友則　縁戚なるも
妻の姉なは　在原業平妻で
女好きなは　何かの縁か

（定家）

昼は人目を憚りて
避けて逢えんに　夜さえも
夢さえ出ても　来ん云うは
恋の悩みの　常なるか

我れの心に　適いし歌の
昔もあるに　ご覧あれ

直に逢わず　あるは諾なり
夢にだに　何しか人の　噂の繁けん

《五月蝿うて　直に逢えんの　仕様ないが
何で夢まで　五月蝿いんやろ》

——柿本人麻呂歌集——（万葉集・巻十二・二八四八）

現には　さもこそあらめ
夢にさへ　人目を守ると　見るが侘びしさ

——小野小町——（古今集・六五六）

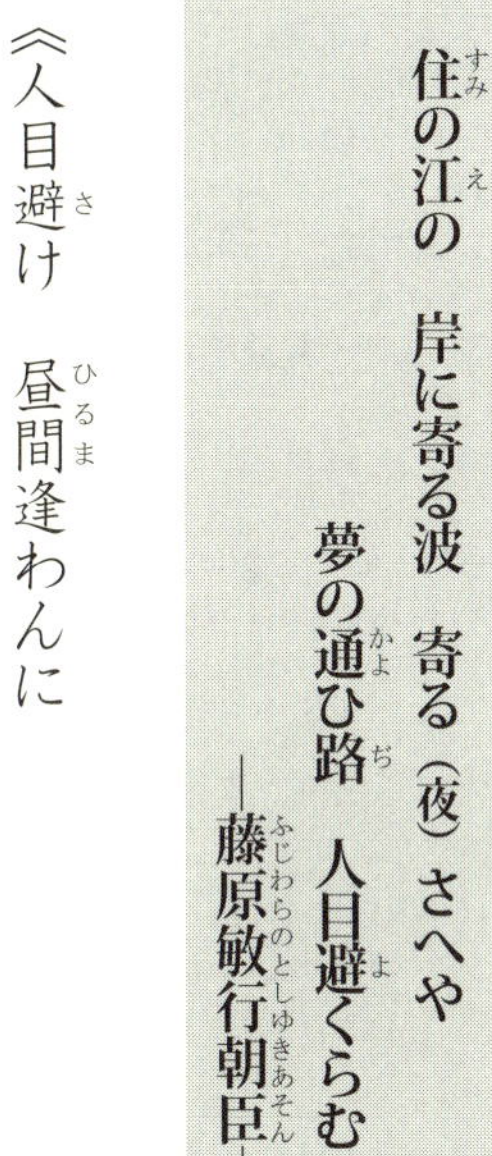
住の江の　岸に寄る波　寄る（夜）さへや
夢の通ひ路　人目避くらむ
――藤原敏行朝臣――

《人目避け　昼間逢わんに
波寄るの
夜の夢路に　出んやて何で》

藤原敏行朝臣
住の江の
岸による波
よるさへや
夢のかよひ路
人目よくらむ

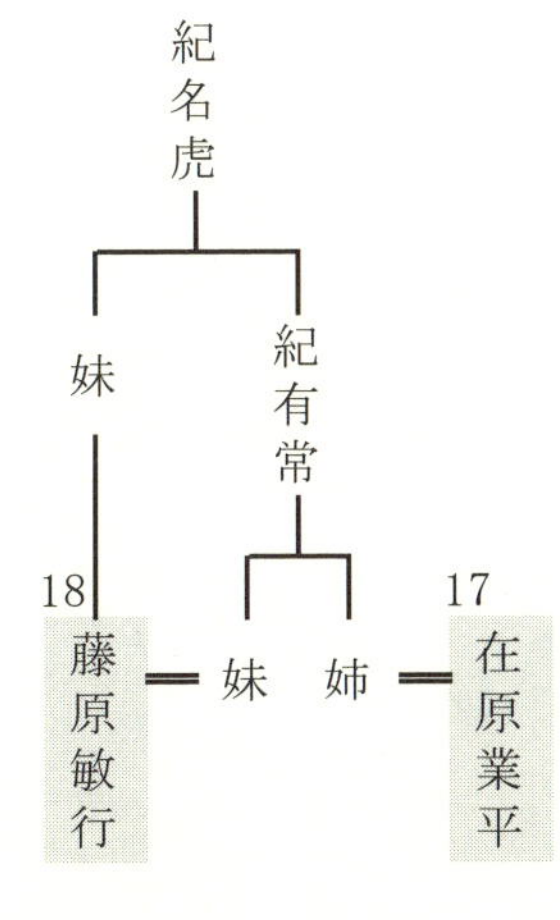

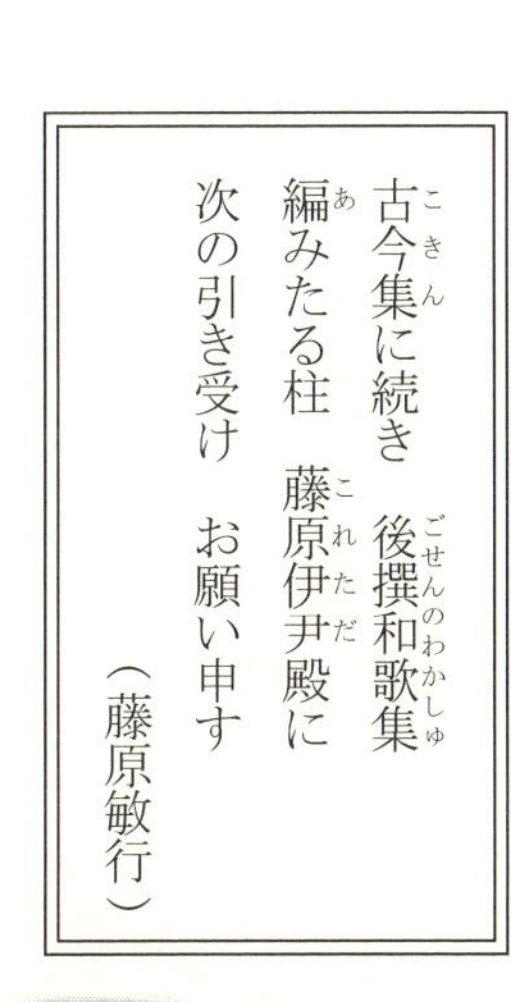
古今集に続き　後撰和歌集
編みたる柱　藤原伊尹殿に
次の引き受け　お願い申す
（藤原敏行）

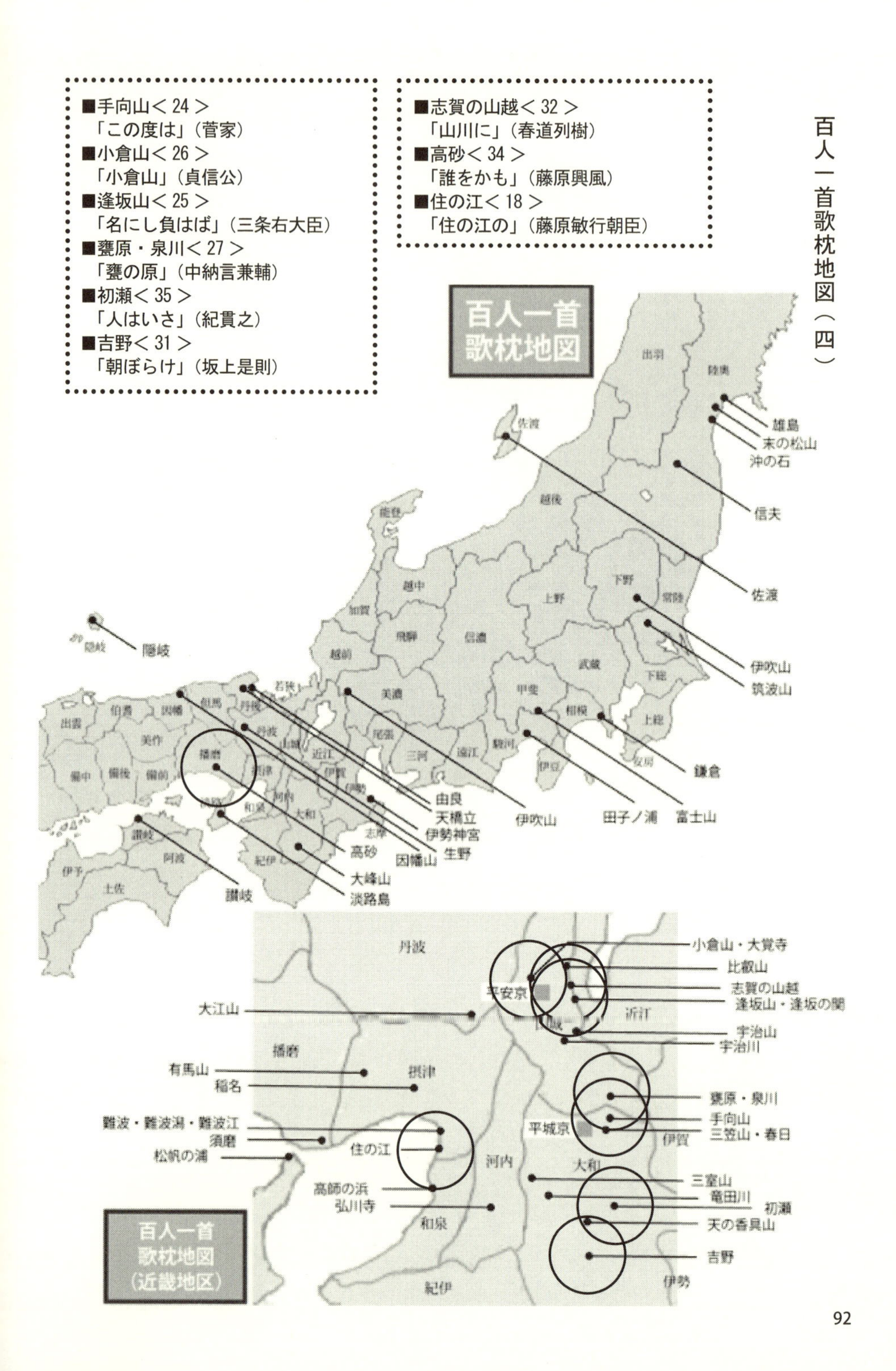
■手向山＜24＞
「この度は」（菅家）
■小倉山＜26＞
「小倉山」（貞信公）
■逢坂山＜25＞
「名にし負はば」（三条右大臣）
■甕原・泉川＜27＞
「甕の原」（中納言兼輔）
■初瀬＜35＞
「人はいさ」（紀貫之）
■吉野＜31＞
「朝ぼらけ」（坂上是則）
■志賀の山越＜32＞
「山川に」（春道列樹）
■高砂＜34＞
「誰をかも」（藤原興風）
■住の江＜18＞
「住の江の」（藤原敏行朝臣）
百人一首
歌枕地図
雄島
末の松山
沖の石
信夫
佐渡
隠岐
伊吹山
筑波山
鎌倉
由良
天橋立
伊勢神宮
生野
伊吹山
田子ノ浦
富士山
高砂
因幡山
大峰山
讃岐
淡路島
丹波
小倉山・大覚寺
比叡山
志賀の山越
逢坂山・逢坂の関
平安京
大江山
近江
宇治山
宇治川
播磨
有馬山
摂津
稲名
甕原・泉川
手向山
三笠山・春日
平城京
伊賀
難波・難波潟・難波江
須磨
住の江
松帆の浦
河内
大和
三室山
竜田川
高師の浜
弘川寺
初瀬
和泉
天の香具山
吉野
百人一首
歌枕地図
（近畿地区）
紀伊
伊勢

【百人一首年表】（4）

（斜体数字：生没年不肖または生年不肖）

西暦	年号	年	天皇	歴史的事項（ゴシック体：文学関連事項）	清和天皇	陽成院	光孝天皇	宇多天皇	醍醐天皇	朱雀天皇	村上天皇	菅原道真	素性法師	藤原忠平	藤原定方	藤原兼輔	紀貫之	藤原興風	坂上是則	春道列樹	清原深養父	紀友則	凡河内躬恒	壬生忠岑	藤原敏行
西暦	年号	年			56	57	58	59	60	61	62	24	21	26	25	27	35	34	31	32	36	33	29	30	18
858年		2年	清和	清和天皇即位(9)	9		29																		
862年	貞観	4年			13		33					18						*18*				*18*			17
866年		8年		藤原良房摂政 応天門の変	17		37					22	*17*					*22*				*22*			21
869年		11年		**『続日本後紀』撰上**	20		40					25	*20*					*25*				*25*			24
872年		14年		藤原基経摂政	23		43					28	*23*					*28*				*28*			27
876年		18年	陽成	陽成天皇即位(9)	27	9	47					32	*27*					*32*				*32*	*18*	17	31
878年	元慶	2年		元慶の乱	29	11	49					34	*29*					*34*				*34*	*20*	19	33
879年		3年		**文屋康秀・縫殿助**	30	12	50					35	*30*					*35*		*15*		*35*	*21*	20	34
884年		8年	光孝	光孝天皇即位(55)		17	55	18				40	*35*				19	*40*		*20*		*40*	*26*	25	39
887年	仁和	3年	宇多	宇多天皇即位(21)		20	58	21				43	*38*		15		22	*43*		*23*		*43*	*29*	28	42
888年		4年		藤原基経関白		21		22				44	*39*		16		23	*44*		*24*		*44*	*30*	29	43
890年	寛平	2年		**遍昭・蝉丸に和琴を習う？**		23		24				46	*41*		18		25	*46*		*26*	*16*	*46*	*32*	31	45
892年		4年		**是貞親王家歌合<05><22><23>** **寛平御時后宮歌合<18><37>**		25		26				48	*43*		20	16	27	*48*		*28*	*18*	*48*	*34*	33	47
893年		5年		**道真・『新撰万葉集』撰進**		26		27				49	*44*		21	17	28	*49*		*29*	*19*	*49*	*35*	34	48
894年		6年		遣唐使廃止		27		28				50	*45*	15	22	18	29	*50*		*30*	*20*	*50*	*36*	35	49
897年		9年	醍醐	醍醐天皇即位(13)		30		31	13			53	*48*	18	25	21	32	*53*		*33*	*23*	*53*	*39*	38	52
898年	昌泰	1年		**道真・宮滝行幸供奉**		31		32	14			54	*49*	19	26	22	33	*54*		*34*	*24*	*54*	*40*	39	53
899年		2年		藤原時平左大臣		32		33	15			55	*50*	20	27	23	34	*55*		*35*	*25*	*55*	*41*	40	54
901年		4年		**道真・大宰権帥に左遷** **『日本三代実録』完成**		34		35	17			57	*52*	22	29	25	36	*57*		*37*	*27*	*57*	*43*	42	56
905年	延喜	5年		**『古今和歌集』撰進**		38		39	21				*56*	26	33	29	40	*61*	*16*	*41*	*31*	*61*	*47*	46	60
907年		7年		唐滅亡 **大堰川行幸<26>**		40		41	23				*58*	28	35	31	42	*63*	*18*	*43*	*33*		*49*	48	62
909年		9年		**素性・屏風歌を詠む**		42		43	25				*60*	30	37	33	44	*65*	*20*	*45*	*35*		*51*	50	
913年		13年		**亭子院歌合、内裏菊合**		46		47	29					34	41	37	48		*24*	*49*	*39*		*55*	54	
916年		16年		**亭子院有新無心歌合**		49		50	32					37	44	40	51		*27*	*52*	*42*		*58*	57	
924年	延長	2年		**坂上是則・加賀介** **藤原定方・右大臣**		57		58	40					45	52	48	59		*35*		*50*		*66*		
925年		3年		**躬恒・和泉国より帰京**		58		59	41					46	53	49	60		*36*		*51*		*67*		
930年		8年	朱雀	朱雀天皇即位(8) 藤原忠平摂政		63		64	46	8				51	58	54	65		*41*		*56*				
935年	承平	5年		平将門の乱		68				13				56			70				*61*				
938年	天慶	1年		**伊勢・哀傷歌**		71				16				59			73				*64*				
939年		2年		藤原純友反乱		72				17				60			74				*65*				
941年		4年		藤原忠平関白		74				19	16			62			76				*67*				
945年		8年		**貫之・木工権頭**		78				23	20			66			80				*71*				
946年		9年	村上	村上天皇即位(21)		79				24	21			67											
951年	天暦	5年		**梨壺に和歌所を置く** **『後撰和歌集』編纂開始**						29	26														
955年		9年		**道綱母<53>**							30														
960年	天徳	4年		**天徳内裏歌合<40><41><44>**							35														
962年	応和	2年		**河原院歌合**							37														
966年	康保	3年		**内裏前栽合・右近出詠**							41														

〔45〕哀れとも ――謙徳公――

朱雀天皇が　位に着きて
後　藤原忠平　支える御代ぞ
長男藤原実頼　左大臣
次男藤原師輔　右大臣にと
摂関政治　基礎築き為す
やがて村上　天皇が立ちて
天暦五年（951）　和歌所作り
藤原師輔息子　藤原伊尹（謙徳公）なるを
長官任じ　『万葉集』の
訓詁や新た　勅撰集の
編纂などを　統括させせり

（定家）

わしが和歌所長官となりしは　二十八の年
父のお陰で　大貴族の御曹司として育った
付けた教養での歌も優れ　歌人として名を馳せた
当代指折りの歌人集め
村上天皇のご期待に添うべくの役目
十分に果たし終えた
政治を預かっても　十分に熟し
終には　摂政まで上り詰めた

何々権力を握ったか？だと
摂政二年余りでのお迎えじゃ
もっとも
藤原朝忠の弟朝成の怨霊仕業との巷説もあるが・・・

何　わしが　この歌を詠った？
こんな女々しいものを
これはそれ　倉橋豊蔭の歌じゃ

哀(あは)れとも　言ふべき人は　思ほえで
身の徒(いたづ)らに　なりぬべきかな
——謙徳公(けんとくこう)——

《可哀想(かわいそ)と　言(ゆ)てくれる人(ん)も
浮かばんで
この身空(むな)しゅに　なる運命(さだめ)かい》

【豊蔭集（一条摂政御集）】

一条摂政藤原伊尹の家集。第一部「大蔵史生(おおくらのししょう)　倉橋豊蔭(くらはしのとよかげ)」という卑官の人物に仮託し　伊尹自作の恋歌を年代順に歌物語風的にまとめたもの。

【朝成怨霊巷説】

藤原朝成(あさひら)の蔵人頭(くろうどのとう)昇進依頼を一旦承諾したものの約束を違え藤原伊尹(これただ)が自ら就任。陳情朝成(あさひら)を炎天下門外に長時間待たせ「われを焙(あぶ)り殺すか」と憤慨させ「一族命絶つべし」と呪いながらの死に至らしめた。との巷説。

- 基経
  - 26 藤原忠平（貞信公）
    - 藤原実頼
    - 藤原師輔
      - 45 藤原伊尹（謙徳公）
  - 藤原仲平
  - 藤原時平

- 60 醍醐天皇
  - 61 朱雀天皇
  - 62 村上天皇

梨壺五人　その中心の
大中臣(おおなかとみの)　能宣(よしのぶ)次ぞ
（藤原伊尹）

御垣守

〔49〕――大中臣能宣朝臣――

和歌所（わかどこ）ある場所　内裏の中の
呼び名『梨壷』　昭陽舎（しょうようしゃ）にて
集められたる　歌人（うたびと）五人
源　順（みなもとしたごう）　坂上望城（さかうえもちき）
清原元輔（きよはらもとすけ）　紀時文（きのときぶみ）と
大中臣（おおなかとみの）　能宣（よしのぶ）なりて
世に『梨壷の　五人』と言わる

（定家）

これを　わしの歌でないと申すか
なになに
この歌は　際（きわ）だって優（すぐ）れて居（お）ると
当たり前じゃ
然るに　わしの他のは
理詰め歌　観念歌が多いからして
これは違うと言うか
何せ　わしの家は　代々の神職
伊勢大神宮の祭主
そして　神祇官（じんぎかん）の次官も兼ねて居る
理詰め　観念歌は　身に染（し）みついた故じゃ
したが　我れも人の子
見た目を捉え
恋心の燃え　消え入りそうな我が身
如何（いか）で詠わずあろうや

御垣守（みかきもり）　衛士（ゑじ）の焚（た）く火の　夜（よる）は燃え
昼は消えつつ　物をこそ思へ
——大中臣能宣朝臣（おおなかとみのよしのぶあそん）——

《夜恋焦（こが）れ　昼はこの身が
消える様（よ）や
まるで衛士（えじ）焚（た）く　火やがなこれは》

大中臣能宣朝臣
みかき守衛士の
たく火の
夜はもえ
ひるはきえつつ
物をこそ　おもへ

45 謙徳公
藤原伊尹
〈和歌所長官〉

↓

〈梨壺の五人〉
坂上望城
紀　時文
源　順
49 大中臣能宣
42 清原元輔

それでは我れも　参加をしたる
天徳内裏　歌合（うたあわせ）にと
席を連ねし　藤原朝忠（あさただ）殿へ
（大中臣能宣）

逢ふことの〔44〕——中納言朝忠——

天徳四年（960） 村上天皇
天徳内裏 歌合にて
二十番えに 七度出でし
藤原朝忠様の 壮年なるの
悲しき恋の 経緯一つ
披露及ぶに ご容赦あれや
身分中将 なりしの時に
惚れた人妻 夫に付きて
地方下るに 辛きの別れ
密か女に 贈りし歌は

連添へ遣る 我が魂を
如何にして 儚き空に 以て放るらむ

—藤原朝忠—（大和物語）

《添い寄った 我れが心を つれなくも
何故に空へと 放ちて往くか》
（定家）

おお 聞こえ来る

君恋ふと かつは消えつつ 経る程を
斯くても生ける 身とや見るらむ

《恋しいて 消え果てそうに 過ごす身を
なんとも無うに してるて見るか》

—藤原元真—（後拾遺集・八〇七）

番の相手藤原元真の歌
中々のもの
されどこれまで六戦五勝のわしが
負けるはずがあろうか
藤原元真どのは一戦一分け
勝負にならぬは
判者は言う
「左右の歌 いとをかし」と
なんと引分か・・・
「されど 左の歌詞清よげにて・・・」
辛勝であった
その歌これぞ 披露と致す

逢（あ）ふことの　絶（た）えてし無くは　なかなかに（いっそのこと）
人をも身をも　恨みざらまし
——中納言朝忠（ちゅうなごんあさただ）——

《あぁいっそ　逢わんかったら
人恨み
我が身嘆きも　為（せ）なんだやろに》

25 藤原定方　三条右大臣

〈天徳内裏歌合〉

40 平　兼盛 ⟷〈歌競い〉 41 壬生忠見
49 大中臣能宣
44 藤原朝忠
42 清原元輔

藤原元真
藤原博古
中　務
本院侍従
少弐命婦
坂上望城
源　順

名うて浮名の　右近（うこん）の姫は
我れも相手の　一人の故に
次を託すに　お手柔らかと
（藤原朝忠）

忘らるる

〔38〕―右近―

藤原季縄　右近の少将
それで娘の　呼び名が「右近」
醍醐天皇皇后　穏子に仕う
艶聞多き　女房にありて
藤原朝忠　藤原敦忠　元良親王
藤原師輔　源順　貴公子数多
（定家）

藤原敦忠様との　経緯以下に
私参内　袖引きし君
宿下がりて後は　通うて来ぬを
君参内を　為なさる聞きて
忘れじと　頼めし人は　在りと聞く
　　言ひし言の葉　何処去にけむ
何も言わずと　雉寄越し為し
「来じ（行かない）」と言うなら　こちらも逢わん
栗駒の　山に朝飛立つ　雉（来じ）よりも
　　仮り（狩り）には逢はじと　思ひしものを
雨の降る夜　蔀戸表
誰や立ち居る　知らずと雨の
漏るに敷物　裏返ししに
思ふ人　雨と降り来る　ものならば
　　我が漏る床は　返へさざらまし
ふと口したを　聞きしや君が
つとと部屋内　入りて来れり（大和物語・八一〜三）
そして契りて　誓いしものを・・・

忘らるる　身をば思はず　誓(ちか)ひてし
人の命の　惜(お)しくもあるかな
—右近(うこん)—

《捨てられる　なんて思わず
誓(ちこ)たのに
罰(ばっ)死ぬ貴男命(いのち)　惜(お)しいで一寸(ちょっと)》

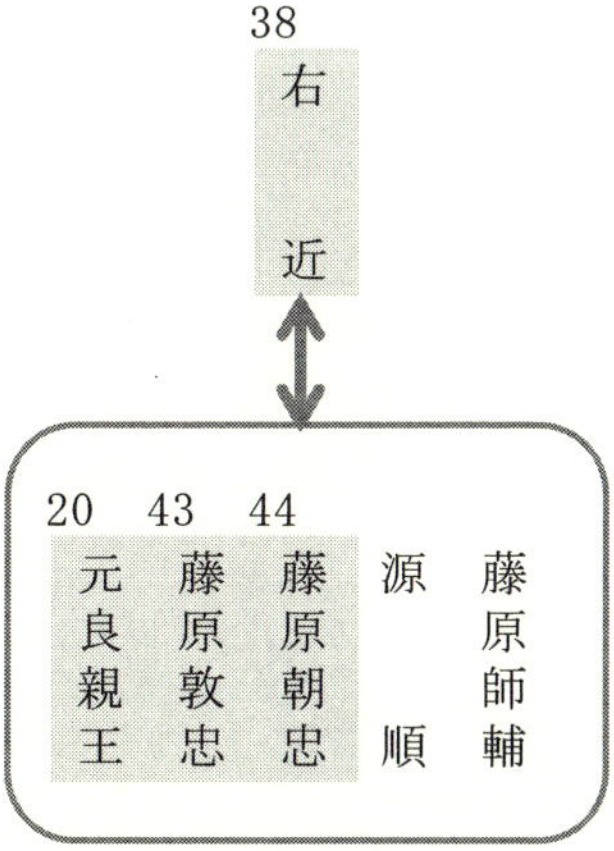

38 右近

20 元良親王
43 藤原敦忠
44 藤原朝忠
源順
藤原師輔

憎し恨めし　背の君なるの
藤原敦忠(あつただ)様よ　泉下(せんか)となるも
蘇(よみがえ)り為し　語れや暫し
（右　近）

相逢ての〔43〕――藤原敦忠――

（許せや時の　遡らすを）
藤原基経嫡流　藤原時平死して
政権庶流　藤原忠平継ぐを
悔し鬱々　日々送るなは
藤原時平三男　藤原敦忠なりて
菅原道真怨霊　短命知るか
女恋うるに　命を懸ける
醍醐天皇皇女の　雅子内親王
百首なんなん　歌遣り取りも
伊勢斎宮の　占い出でて
別れ運命の　恋果てたるに
伊勢より戻る　雅子内親王
やがて嫁するは　藤原忠平次男
藤原師輔なるの　苛烈の仕儀ぞ
（定家）

憎さ限り無き藤原忠平め
今に吠え面掻かせてやるわ
我れが美貌と管弦の才能を以ってすれば
如何な女の靡かずやある
夭折せし醍醐天皇皇子　保明親王の女御
今は御匣殿の別当（後宮の取り締まり役）　藤原貴子
やっと落とし　狙い忍びて行くに
何たることか
親が出で来て「この恋ならめ」との申し条
ええい藤原忠平　またぞろ邪魔か

如何にして　斯く思ふてふ　ことをだに
人伝てならで　君に語らむ
――藤原敦忠――（後撰集・九六一）

続き放つの　恋飛礫歌

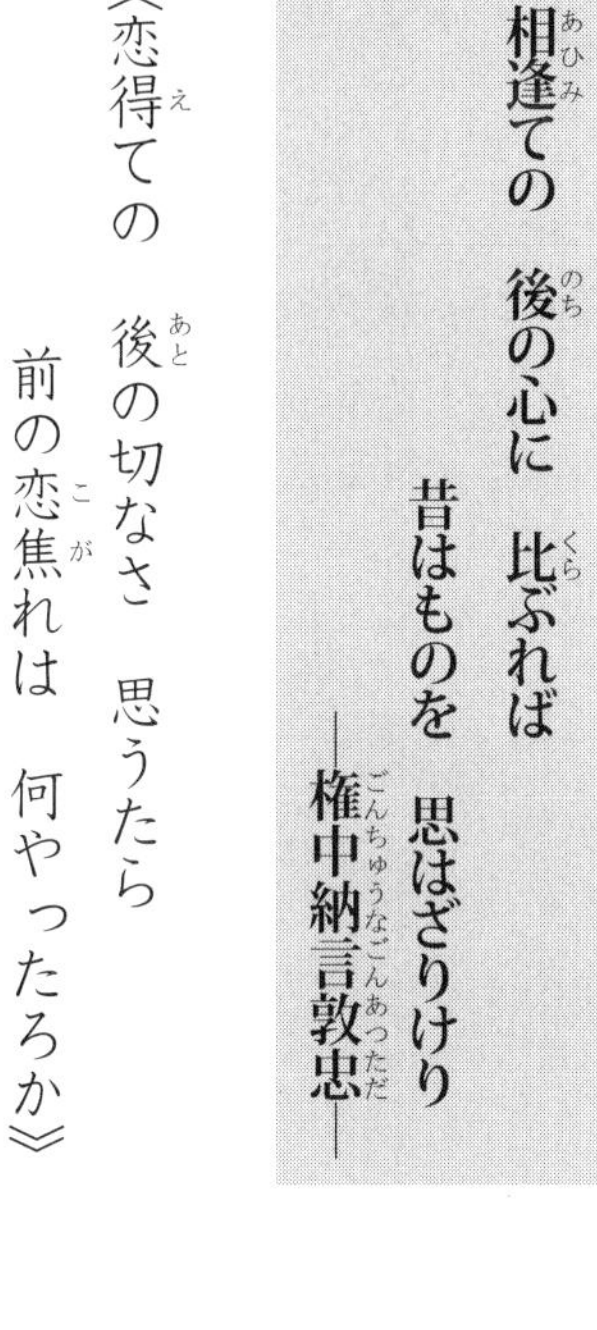

相逢ての　後の心に　比ぶれば
昔はものを　思はざりけり
―権中納言敦忠―

《恋得ての　後の切なさ　思うたら
前の恋焦れは　何やったろか》

中納言敦忠
逢ひ見ての
後の心に
くらぶれば
むかしは物を
おもはざりけり

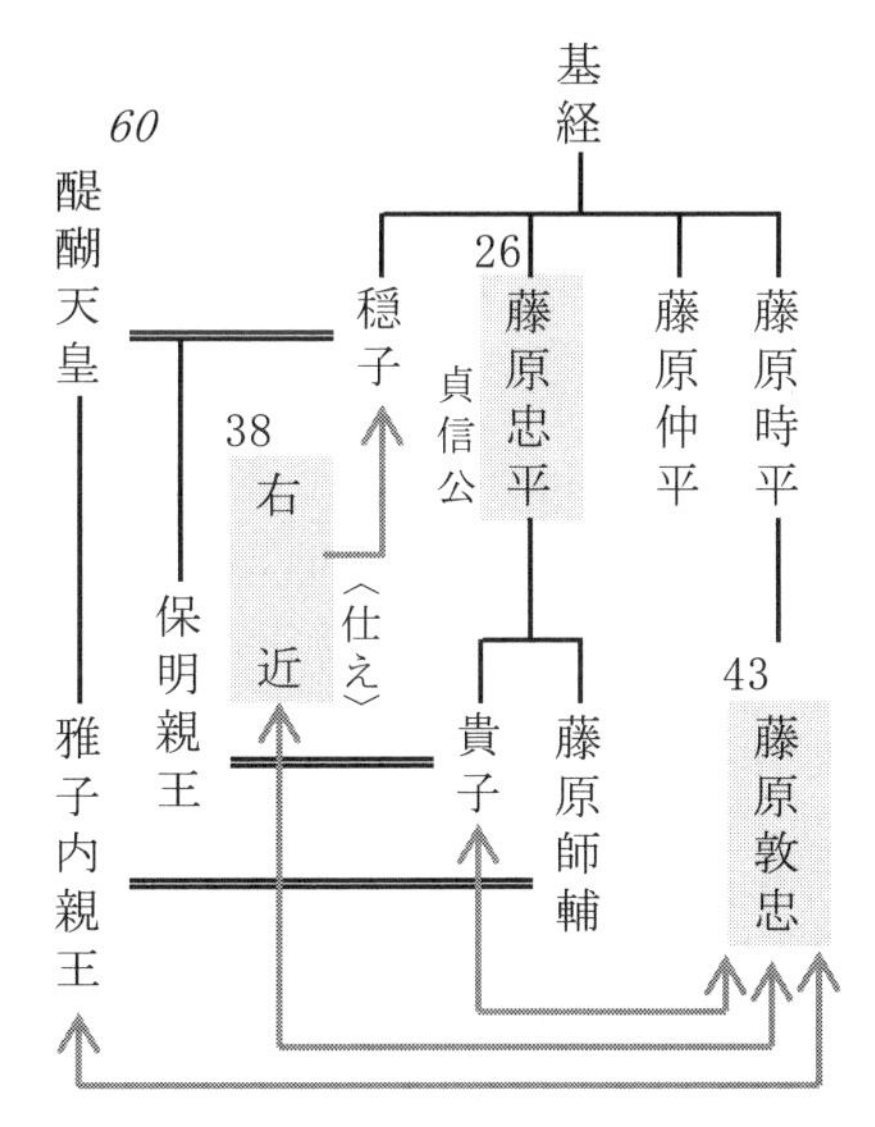

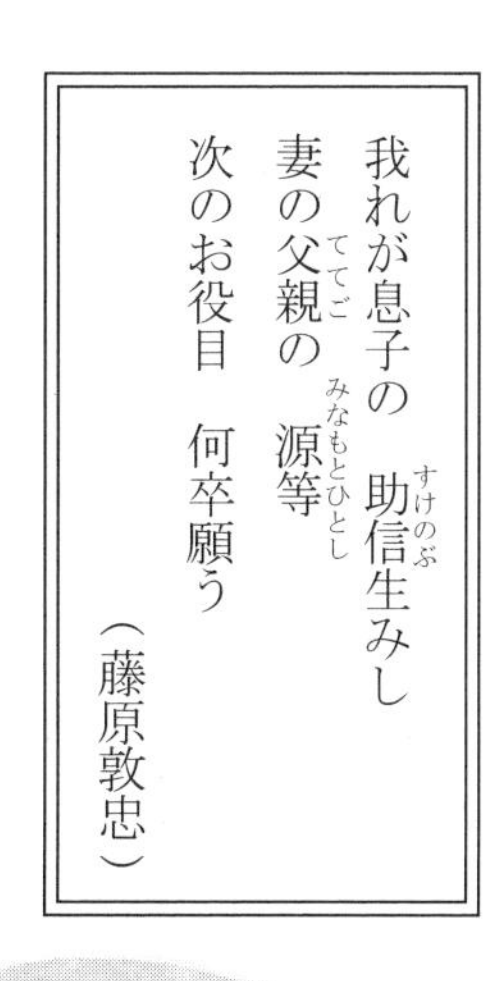

我れが息子の　助信生みし
妻の父親の　源等
次のお役目　何卒願う
（藤原敦忠）

浅茅生の〔39〕——参議等——

源等　嵯峨天皇曽孫
位参議の　公卿となりし
父の源希は　中納言なり
祖父の源弘は　大納言なり
百人一首　登場作者
源名告る　父系を見るに
源　融14その親　嵯峨天皇にて
源宗干28祖父が　光孝天皇
源重之48曾祖父　清和天皇
源俊頼74祖先　宇多天皇にて
源兼昌78先祖　宇多天皇なり
源実朝93遥か　清和天皇に至る
（定家）

母を亡くした我が孫助信　今は邸内での養育
父は　あの藤原敦忠朝臣
予予「我れは短命ぞ」との仰せ
それより先に娘が逝ったわ
今日もまたお越しだ
妻が恋しいか　子が可愛いか

今よりは　風に任せむ　桜花
散る木の根元（子の許）に　君立止まりけり

《貴君様　お出で為された　子の許へ
もう幸薄の　嘆きは無しぞ》
——家の人——（後撰集・一〇五）

風にしも　何か任せむ　桜花
匂ひ飽かぬに　散るは憂かりき

《まだわしの　失意憂いは　果て遣らぬ
わしが世話為は　心許なし》
（風に散る身の　我れなる故に）
——藤原敦忠——（後撰集・一〇六）

ああ　歌と同じに　忍びの日々か

浅茅生の　小野の篠原　忍ぶれど
不可忍てなどか　人の恋しき
――参議等――

《茅原の　篠竹かいわしは
忍んでも　忍び切れんわ　あの女思て》

52 嵯峨天皇
└ 源弘
　└ 源希
　　└ 39 源等
　　　└ 娘 ＝ 43 藤原敦忠
　　　　　└ 藤原助信

参議等
浅茅生の
小野の篠原
忍ぶれど
あまりてなどか
人の戀しき

天徳内裏　歌合にて
後世残る　勝負の場面
舞台戻すに　ご期待あれや
（源　等）

恋すてふ 〔41〕―壬生忠見―

首座に御座すは　村上天皇
文芸秀で　琴・琵琶なども
堪能なるの　優美のお人
弥生晦日　春惜しむなの
歌会今ぞ　酣迎え
勝負左方と　着きにしなれど
最後飾るの　組み合わせなは
左方壬生忠見に　右方平兼盛と
何れ劣らぬ　器量の二人
先ずは壬生忠見の　歌披露へと
（定家）

我れは此処まで　一勝一敗一分け
相手平兼盛は　三勝五敗二分け
互い譲れぬ最後の勝負だ
まして二人の対戦は　二戦して一勝づつ

地方の下級官吏の我れが
この席に居るは　全て歌の堪能故
あんな若造に遅れを取ってなんとする
居並ぶお歴々を前にして
これが精一杯の田舎衣装
「気後れしては」の力が入る
落ち着け落ち着け
「これぞ壬生忠見」との　渾身の一首
作らで措くか

恋すてふ　わが名は早々（まだき）　立ちにけり
人知れずこそ　思ひ初（そ）めしか
——壬生忠見（みぶのただみ）——

《「恋してる」　浮名早（うわさはよ）にも
立ったがな
そっとあんたに　恋した云（ゆ）うに》

さあ来い平兼盛（かねもり）　何処（どこ）からなりと
（壬生忠見）

忍ぶれど　〔40〕——平兼盛——

左右両者の　歌披露終え
感嘆ざわめき　ややありし後
座は静まりて　咳きも無し
判者藤原実頼　俯き為して
やがて仰ぎて　嘆息漏らす
次席源高明　黙ししままに
天皇如何にと　御簾覗うに
漏れしお声が　密かと聞ゆ
源高明隣り　藤原実頼耳に
やがて宣すの　勝負如何に

（定家）

臣籍降下　致したとは言え
光孝天皇の玄孫
先頃までは　兼盛王と呼ばれていた
田舎出歌に負けるかや
勝ちこそ我れと決まって居る

・・・・・

「おおう　我れじゃ　我れの勝ちじゃ」
思わず小躍りした我れは　その場を飛び出した
年長敗者に　何の気配りもなしに・・・
後日に聞くと　悄然たる面持ちの壬生忠見殿
「不食の病」にて　身罷りしとか
なんと罪な歌会であったか
この歌を詠うに　いつも思い出す
歌会勝利を　忍ばずと顔に出ししこと・・・

忍ぶれど　色に出でにけり　わが恋は
物や思ふと　人の問ふまで
——平兼盛——

《秘め恋が　顔色出たか
会う人に
「恋患いか」　聞かれるほども》

【天徳内裏歌合せ】

開催年月日：天徳四年（960）3月30日
会　　　場：清涼殿
講　　　師：左：延光朝臣　右：博雅朝臣
判　　　者：左大臣・藤原実頼
補　　　佐：大納言・源高明

歌合せ番	和歌題目	左 歌人名	勝負	右 歌人名	勝負
1	霞	藤原朝忠卿	勝ち	平　兼盛	負け
2	鶯	源　順	勝ち	平　兼盛	負け
3	鶯	藤原朝忠卿	勝ち	平　兼盛	負け
4	柳	坂上望城	負け	平　兼盛	勝ち
5	桜	藤原朝忠卿	勝ち	清原元輔	負け
6	桜	大中臣能宣	持	平　兼盛	持
7	桜	少弐命婦	勝ち	中　務	負け
8	款冬	源　順	勝ち	平　兼盛	負け
9	藤	藤原朝忠卿	負け	平　兼盛	勝ち
10	暮春	藤原朝忠卿	勝ち	藤原博古	負け
11	首夏	大中臣能宣	持	中　務	持
12	卯花	壬生忠見	負け	平　兼盛	勝ち
13	郭公	坂上望城	持	平　兼盛	持
14	郭公	壬生忠見	持	藤原元真	持
15	夏草	壬生忠見	勝ち	平　兼盛	負け
16	恋	藤原朝忠卿	勝ち	中　務	負け
17	恋	大中臣能宣	勝ち	中　務	負け
18	恋	本院侍従	持	中　務	持
19	恋	藤原朝忠卿	勝ち	藤原元真	負け
20	恋	壬生忠見	負け	平　兼盛	勝ち

我れも参りし　河原院の
荒れたる中の　寂寥美をと
参じ仲間の　恵慶法師よ次を
（平兼盛）

■伊勢神宮＜43＞
「相逢ての」（藤原敦忠）

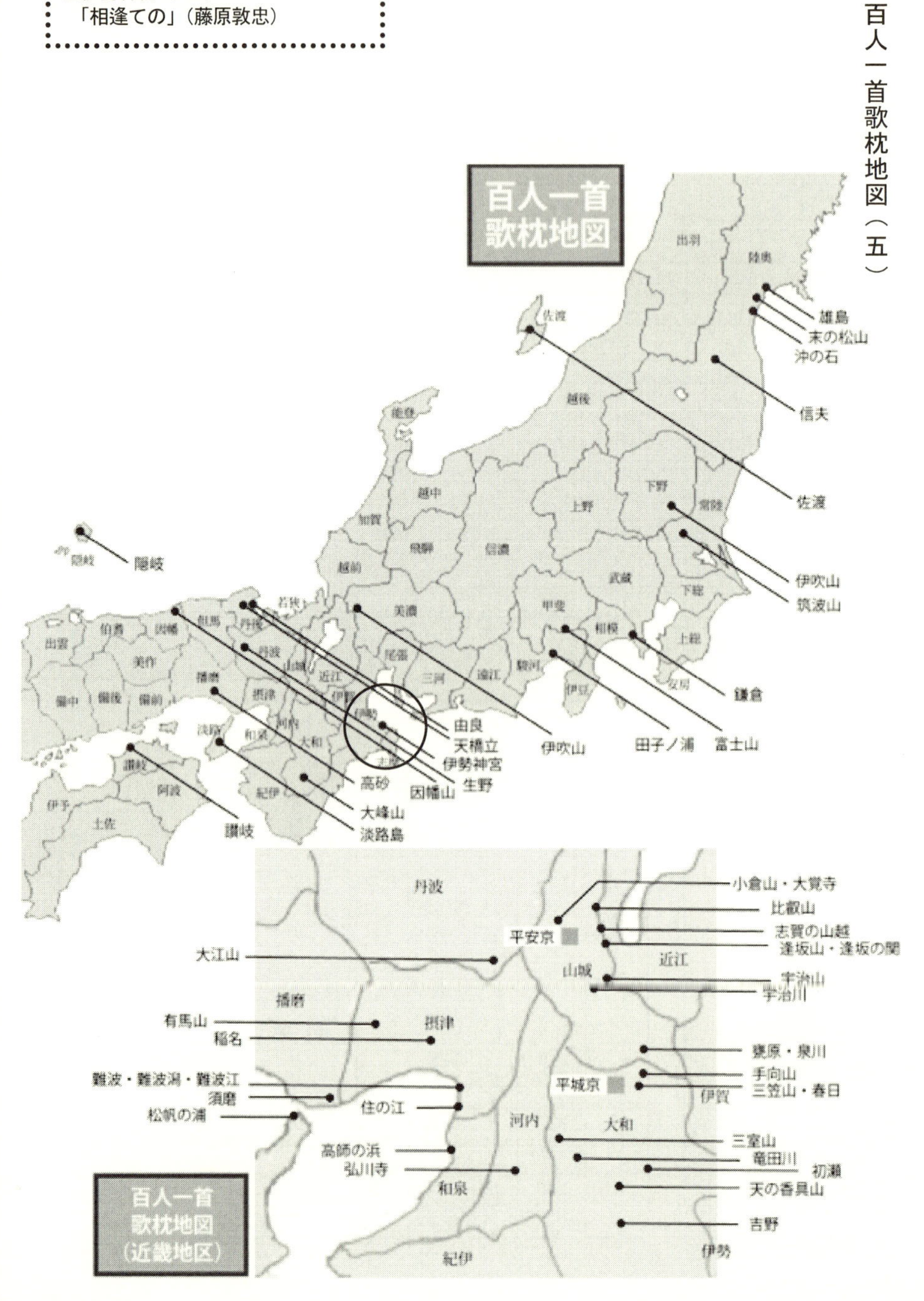

【百人一首年表】 (5)

（斜体数字：生没年不肖または生年不肖）

西暦	年号	年	天皇	歴史的事項（ゴシック体：文学関連事項）	宇多天皇 59	醍醐天皇 60	朱雀天皇 61	村上天皇 62	冷泉天皇 63	円融天皇 64	花山天皇 65	一条天皇 66	謙徳公 45	大中臣能宣 49	藤原朝忠 44	右近 38	藤原敦忠 43	源等 39	壬生忠見 41	平兼盛 40
887年	仁和	3年	宇多	宇多天皇即位(21)	21															
888年		4年		藤原基経関白	22															
890年	寛平	2年		**遍昭・蝉丸に和琴を習う?**	24															
892年		4年		**是貞親王家歌合〈05〉〈22〉〈23〉 寛平御時后宮歌合〈18〉〈37〉**	26															
893年		5年		**道真・『新撰万葉集』撰進**	27															
894年		6年		遣唐使廃止	28													15		
897年		9年	醍醐	醍醐天皇即位(13)	31	13												18		
898年	昌泰	1年		**道真・宮滝行幸供奉**	32	14												19		
899年		2年		藤原時平左大臣	33	15												20		
901年		4年		**道真・大宰権帥に左遷 『日本三代実録』完成**	35	17												22		
905年	延喜	5年		**『古今和歌集』撰進**	39	21												26		
907年		7年		唐滅亡 **大堰川行幸〈26〉**	41	23												28		
909年		9年		**素性・屏風歌を詠む**	43	25												30		
913年		13年		**亭子院歌合、内裏菊合**	47	29												34		
916年		16年		**亭子院有新無心歌合**	50	32												37		
924年	延長	2年		**坂上是則・加賀介 藤原定方・右大臣**	58	40									15	*15*	19	45		
925年		3年		**躬恒・和泉国より帰京**	59	41									16	*16*	20	46		
930年		8年	朱雀	朱雀天皇即位(8) 藤原忠平摂政	64	46	8								21	*21*	25	51		
935年	承平	5年		平将門の乱			13							15	26	*26*	30	56		
938年	天慶	1年		**伊勢・哀傷歌**			16						15	18	29	*29*	33	59		
939年		2年		藤原純友反乱			17						16	19	30	*30*	34	60	*15*	
941年		4年		藤原忠平関白			19	16					18	21	32	*32*	36	62	*17*	
945年		8年		**貫之・木工権頭**			23	20					22	25	36	*36*		66	*21*	
946年		9年	村上	村上天皇即位(21)			24	21					23	26	37	*37*		67	*22*	
951年	天暦	5年		**梨壺に和歌所を置く 『後撰和歌集』編纂開始**			29	26					28	31	42	*42*		72	*27*	
955年		9年		**道綱母〈53〉**				30					32	35	46	*46*			*31*	*16*
960年	天徳	4年		**天徳内裏歌合〈40〉〈41〉〈44〉**				35					37	40	51	*51*			*36*	*21*
962年	応和	2年		**河原院歌合**				37					39	42	53	*53*			*38*	*23*
966年	康保	3年		**内裏前栽合・右近出詠**				41	17				43	46	57	*57*			*42*	*27*
967年		4年	冷泉	冷泉天皇即位(18) 藤原実頼・関白				42	18				44	47					*43*	*28*
969年	安和	2年	円融	安和の変 円融天皇即位(11)					20	11			46	49					*45*	*30*
970年	天禄	1年		藤原伊尹・摂政					21	12			47	50					*46*	*31*
972年	天禄	3年		藤原兼通・関白内大臣					23	14			49	52					*48*	*33*
975年	天延	3年		**このころ道綱母『蜻蛉日記』**					26	17				55					*51*	*36*
977年	貞元	2年		兼道・関白を藤原頼忠に譲る					28	19				57						*38*
978年	天元	1年		藤原頼忠・太政大臣					29	20				58						*39*
984年	永観	2年	花山	花山天皇即位(17)					35	26	17			64						*45*
985年	寛和	1年		**紫野行幸・曽祢好忠推参**					36	27	18			65						*46*
986年		2年	一条	一条天皇践祚(7) 藤原兼家・摂政 **熊野行幸・恵慶ら供奉**					37	28	19	7		66						*47*
990年	正暦	1年		定子・中宮に					41	32	23	11		70						*51*
991年		2年		藤原為光・太政大臣					42	33	24	12		71						
995年	長徳	1年		道長・右大臣					46		28	16								
996年		2年		**長徳の変・藤原伊周太宰権帥左遷 このころ清少納言『枕草子』**					47		29	17								
999年	長保	1年		**公任・大覚寺で詠歌〈55〉**					50		32	20								
1000年		2年		彰子・中宮に					51		33	21								
1002年		4年		**このころ紫式部『源氏物語』**					53		35	23								
1003年		5年		**左大臣家歌合・好忠ら出詠**					54		36	24								
1004年	寛弘	1年		**『和泉式部日記』成立**					55		37	25								
1005年		2年		**『拾遺和歌集』成立**					56		38	26								

八重葎 〔47〕――恵慶法師――

源(みなもととおる)融 造営為した
豪邸なるの 河原の屋敷
源融(とおる)亡き後 寂(さび)れに廃(すた)れ

君座(ま)さで 煙絶えにし 塩釜の
うら寂しくも 見え亘(わた)るかも
――紀貫之――（古今集・八五二）

宇多天皇(うだのみかど)の 手に渡りしも
やがて寺なり 源融(とおる)の曽孫(ひまご)
安法法師(あんぼうほうし) 住まいと為(な)せり
（定家）

此処に来れるは 安法法師(あんぼうほうし)のお陰
もう七十年か
源融(とおる)の殿がお亡くなりになり
この邸(やしき) いろいろと世を見てきたことであろう
生い茂る楓も松も
崩れた築地(ついじ)も
此処(ここ)へ来る度 湧く歌心
我が身を見るのやも知れんて

集(すだ)きけむ 昔の人も なき宿に
ただ影するは 秋の夜の月
――恵慶法師――（後拾遺集・二五三）

草茂み 庭こそ荒れて 年経(へ)ぬれ
忘れぬものは 秋の白露
――恵慶法師――（続古今集・秋上）

おお 湧き来る歌が いま一首

八重葎（やへむぐら）　茂（しげ）れる宿の　寂しきに
人こそ見えね　秋は来にけり
——恵慶法師（えぎょうほうし）——

《荒れ草の　茂る寂しい　この家に
人は来んけど　秋だけ来たな》

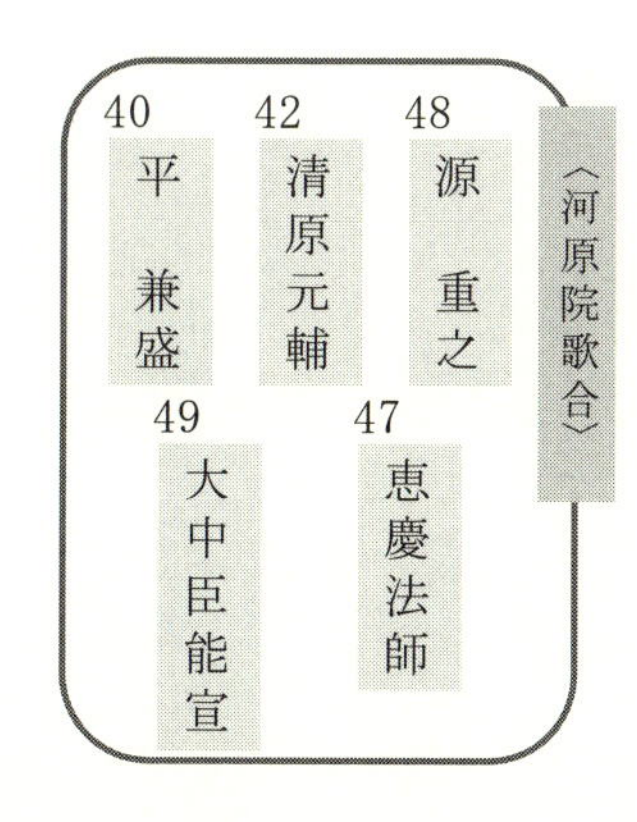

河原院での　歌会仲間
清原元輔（もとすけ）殿よ　後お務めを
（恵慶法師）

契りきな〔42〕——清原元輔——

清原元輔　名を響かすは
清少納言　父故なるも
代々歌の　上手の家系
勅撰歌集　採られし歌は
百と六首の　多きにありて
清少納言「枕草子」に言うに
「清原元輔後と　言われは苦し」
歌を詠うを　避け逃げたとか
洒脱清原元輔　滑稽話
賀茂の祭に　馬から落ちて
冠落とすに　照る禿頭
笑うを前に　演説ぶって
　馬が躓く　石あるにてぞ
　禿の冠　滑るは道理
理屈弁ずに　また大笑い

（定家）

なになに「心変わりした女に歌を」と申すか
「自ら作りてこそ」と思うが
なに　不得手じゃと
それでは　逃げられるも当然じゃ
よしよし　これを使って作ってやるか

君を措きて　徒し心を　我が持たば
末の松山　浪も越えなむ
——東歌——（古今集・一〇九三）

恨みと思慕を織り交ぜて　と
撚りが戻ると良いが
他人の歌ではのう・・・

契りきナ　互に袖を　絞りつつ
末の松山　波越さじとは
――清原元輔――

《結んだネ　互い涙の　袖絞り
波末松山を　越さへん様にと》

紫野での　行幸に来たる
曾禰好忠殿へ　次繋ぐにて
例の一件　明かせや皆に
（清原元輔）

由良の門を〔46〕――曾禰好忠――

聞きたる話　哀れの限り
身分低きも　歌才を備え
何時か日の目と　待つ曾禰好忠は
寛和元年（985）　円融院の
紫野にて　持たれし行幸
集い当代　名流歌人
召される中に　名を連ねしも
何の手違い　身分の故か
「呼ばれもせぬに　推参為す」と
小突き撲たれて　ど突かれ蹴られ
幔幕外へ　放出されしと
（定家）

神も仏も　無いかな我れに
手づる金づる　これとて無うて
曽丹後掾（丹後の三等官）と　言われし呼び名
曽丹後なりて　末には曽丹
今にソタとぞ　なり果てるかも
自分で嘆いても仕方あるまい
歌でも作るか

松の葉に　緑の袖（六位の衣服）は　年経とも
色変わるべき　我れならなくに

かき暮らす　心の闇に　惑ひつつ
憂しと見し世に　経るが侘しさ

類よりも　ひとり離れて　飛ぶ雁の
友に遅るる　我が身哀しき

（曽丹集）

ハハハ　浮き世だけでは無いわ
恋も行き処無しか

由良の門を　渡る舟人　楫を絶え
行方も知らぬ　恋の道かな
——曾禰好忠——

《由良海峡　漕ぐ海人楫を
失しのたの
当て所ゆらゆら　無い恋道や》

〈紫野行幸〉

42 清原元輔
40 平　兼盛
46 曾禰好忠
48 源　重之

行幸列ねし　源重之殿は
如何が見られし　我が経緯を
先ずは次へと　引き継ぎ為すが
（曾禰好忠）

風を激み〔48〕——源重之——

源重之祖父は　貞元親王
清和天皇の　皇子様なりて
陸奥守なる　任終えし後
そこに土着し　住まいを為しに
源重之陸奥に　妻子を置きて
地方赴任の　転々暮らし
如何なる仕儀か　子を殺されて
詠いし歌の　哀れが胸沁みる

此処に恋い　彼処に忍ぶ　夜々ながら
夢路ならでは　如何が逢い見む
先立てば　藤の衣を　たち重ね
死出の山路に　露けかりけむ
（安法法師集）

老いて源重之　藤原実方付きて
陸奥に下るも　子の縁かや
（定家）

ここに挙げたるこの歌
我れ未だ二十歳過ぎ
歌修練にと　百首歌作りし内のもの
修練とは言え　目当て無きにしもの恋歌

その後思うに　砕けはせぬが
さしずめ岩打つ波の地方官放浪であった
信濃　播磨　相模　肥後　筑前　陸奥

身の栄達を願い　鬱々と詠みし歌
春毎に　忘られにける　埋れ木は
時めく花を　外にこそ見れ
雪消えぬ　我がみ山なる　朽木には
春も待たれぬ　心地こそすれ
花咲かぬ　我が宿さえも　匂いける
隣の梅を　風や問ふらむ
（重之集）

ああ　何も叶わぬまま　陸奥に果てるか

風を激み　岩うつ波の　己のみ
砕けて物を　思ふ日頃かな
――源重之――

《激風吹かれ　岩に砕ける　波か我れ
打当け恋焦れの　甲斐無い日々よ》

56
清和天皇―貞元親王―父―48 源重之

26 藤原忠平（貞信公）―師伊―定時―51 藤原実方

藤原実方 ―〈共に陸奥へ〉― 源重之

付いて陸奥来し　藤原実方様に
次のお役目　お願い申す
（源重之）

斯くとだに〔51〕——藤原実方——

王朝好男子　在原業平先ずと
負けず劣らず　藤原実方続く
女房雀の　誓いを為すに
「約束を破れば　藤原実方様が
　罰とお憎み　為されまするに」
斯くも美貌の　評判なるが
陸奥へ下ると　決りし折りは
男女の　区別も無しの
別れ惜しみの　京の騒ぎ
これの経緯　我が「口」にてぞ
（定家）

き奴藤原行成　我が歌なるを
侮蔑卑しみ　為したるからに
我れが笏にて　冠叩き
庭に捨てたに　落ち着き払い
「ご無体為さる　如何なる所存」
一部始終を　ご覧の一条天皇
沈着藤原行成　お褒めと為され
軽率なりと「藤原実方そなた
　歌枕見に　陸奥参れ」
笏が生みたは　癪にてあれど
下る道には　下野なるの
息吹山さえ　見られるものを

斯くとだに
えやは言ふき（伊吹山）の　指焼草
（言えるかな　言えるもんかい）
然しも知らじな　燃ゆる思ひを
―藤原実方朝臣―

《「恋してる」　言えず燻る　燃え心
伊吹山焼草ぞ　知らずやお前》

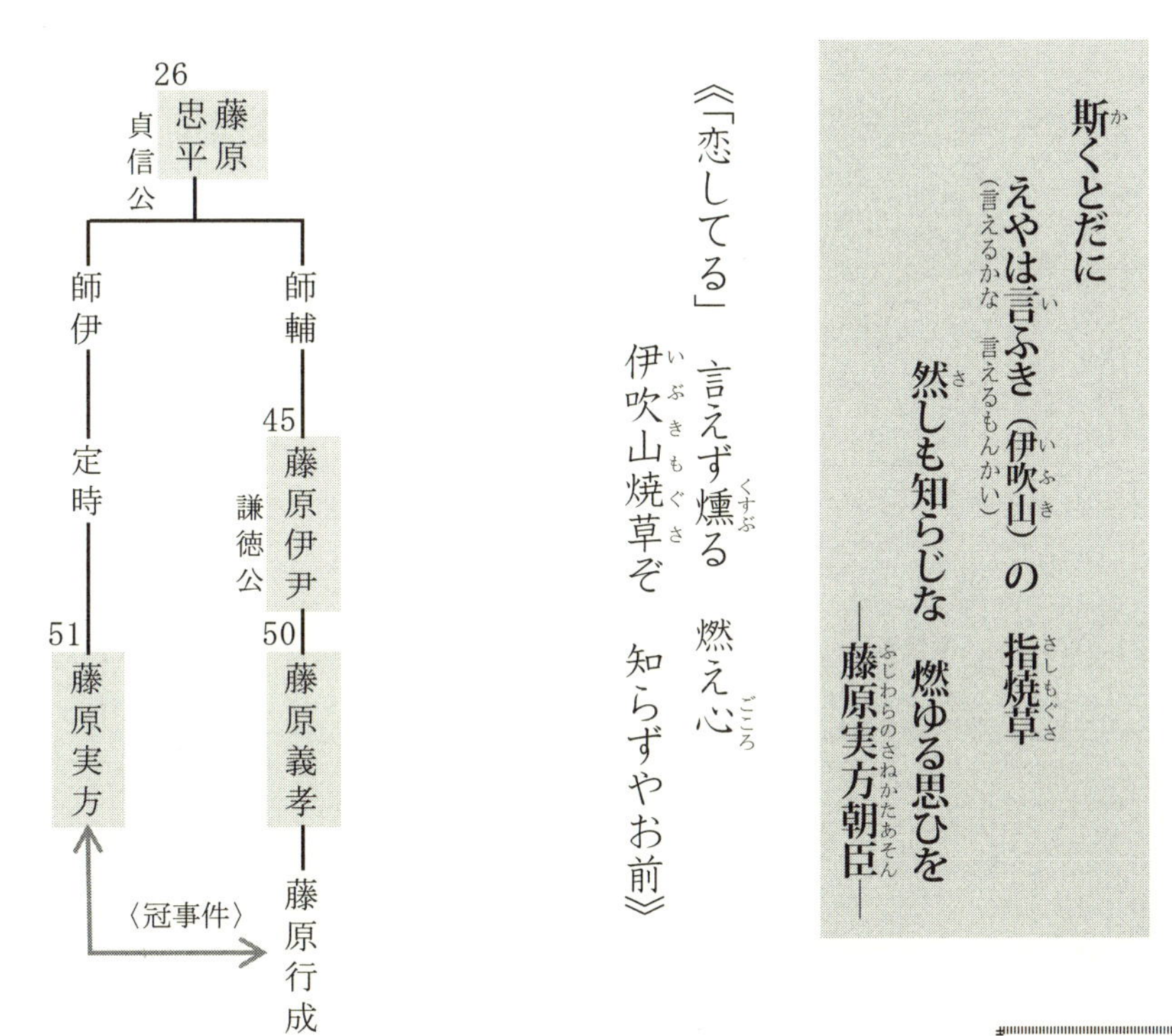

【伊吹山】
伊吹山は　近江・美濃境の山説が定着しているが　下野説もあり　陸奥への左遷を考えれば　無下には出来ない。

憎き藤原行成　父藤原義孝は
血筋辿れば　曾祖父同じ
藤原忠平なるに　次をば託す
（藤原実方）

君が為　〔50〕―藤原義孝―

摂関体制　確立目指し
安和の変（969）で　源高明排し
他氏排斥が　完了するや

藤原一族　暗闘続く
藤原実頼・藤原師輔　争う次は
藤原兼通・藤原兼家　確執続き
冷泉天皇・円融天皇　女御へ娘
送りし藤原兼家　勝ち残りなし
円融天皇皇子が　一条天皇となるや
摂政地位にと　上りてここに
摂関体制「上がり」となれり

栄華藤原　一族中に
敗れ脱落　系統多数
哀れ歌にと　名を留めるは
見て来た通り　これから先も

（定家）

謙徳公と呼ばれた　父藤原伊尹が死んだ
村上天皇の下　和歌所長官を務め
後撰和歌集の撰修に力し　摂政にまでなったが
二年余りでの身罷り
巷間　藤原朝忠の弟朝成の悶死怨霊仕業との噂

「怨霊なんぞ」と思うも　避くるに及くなしと
我れは法華経を呟き　数珠を袖内に忍ばせる
しかし二年後　厄は我が上にも降り来たる

行く方も　定め無き世に　水速み
小舟を棹の　差すや何処ぞ
―藤原義孝―（義孝集）

この若き齢二十一の身が何故に・・・
「長くもがな」と　祈りしものを

君が為　惜しからざりし　命さへ
長くもがなと　思ひけるかな
――藤原義孝――

《逢えるなら　命要いらんと　思うたに
逢えた今では　長にと思う》

26
藤原忠平（貞信公）
実頼 ⇔ 師輔〈抗争〉
兼通 ⇔ 兼家〈抗争〉
62 村上天皇
63 冷泉天皇
超子
詮子
64 円融天皇
66 一条天皇
67 68 三条天皇

【安和の変】安和二年（969）
冷泉天皇が病弱のため早期の東宮決定に際し　同母弟の年長為平親王立つべしを末弟守平親王（後の円融天皇）が立った。
為平親王妃が源高明の娘であったため高明の勢力伸長を危惧した藤原氏策略。
これを良しとしない勢力の蜂起の背後に高明在りとされ大宰権帥に左遷された事件。

60 醍醐天皇
62 村上天皇
源高明
〈信頼〉
63 冷泉天皇
為平親王 ＝ 娘
64 守平親王（円融天皇）

我れと同じに　若きに逝きし
従弟藤原道信　次語れよや
（藤原義孝）

明けぬれば　〔52〕——藤原道信朝臣——

祖父は藤原師輔　父藤原為光で
祖父成りたるは　右大臣にて
太政大臣　父上り詰め
既に二十歳の　藤原道信未は
高き位と　意欲を燃やす
したが翌年　父身罷りて
着きたる運を　無くしたかやに
二年の後に　疱瘡罹り
花の命を　惜しまれ散らす
奥床しくて　歌上手にて
慕われ人は　早くに逝くか

（定家）

悲しき恋の話しがある
皆がそれと認める美しき人
名門の姫君　婉子様
花山天皇の女御にあらせられたが
天皇が仏門に入られ　宮中を退出
今ぞと言い寄るも
婉子様は　恋敵 藤原実資の手に

嬉しきは　如何ばかりかは　思うらむ
憂きは身に沁む　心地こそすれ
—藤原道信—（金葉集・巻七・三六八）

やがてに父が他界　一年の忌明け
喪服の藤衣はもう脱ぐけれど

限りあれば　今日脱ぎ捨てつ　藤衣
果て無きものは　涙なりけり
—藤原道信—（拾遺集・一二九三）

この心凍てついて　夜明けの雪道歩く様な
そう　あの雪降る日の後朝の分かれと同じに・・・

明けぬれば　暮るるものとは　知りながら
なほ恨めしき　朝ぼらけかな
―藤原道信朝臣―

《明けたなら　逢える夕暮れ
来る云うに
そやが恨めし　ほの明け空は》

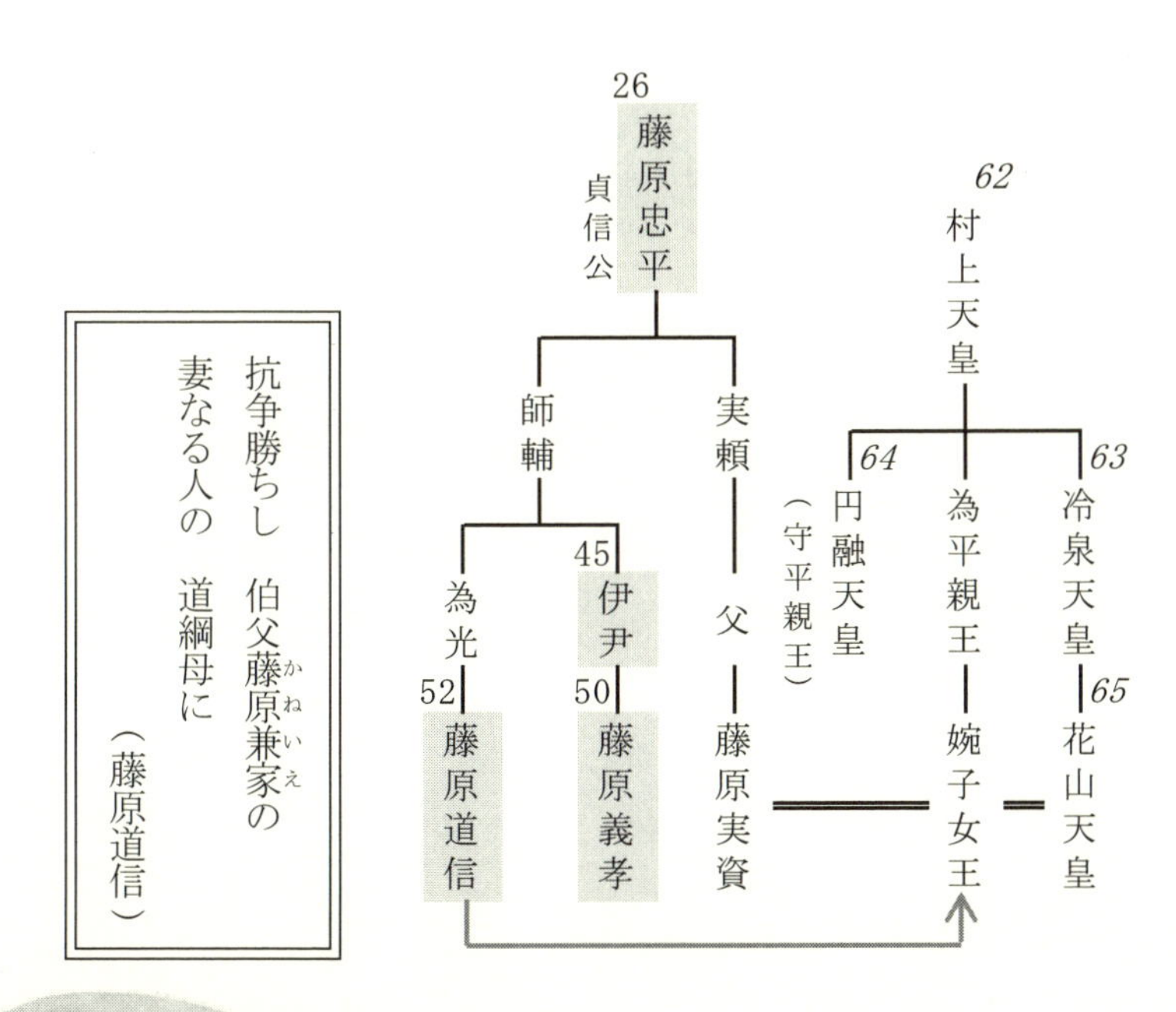

百人一首歌枕地図（六）

■末の松山＜ 42 ＞
「契りきな」（清原元輔）
■由良＜ 46 ＞
「由良の門を」（曽禰好忠）
■伊吹山＜ 51 ＞
「斯くとだに」（藤原実方）

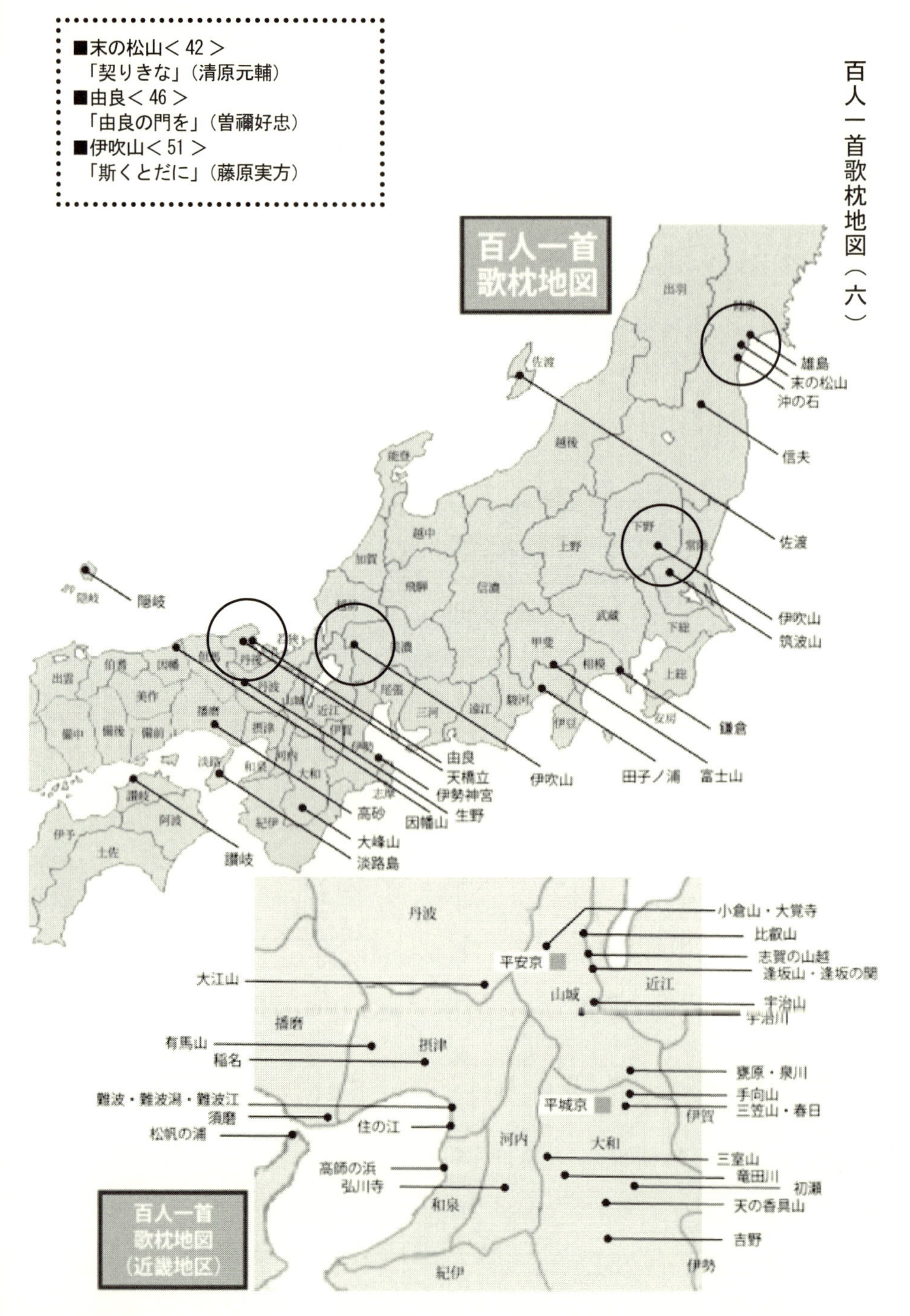

【百人一首年表】（6）

（斜体数字：生没年不肖または生年不肖）

西暦	年号	年	天皇	歴史的事項（ゴシック体：文学関連事項）	醍醐天皇 60	朱雀天皇 61	村上天皇 62	冷泉天皇 63	円融天皇 64	花山天皇 65	一条天皇 66	恵慶法師 47	清原元輔 42	曾禰好忠 46	源重之 48	藤原実方 51	藤原義孝 50	藤原道信 52
897年		9年	醍醐	醍醐天皇即位(13)	13													
898年	昌泰	1年		**道真・宮滝行幸供奉**	14													
899年		2年		藤原時平左大臣	15													
901年		4年		**道真・大宰権帥に左遷** **『日本三代実録』完成**	17													
905年	延喜	5年		**『古今和歌集』撰進**	21													
907年		7年		唐滅亡 **大堰川行幸<26>**	23													
909年		9年		**素性・屏風歌を詠む**	25													
913年		13年		**亭子院歌合、内裏菊合**	29													
916年		16年		**亭子院有新無心歌合**	32													
924年	延長	2年		**坂上是則・加賀介** **藤原定方・右大臣**	40								17					
925年		3年		**躬恒・和泉国より帰京**	41								18					
930年		8年	朱雀	朱雀天皇即位(8) 藤原忠平摂政	46	8							23					
935年	承平	5年		平将門の乱		13							28					
938年	天慶	1年		**伊勢・哀傷歌**		16							31					
939年		2年		藤原純友反乱		17							32					
941年		4年		藤原忠平関白		19	16						34					
945年		8年		**貫之・木工権頭**		23	20						38		*16*			
946年		9年	村上	村上天皇即位(21)		24	21						39		*17*			
951年	天暦	5年		**梨壷に和歌所を置く** **『後撰和歌集』編纂開始**		29	26						44	*17*	*22*			
955年		9年		**道綱母<53>**			30						48	*21*	*26*			
960年	天徳	4年		**天徳内裏歌合<40><41><44>**			35					*16*	53	*26*	*31*	*16*		
962年	応和	2年		**河原院歌合**			37					*18*	55	*28*	*33*	*18*		
966年	康保	3年		**内裏前栽合・右近出詠**			41	17				*22*	59	*32*	*37*	*22*		
967年		4年	冷泉	冷泉天皇即位(18) 藤原実頼・関白			42	18				*23*	60	*33*	*38*	*23*		
969年	安和	2年	円融	安和の変 円融天皇即位(11)				20	11			*25*	62	*35*	*40*	*25*	16	
970年	天禄	1年		藤原伊尹・摂政				21	12			*26*	63	*36*	*41*	*26*	17	
972年	天禄	3年		藤原兼通・関白内大臣				23	14			*28*	65	*38*	*43*	*28*	19	
975年	天延	3年		**このころ道綱母『蜻蛉日記』**				26	17			*31*	68	*41*	*46*	*31*		
977年	貞元	2年		兼道・関白を藤原頼忠に譲る				28	19			*33*	70	*43*	*48*	*33*		
978年	天元	1年		藤原頼忠・太政大臣				29	20			*34*	71	*44*	*49*	*34*		
984年	永観	2年	花山	花山天皇即位(17)				35	26	17		*40*	77	*50*	*55*	*40*		
985年	寛和	1年		**紫野行幸・曾祢好忠推参**				36	27	18		*41*	78	*51*	*56*	*41*		
986年		2年	一条	一条天皇践祚(7) 藤原兼家・摂政 **熊野行幸・恵慶ら供奉**				37	28	19	7	*42*	79	*52*	*57*	*42*		15
990年	正暦	1年		定子・中宮に				41	32	23	11	*46*	83	*56*	*61*	*46*		19
991年		2年		藤原為光・太政大臣				42	33	24	12	*47*		*57*	*62*	*47*		20
995年	長徳	1年		道長・右大臣				46		28	16	*51*		*61*	*66*	*51*		
996年		2年		**長徳の変・藤原伊周太宰権帥左遷** **このころ清少納言『枕草子』**				47		29	17	*52*		*62*	*67*	*52*		
999年	長保	1年		**公任・大覚寺で詠歌<55>**				50		32	20	*55*		*65*	*70*			
1000年		2年		彰子・中宮に				51		33	21	*56*		*66*	*71*			
1002年		4年		**このころ紫式部『源氏物語』**				53		35	23			*68*				
1003年		5年		**左大臣家歌合・好忠ら出詠**				54		36	24			*69*				
1004年	寛弘	1年		**『和泉式部日記』成立**				55		37	25			*70*				
1005年		2年		**『拾遺和歌集』成立**				56		38	26			*71*				

嘆きつつ　〔53〕――右大将道綱母――

一条天皇　即位によって
絶頂極めし　藤原兼家子供
正妻時姫　生みたる三人
道隆・道兼　道長なるは
短期昇進　出世を為すが
藤原道綱生まれ　次男であるも
母の家柄　然も無き故に
他の子に比し　官職低く
右大将にと　留まり居れり

（定家）

先月道綱　生まれしを　優し喜び　していたに
近頃どうも　家の人　新し行くが　出来たらし
夕暮れ時に　野暮用と　出掛け怪しと　付けさせば
案の定にて　腹立たし　それから三日　夜明け前
門を叩くに　閉め出せば　元へと帰る　ええ悔し
放って置けぬと　翌朝に　遣わしたるが　この歌ぞ

嘆きつつ　独り寝る夜の　明くる間は
如何に久しき　ものとかは知る
――右大将道綱母――

《待ち焦がれ　嘆く独りの　終夜
どんな長いか　分かるかあんた》

げにやげに　冬の夜ならぬ　槙の戸を
遅く開けるは　侘びしかりけり

《そらそやが　冬夜明けるん　遅い云て
戸開け遅いは　待つ辛ろおます》

―藤原兼家―（蜻蛉日記）

ええい悔しや　しれっとの　態度増々　苛立たし
第一夫人の　時姫は　下へも置かぬ　扱いも
私扱い　斯くなるは　出自身分の　差なるかや
道隆・道兼　道長は　見る間も無しの　出世やに
我が子道綱　低き官職　これもそうかや　情けな
や
こんな思いの　数々を　後の世人よ　憐れめと
書きたる日記『蜻蛉』と　為しは儚き　我が身故

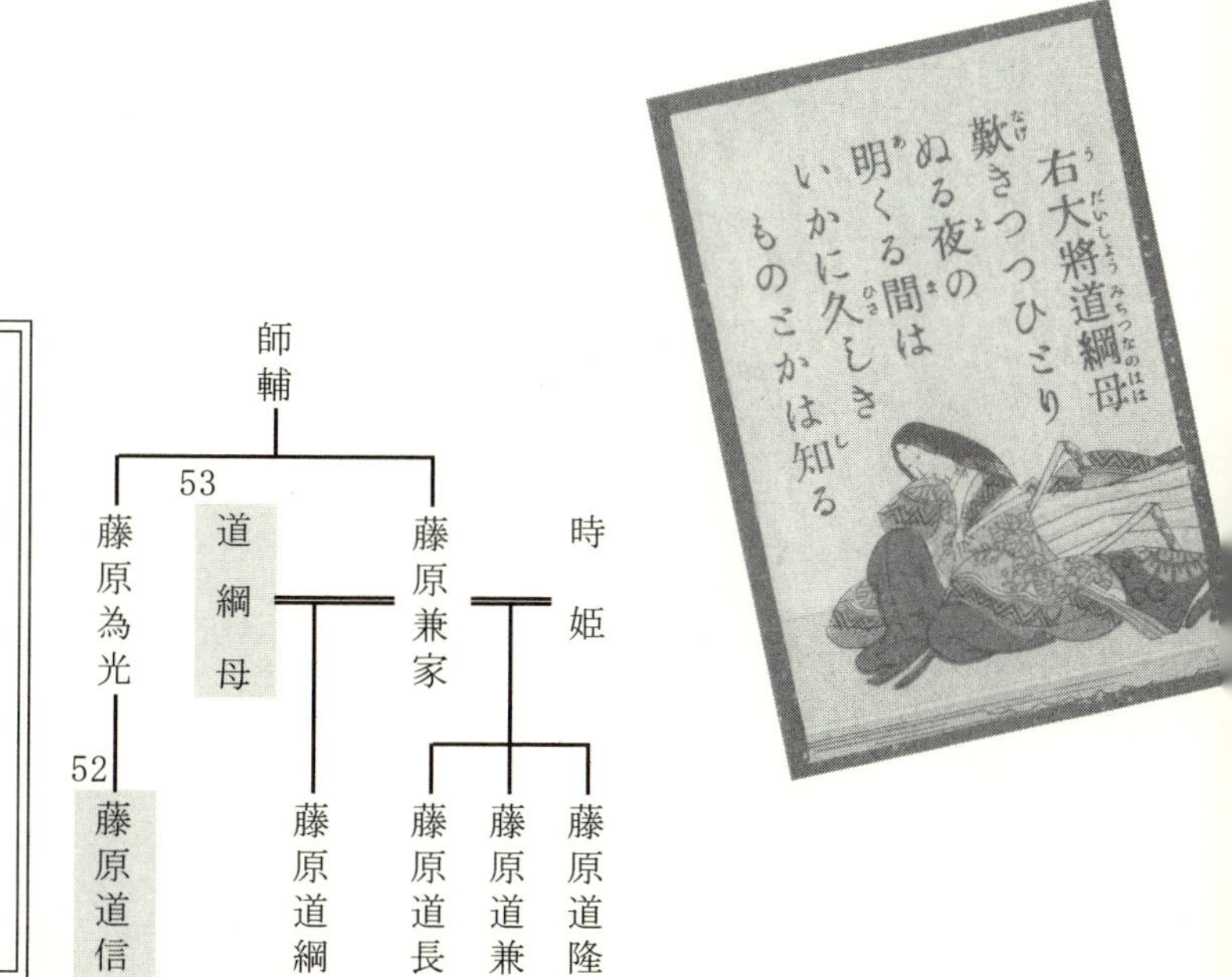

我が子に託す　夢外れしの
同じき儀同　三司の母へ

（道綱母）

忘れじの〔54〕――儀同三司母――

嫡子藤原道隆　位と家を
譲り受け為し　中宮にとて
娘定子を　一条天皇へ出し
息子藤原伊周　内大臣に
まさに権勢　極まりしかど
藤原道隆深酒　病に失せて
後を藤原伊周　継ぐかと見るも
立ち開かるは　これ藤原道長ぞ
藤原伊周女　花山法皇盗るの
誤解怒りに　藤原隆家従者が
射た矢花山法皇　袖貫くの
事件狙われ　権謀嵌り
これが咎にて　大宰府左遷
これにて成就　藤原道長覇権
後は栄華の　望月随意に

（定家）

ああ　何と云う年なの　今年は
昨長徳元年（995）道隆を亡くし
忌明けも待たずに起こりし　法皇誤射事件
兄弟共の左遷
中宮定子の髪をお剃りになっての落飾
そして　わたくしにまでお迎えが来ようとは・・・

父君藤原兼家様の後を継がれて関白に
子の藤原伊周も内大臣に
弟藤原隆家は権中納言に昇進していた
その上　娘定子は一条天皇の中宮へ召され
妹の原子は東宮妃へと
（居貞親王・後の三条天皇）

まるで一家は春の花盛りでしたね
思い出しました
始めて貴男が　お逢いくだされたあの日の歌
恋の喜び幸せの極み・・・
ここで死ねば本望と・・・

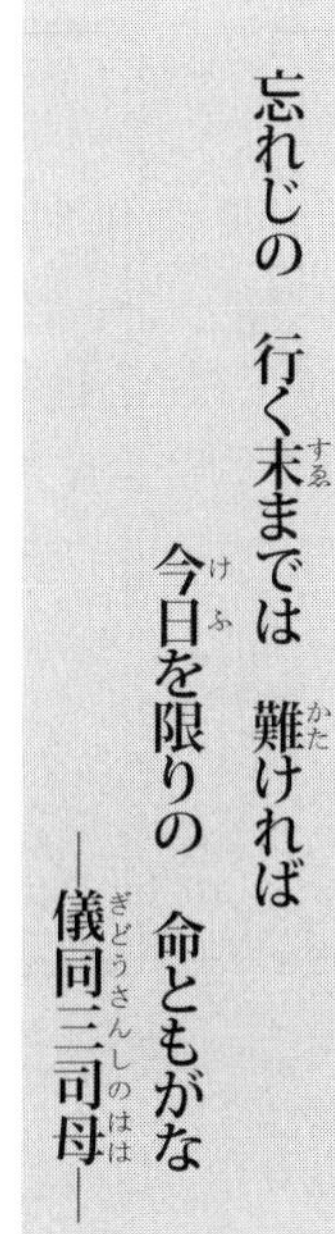

忘れじの　行く末(すゑ)までは　難(かた)ければ
今日(けふ)を限りの　命ともがな
——儀同三司母(ぎどうさんしのはは)——

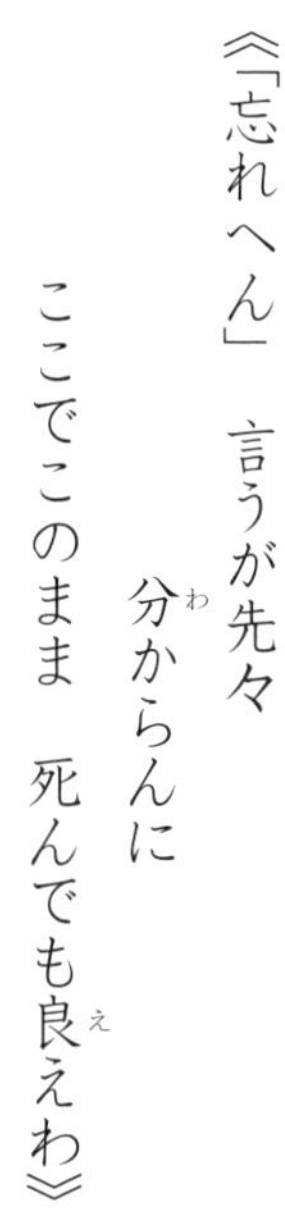

《「忘れへん」　言うが先々
分(わ)からんに
ここでこのまま　死んでも良(え)えわ》

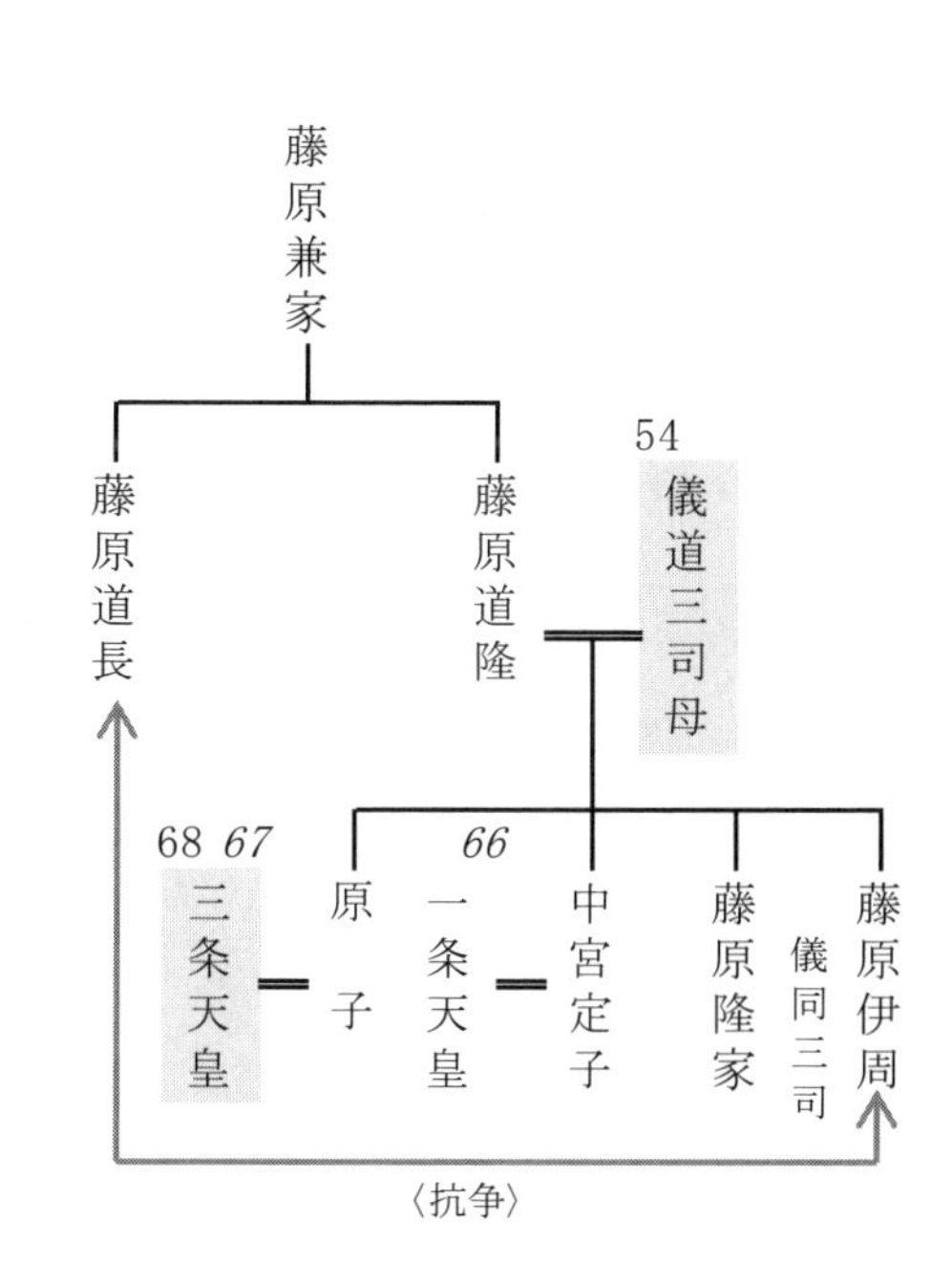

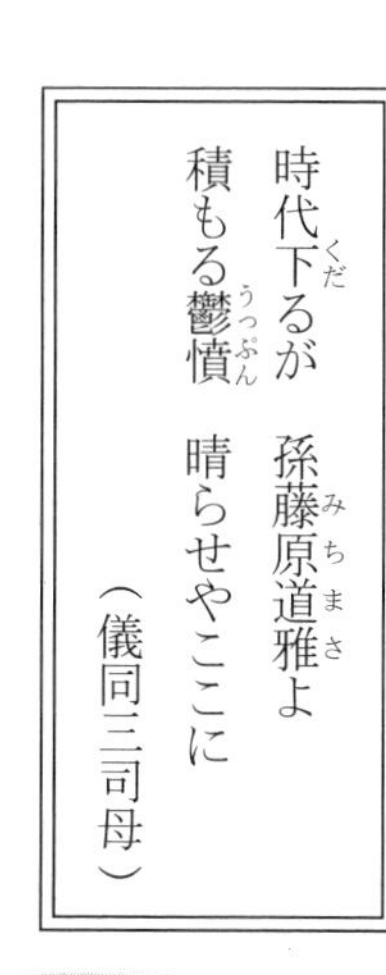

時代下(くだ)るが　孫藤原道雅(みちまさ)よ
積もる鬱憤(うっぷん)　晴らせやここに
（儀同三司母）

今はただ〔63〕──左京大夫道雅──

皆も知りたる　伊勢物語
主役務める　在原業平伊勢に
接待為すの　斎宮なるは
男誘うに　部屋へと行きて
二人過ごしの　一時余り
語り尽くしも　無きにて帰る
男禁忌の　斎宮なるに
恋の垣根の　越えるに易き
女房好みの　この物語
地で行きたるの　藤原道雅・当子
（定家）

父の藤原伊周が許されて大宰府より戻り
やがて准大臣とまでなった
自らを太政大臣・左右大臣の三公（＝三司）に並ぶの
「儀同三司」と名告りはしたが
（儀式の格式が三司に同じ）
権勢戻らぬまま他界
もう我れの出世の芽はない
荒む生活の心に　咲いた花一輪
当子内親王様は　斎宮の任解かれ帰京
人知れずの通いが　やがてに漏れる
父君三条院のお怒り治まらず　出仕差し止め
その後の官位昇進は無く　不遇の日々
人が「荒三位」と呼ぶ　破れかぶれの人生
この歌　果たして内親王様に届いたであろうか

今はただ　思ひ絶(た)えなむ　とばかりを
人伝(づ)てならで　言ふ手立(よし)もがな
―左京大夫道雅(さきょうのだいぶみちまさ)―

《もう今は　「思い切ろう」の　一言(ひとこと)を
この身で言うの　手立てが欲しい》

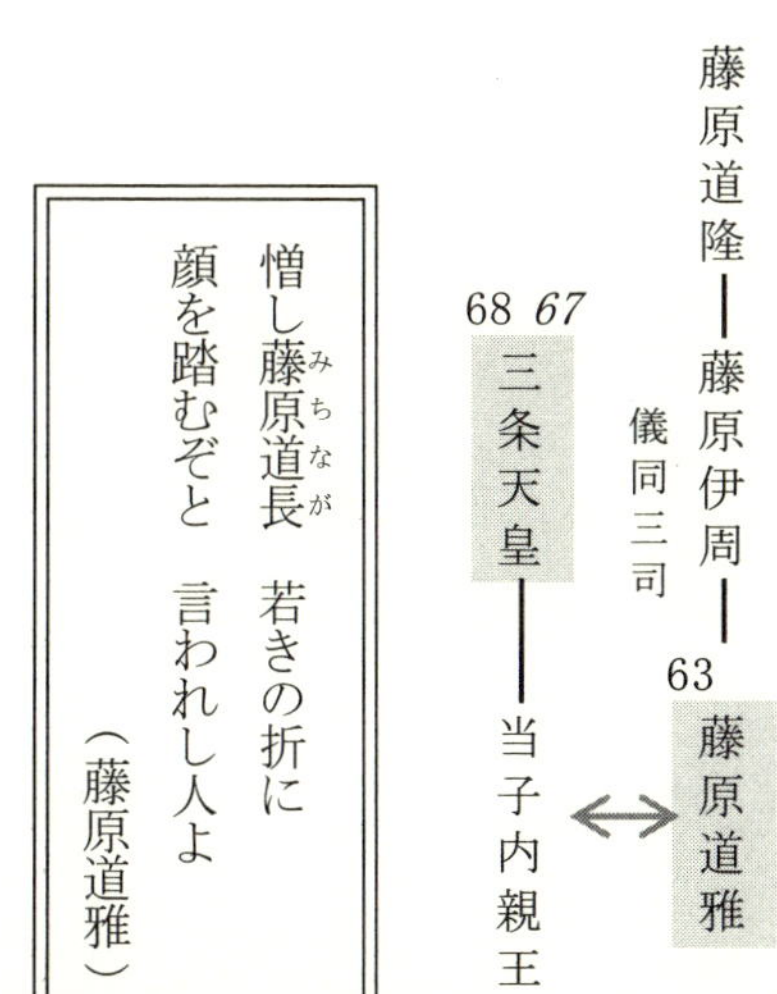

滝の音は〔55〕──大納言公任──

祖父藤原実頼も父藤原頼忠も関白を務めた
姉は　64円融天皇中宮
妹は　65花山天皇女御に
申し分ない家柄に加え
漢詩・和歌・管弦の才
藤原道長の父藤原兼家殿が
「我が息子共　公任影も踏めざるや」
申すに藤原道長応え
「我れは公任面ぞ踏む」
と言うた昔が　今此処にあるか

嵯峨大覚寺
藤原道長様催しの　紅葉見物
「あの藤原公任が　ここまで阿るか」
と人は言うが　これも処世
わしも四納言の一人として
藤原道長様を支えておる
政治では敵わぬが
文芸では　なほ聞こえけれじゃ

藤原道長打ちし　皇統楔
長女彰子を　66一条天皇 中宮
生みたる皇子は　後一条天皇
次に生んだは　後朱雀天皇
次女の妍子を　67三条天皇 中宮
三女の威子を　68後一条天皇中宮
四女の嬉子を　69後朱雀天皇妃
生みたる皇子は　70後冷泉天皇
これが詠わず　居れるや斯くと

この世をば　我が世とぞ思う
望月の
欠けたることも　無しと思へば

──藤原道長──（藤原実資「小右記」）

（定家）

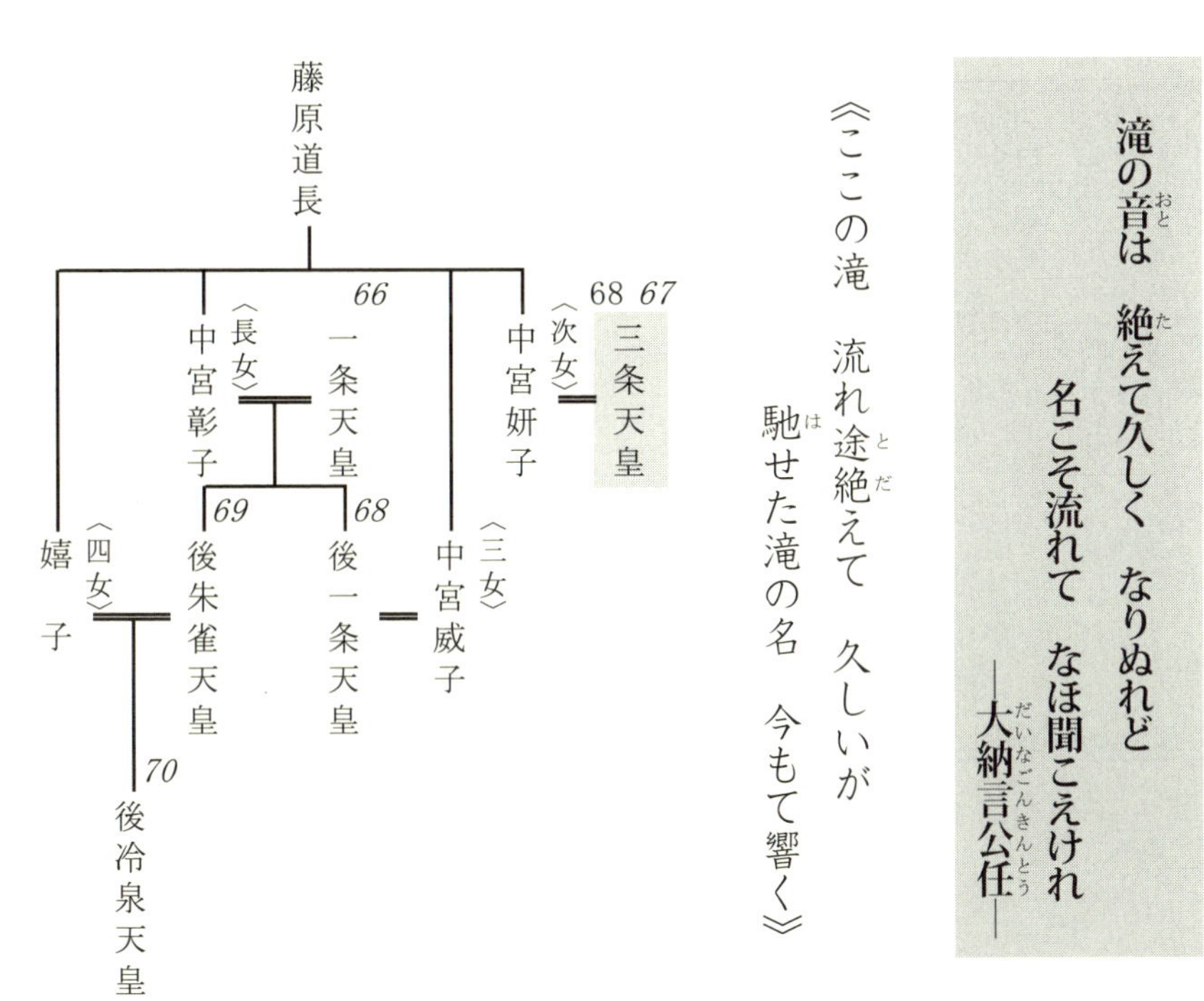

滝の音は　絶えて久しく　なりぬれど
名こそ流れて　なほ聞こえけれ
——大納言公任——

《ここの滝　流れ途絶えて　久しいが
馳せた滝の名　今もて響く》

悔しさ堪え　阿し我れに
勝る忍苦の　三条院へ
（藤原公任）

心にも〔68〕――三条院――

藤原道長　権力得るや
一条天皇　後継ぐなるを
己が孫なる　敦成親王と（後一条天皇）
思い居りしも　目の上瘤は
一条天皇　即位の折に
立太したる　居貞親王（三条天皇・十一歳時）
廃太子をば　画策為すも
一条天皇崩御し　三条天皇即位（即位時・三十六歳）
隠忍道長　挽回好機
在位最中に　内裏の火災
二度に及ぶは　徳無しなりと
悩む眼病　政務は無理と
退位退位と　日毎の迫り
藤原道長・三条天皇　確執激し
（定家）

おのれ道長　ああも固く約束したを
我が子敦明親王をして
皇太子辞退に追い込みよったか

やいのやいのと退位を迫り
我れも眼病の篤き増すに堪えず
後一条天皇に後託すに
我が子敦明親王を皇太子為すを
譲位約定としたに・・・
翌　寛仁元年（1017）我れが死してすぐにの
約束の破棄
悔しさ　祟りと為すに　覚悟しや
いずれ藤原　入内の娘
皇子の生まれの　無き時来たれ
我れの血を引く　皇子こそ生まれ
皇位着く世の　時こそ来たれ
苦渋の譲位一月前の歌　長らえは為なんだが・・・

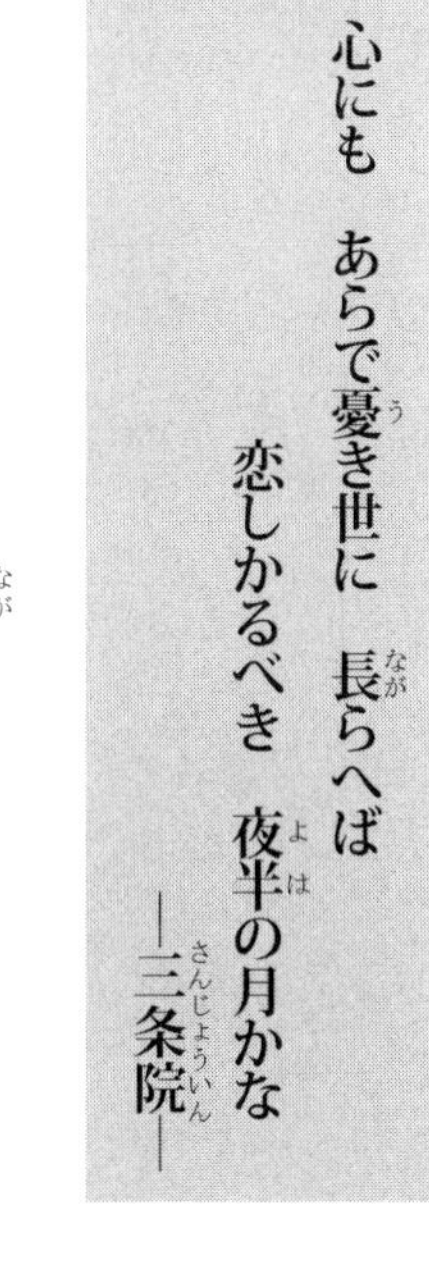

心にも　あらで憂き世に　長らへば
恋しかるべき　夜半の月かな
——三条院——

《生きとうも　無い世長ろて
仕舞うたら
この夜半の月が　懐かしやろな》

63 冷泉天皇
64 円融天皇
65 花山天皇
67 68 三条天皇（居貞親王）
皇后娍子
中宮妍子
66 一条天皇
敦明親王
当子内親王
禎子内親王
68 後一条天皇（敦成親王）
嬉子
69 後朱雀天皇
70 後冷泉天皇
71 後三条天皇

※網掛けは藤原娘皇子

【祟り・願いの実現？】
道長亡き後　子の頼通の時代となるが　頼通が後宮に入れた姫達は皇子を挙げ得ず。三条天皇の姫宮・禎子内親王が生んだ後三条が七十一代天皇となる。

道長世をし　憎きにあれど
女人咲かせの　王朝絵巻
豪華絢爛　ご覧よ篤と
清少納言よ　まず先鞭を
（三条院）

■大覚寺＜55＞
「滝の音は」（大納言公任）

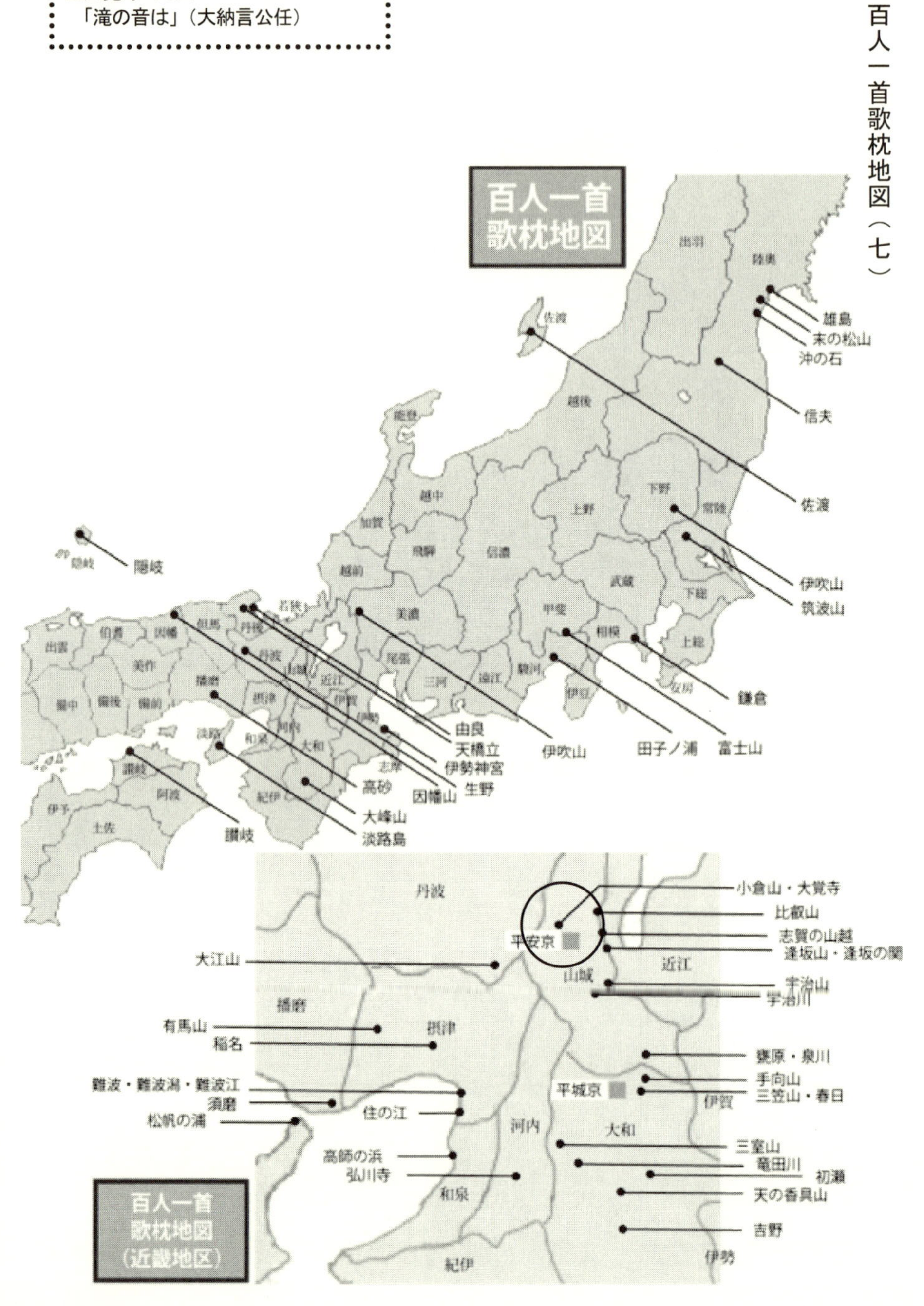

【百人一首年表】 (7)

(斜体数字：生没年不肖または生年不肖)

西暦	年号	年	天皇	歴史的事項（ゴシック体：文学関連事項）	村上天皇	冷泉天皇	円融天皇	花山天皇	一条天皇	三条天皇	後一条天皇	後朱雀天皇	後冷泉天皇	藤原兼家	道綱母	藤原道隆	儀道三司母	藤原道雅	藤原公任	三条院	藤原道長
					62	63	64	65	66	67	68	69	70		53		54	63	55	68	
946年		9年	村上	村上天皇即位(21)	21									18							
951年	天暦	5年		**梨壷に和歌所を置く** **『後撰和歌集』編纂開始**	26									23	15						
955年		9年		**道綱母<53>**	30									27	19						
960年	天徳	4年		**天徳内裏歌合<40><41><44>**	35									32	24		*16*				
962年	応和	2年		**河原院歌合**	37									34	26		*18*				
966年	康保	3年		**内裏前栽合・右近出詠**	41	17								38	30		*22*				
967年		4年	冷泉	冷泉天皇即位(18) 藤原実頼・関白	42	18								39	31	15	*23*				
969年	安和	2年	円融	安和の変 円融天皇即位(11)		20	11							41	33	17	*25*				
970年	天禄	1年		藤原伊尹・摂政		21	12							42	34	18	*26*				
972年	天禄	3年		藤原兼通・関白内大臣		23	14							44	36	20	*28*				
975年	天延	3年		**このころ道綱母『蜻蛉日記』**		26	17							47	39	23	*31*				
977年	貞元	2年		兼道・関白を藤原頼忠に譲る		28	19							49	41	25	*33*				
978年	天元	1年		藤原頼忠・太政大臣		29	20							50	42	26	*34*				
984年	永観	2年	花山	花山天皇即位(17)		35	26	17						56	48	32	*40*		19		19
985年	寛和	1年		**紫野行幸・曾祢好忠推参**		36	27	18						57	49	33	*41*		20		20
986年		2年	一条	一条天皇践祚(7) 藤原兼家・摂政 **熊野行幸・恵慶ら供奉**		37	28	19	7					58	50	34	*42*		21		21
990年	正暦	1年		定子・中宮に		41	32	23	11	15				62	54	38	*46*		25	15	25
991年		2年		藤原為光・太政大臣		42	33	24	12	16					55	39	*47*		26	16	26
995年	長徳	1年		道長・右大臣		46		28	16	20					59	43	*51*		30	20	30
996年		2年		**長徳の変・藤原伊周太宰権帥左遷** **このころ清少納言『枕草子』**		47		29	17	21							*52*		31	21	31
999年	長保	1年		**公任・大覚寺で詠歌<55>**		50		32	20	24									34	24	34
1000年		2年		彰子・中宮に		51		33	21	25									35	25	35
1002年		4年		**このころ紫式部『源氏物語』**		53		35	23	27									37	27	37
1003年		5年		**左大臣家歌合・好忠ら出詠**		54		36	24	28									38	28	38
1004年	寛弘	1年		**『和泉式部日記』成立**		55		37	25	29									39	29	39
1005年		2年		**『拾遺和歌集』成立**		56		38	26	30									40	30	40
1011年		8年	三条	三条天皇即位(36)		62			32	36								20	46	36	46
1015年	長和	4年		**三条天皇・清涼殿内詠歌<68>**						40								24	50	40	50
1016年		5年	後一条	後一条天皇即位(9) 道長・摂政 **道雅・当子内親王密通により勅勘**						41	9							25	51	41	51
1017年	寛仁	1年		藤原頼通・摂政 道長・太政大臣						42	10							26	52	42	52
1019年		3年		頼通・関白							12							28	54		54
1021年	治安	1年		藤原公季・太政大臣							14							30	56		56
1027年	万寿	4年		道長・死去							20	19						36	62		62
1028年	長元	1年		平忠常・東国で反乱							21	20						37	63		63
1036年		9年	後朱雀	後朱雀天皇即位(28)							29	28						45	71		
1041年	長久	2年		**弘徽殿女御生子歌合** **赤染衛門出詠**								33	17					50	76		
1045年	寛徳	2年	後冷泉	後冷泉天皇即位(21)								37	21					54			
1049年	永承	4年		**能因法師・内裏歌合<69>**									25					58			
1051年		6年		前九年の役 **相模・内裏歌合<65>**									27					60			
1052年		7年		末法の時代に入る									28					61			
1053年	天喜	1年		平等院鳳凰堂完成									29					62			
1057年		5年		源頼義・安倍頼時を討つ									33								
1060年	康平	3年		**このころ菅原孝標女『更級日記』**									36								
1061年		4年		**祐子内親王家名所歌合、相模出詠**									37								
1062年		5年		源頼義・安倍貞任を討つ									38								

夜を籠めて〔62〕—清少納言—

華と咲くかの　才女の時代
父や兄弟　夫の身分
地方任務の　受領であるも
父祖はその上　漢詩や和歌の
教養豊か　家系に生まれ
上級貴族　入内を競う
子女の養育　任ずる女房
求め応じて　宮廷中へ
中に名高き　清少納言
「清」は清原　父姓受けて
「少納言」なは　親族官職か？
賢才生むは　『枕草子』
紫式部　辛辣言うは
「得意顔にて　才ひけらかし
末路さぞかし　良きにはあらじ」
（定家）

親しき友の　藤原行成が来た
あの冠　叩き落とし事件の御仁
私が仕える　中宮定子様の許
夜更けまでのお喋り
「今から　宿直勤務にて」との立ち去り
翌朝「鶏声に急かされ　名残惜しくも・・・」と
文
私返すに「夜更け鳴く鶏　孟嘗君か」
更に文「あれが開けたは函谷関ぞ
我れ開けたきは逢坂の関」
「なになに　我れに逢いたいと言うか
固き関守　守りて居るに」

夜(よ)を籠(こ)めて　鳥の空音(そらね)は　謀(はか)るとも
世に逢坂(あふさか)の　関は許(ゆる)さじ
――清少納言(せいしょうなごん)――

《夜明け前　鶏(とり)鳴き真似(まね)で　欺(だま)そてか
逢坂関(おうさかせき)は　相(そ)は行かぬぞよ》

我れが才をば　認めし故の
負け惜しみかや　紫式部
（清少納言）

巡り会ひて〔57〕――紫式部――

これな歌人(うたびと)　名を馳せたるは
光源氏(ひかるげんじ)の　あの物語
元『紫の　物語』にて
父の官職　式部丞(しきぶのじょう)と
合わせ呼ばれの　紫式部
源氏(げんじ)物語出で来る　歌多きにて
さぞや一流　思いてみるに
後拾遺集(ごしゅういしゅう)に　選ばれたるは
僅か三首を　数えるのみで
和泉(いずみ)式部（67首）相模(さがみ)（40首）や
赤染衛門(あかぞめえもん)（31首）
伊勢大輔(いせのだいぶ)（27首）に　遥かに劣る
されど源氏(げんじ)物語の　評判高く
源氏君(げんじのきみ)の　亡くなりし後(あと)
本文なしの　雲隠巻(くもがくれ)
これに準(なぞら)え　この歌選ぶ

（定家）

父は漢詩文の大家
出世の切っ掛けは　この歌
「**苦学寒夜**(くがくのさむきよ)　苦し学問寒き夜は
紅涙霑襟(ちなみだえりにしたたり)　血涙(ちなみだ)流る苦労為(す)に
除目後朝(じもくよくあさみるに)　除目(じもく)発令見し朝は
蒼天在眼(ああてんくうをあおぐのみ)　何たることか閑職ぞ」
これが道長様の目に留(とま)り　越前守(えちぜんのかみ)に
そう　その父藤原為時が言ったわ
漢籍を兄の惟規(のぶのり)に教えていたのを　先に私が覚えて
「あぁお前が男だったら」と
そうなの　子供の時から
和歌・漢詩・物語が好きで
幼(おさな)友達を集めて　読み比べなどしたわ
この歌もそう　『伊勢物語』よ

忘るなよ　程は雲居(くもゐ)に　なりぬとも
空行く月の　めぐり逢ふまで

この歌を本歌として
久方ぶりの訪ねも　慌(あわ)ただしくの別れとなった

あの幼馴染みに・・・

巡り会ひて　見しやそれとも
分かぬ間に
雲隠れにし　夜半の月かな
―紫式部―

《再会も　誰と気付く間　無し帰る
雲に隠れた　夜半月やなまるで》

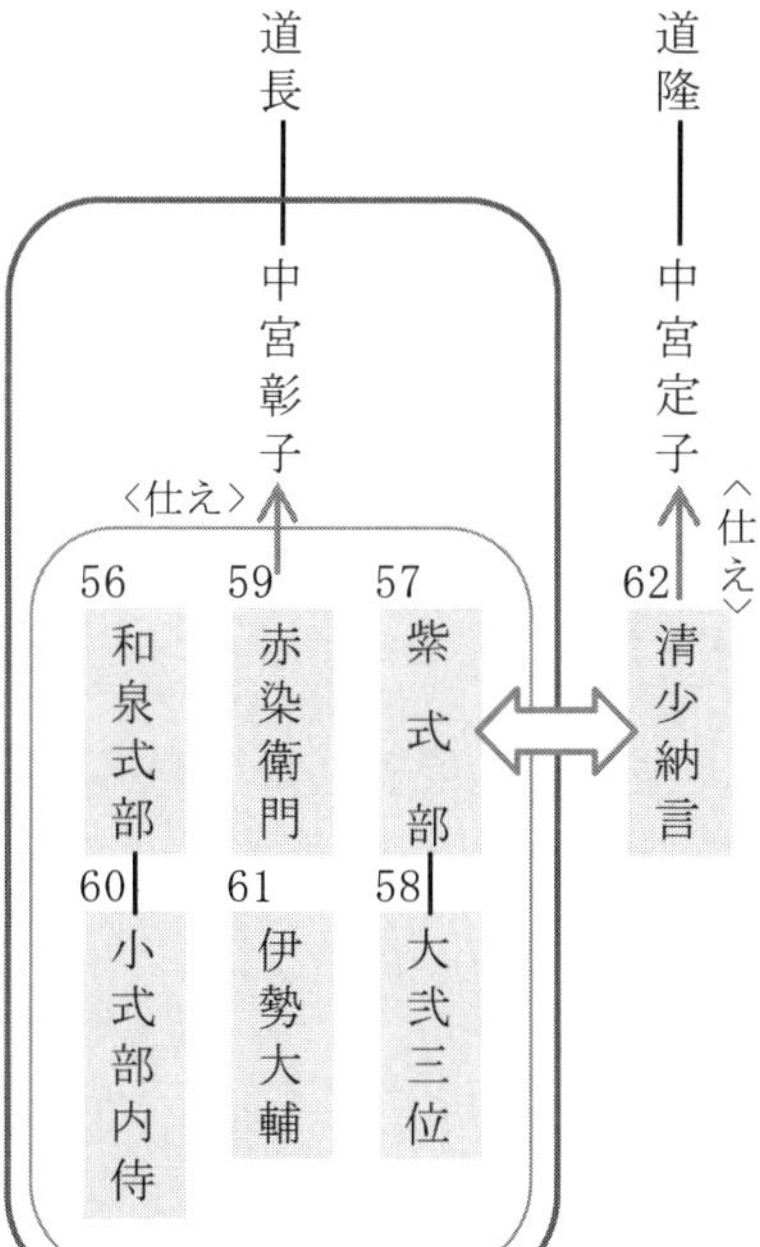

道長―中宮彰子
〈仕え〉
56 和泉式部―60 小式部内侍
59 赤染衛門
61 伊勢大輔
57 紫式部―58 大弐三位
⇔
道隆―中宮定子
〈仕え〉
62 清少納言

さて大勢の　仕えの仲間
年長さんの　赤染衛門が先か
（紫式部）

やすらはで〔59〕――赤染衛門――

父の赤染時用(ときもち)　衛門尉(えもんのじょう)に
ありしに拠りて　その名が付くも
平兼盛(かねもり)父と　巷(ちまさ)の噂
赤染衛門　宮仕えたは
源雅信(まさのぶ)娘　倫子(りんし)の許で
倫子(りんし)嫁ぐは　藤原道長(みちなが)なりて
これが縁(えにし)で　中宮彰子(しょうし)に仕う
当代屈指　才媛なりて
人柄穏やか　寛容性質(たち)は
皆に好かれて　紫式部
和泉式部に　清少納言
友となりしは　男女を問わず
夫大江匡衡(まさひら)　仲睦まじく
子供思うも　慈悲深接(ふこ)し
『栄華物語(えいがかたり)』の　作者と言わる

（定家）

あの美男誉れの藤原道隆(みちたか)様(儀同三司の父)が通うて来られる
いえ　私の許ではなく　妹の
でも　私まで浮き浮きするは　どうしてかしら
美男を見ると　女はみんな　こうかしら

でも
昨夜も　来られるとおっしゃっていたに
待ちぼうけ
大人しい妹は　何も言わずに
朝ぼらけの空を　眺めている
恨み言の歌でも　遣(や)れば良(い)いものを
私が代わって　詠(うた)ってやろうかしら

恨みは少し隠して　遠回しに・・・
何やら　私も　ひょっとして・・・

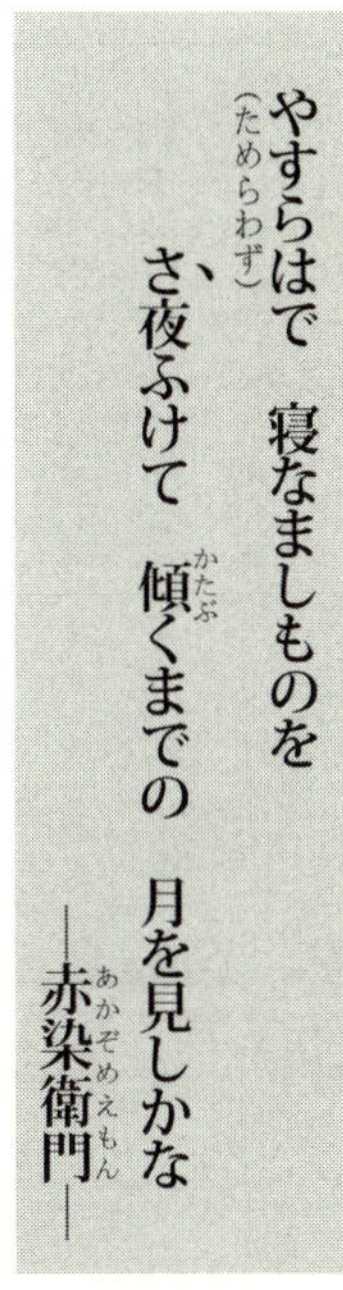
やすらはで（ためらわず） 寝なましものを
さ夜ふけて 傾くまでの 月を見しかな
——赤染衛門——

《躊躇無う 寝たらよかった
月眺め
西行くまでも 待たんとからに》

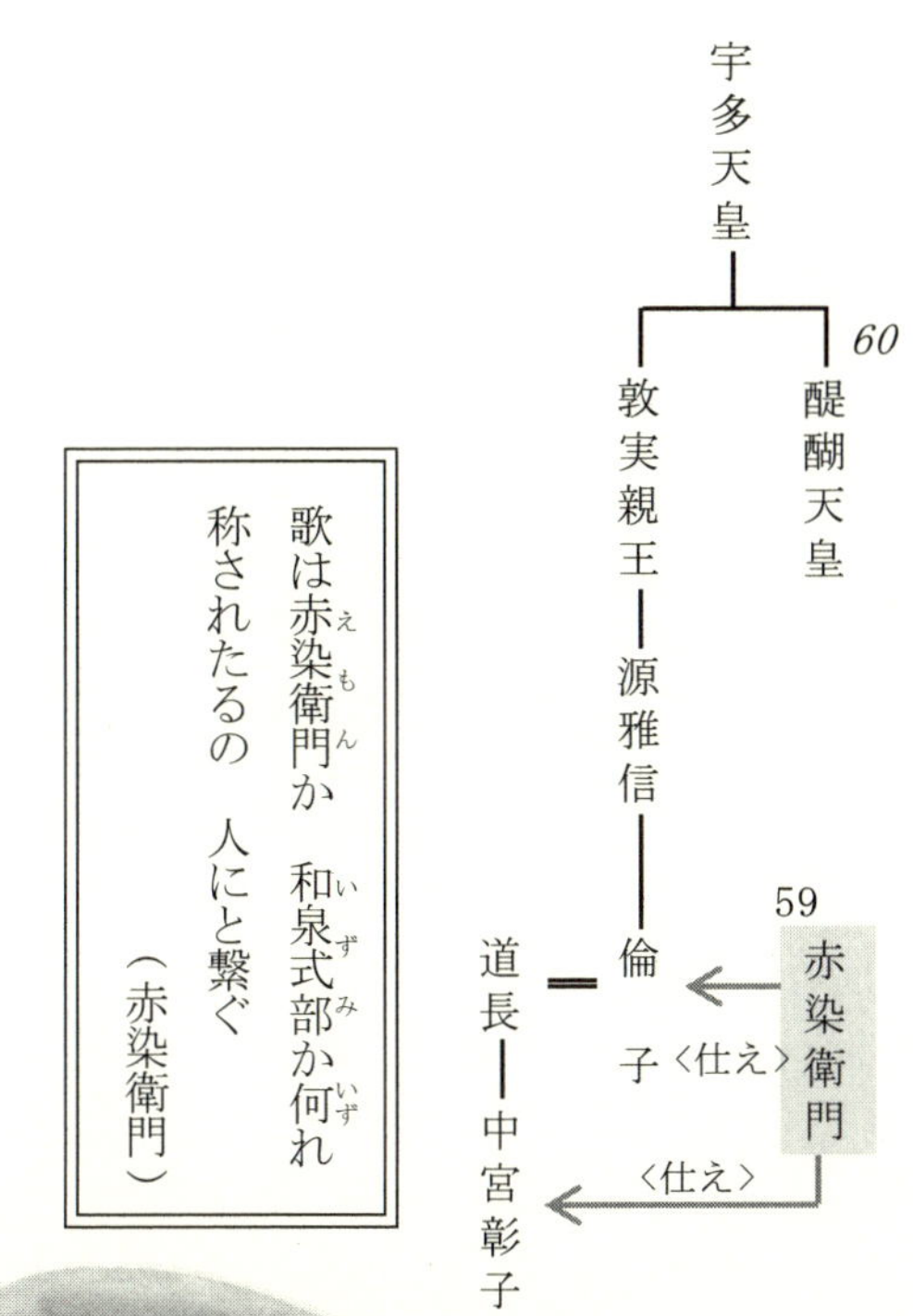

在らざらむ〔56〕――和泉式部――

夫着きたる　和泉守に
父が式部で　和泉式部
恋の多きの　極まりなりて
夫 橘　道貞中に
小式部内侍　生まれしなるも
為尊親王　恋へと走り
二年ばかり　親王死すに
敦道親王　次へと恋し
受領娘と　親王兄弟の
醜聞事件　京は揺れる
四年後には　又もや寡婦
次に惚れたは　道長家臣
武勇無双の　藤原保昌なりて
警護厳しき　皇居の庭の
梅枝盗らせ　再婚にと応じ
任地丹後へ　連れ立ち下る

（定家）

中宮彰子様へのお仕え　それに
今の夫の藤原保昌を引き合わせたは　道長様
その道長様が　私を称して「浮かれ女」と呼ぶ
いいえ　浮かれたは殿方の方
心のままに詠い　奔放な行ないする私に
殿方が　酔い寄り来るの
そう　こういうの

捨て果てむと　思ふさへこそ　かなしけれ
君に馴れにし　我が身と思へば
―和泉式部―（後拾遺集・五七四）

こんな歌も詠んだわ

暗きより　暗き道にぞ　入りぬべき
はるかに照らせ　山の端の月
―和泉式部―（拾遺集・一三四二）

どう信心深いでしょう
でも駄目　やはり待っているのは殿方が良い

在らざらむ　この世の外の　思ひ出に
いま一度の　逢ふこともがな
――和泉式部――

《死んでいく　あの世に渡る
土産にと
せめても一度　逢いたやあんた》

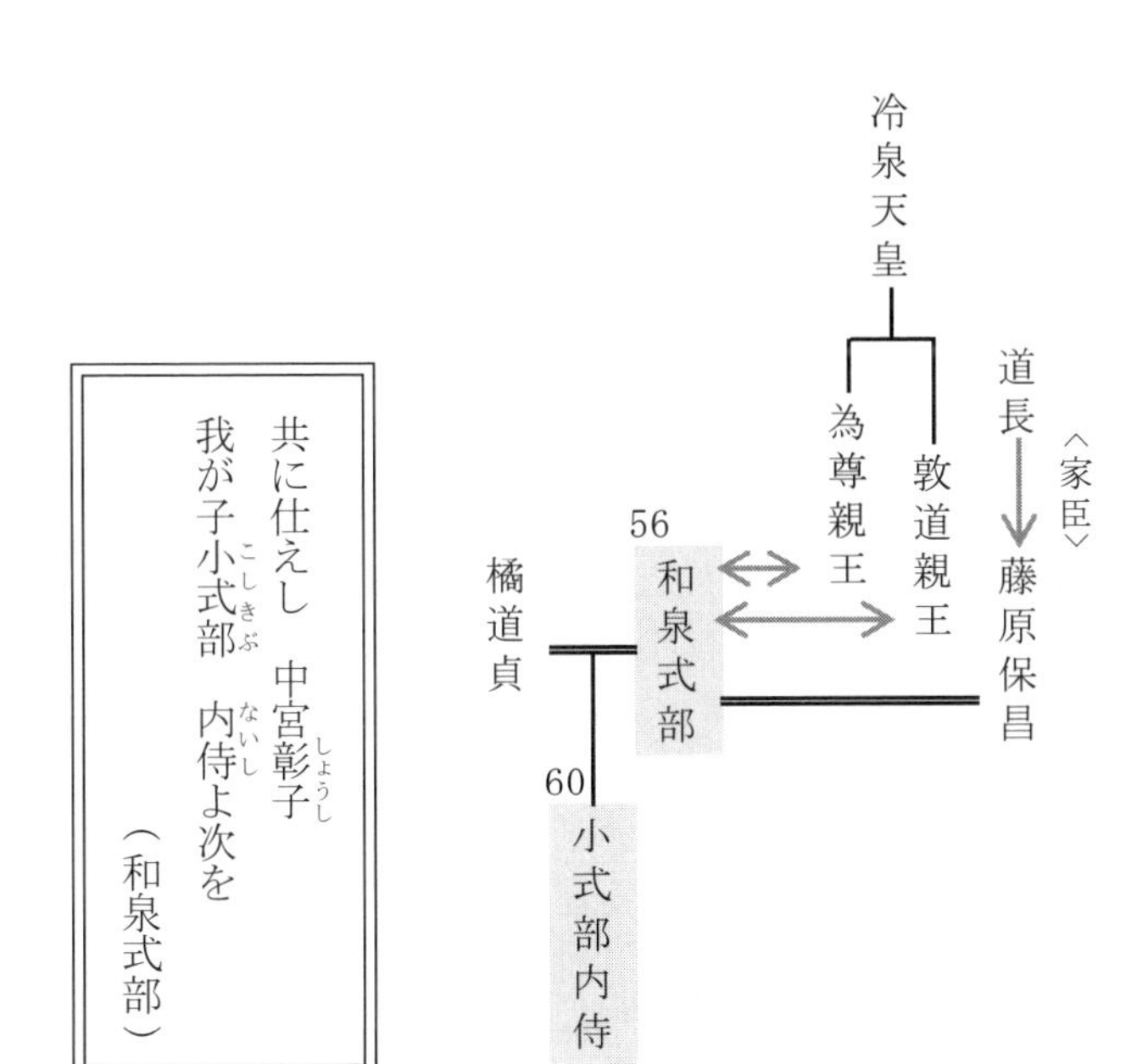

■逢坂の関< 62 >
「夜を籠めて」（清少納言）

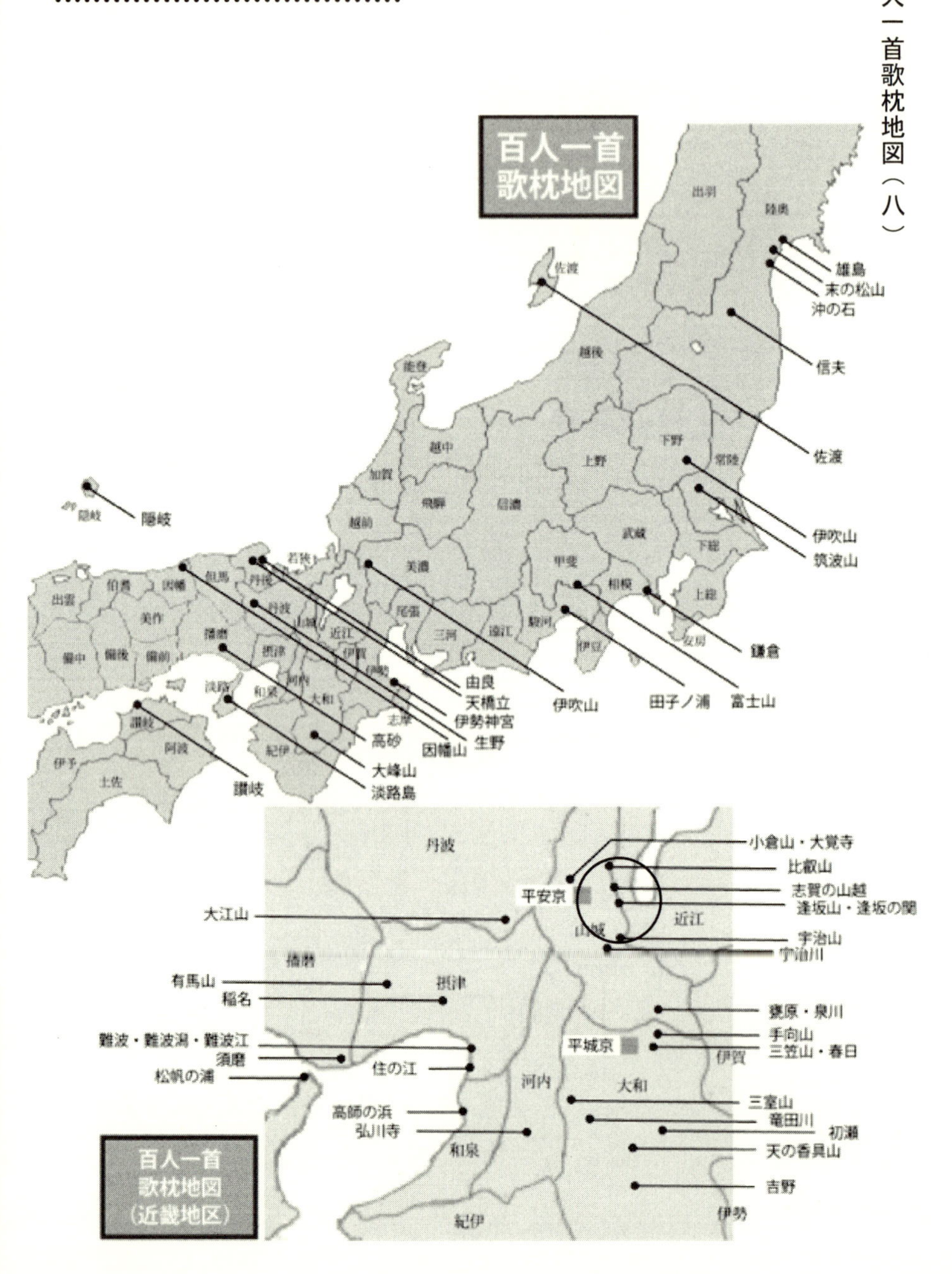

【百人一首年表】（8）

（斜体数字：生没年不肖または生年不肖）

年月			天皇	歴史的事項 （ゴシック体：文学関連事項）	円融天皇	花山天皇	一条天皇	三条天皇	後一条天皇	後朱雀天皇	後冷泉天皇	後三条天皇	白河天皇	藤原道長	中宮定子	**清少納言**	藤原行成	中宮彰子	**紫式部**	**赤染衛門**	**和泉式部**
西暦	年号	年			64	65	66	67	68	69	70	71	72			**62**			**57**	**59**	**56**
969年	安和	2年	円融	安和の変 円融天皇即位（11）	11																
970年	天禄	1年		藤原伊尹・摂政	12																
972年	天禄	3年		藤原兼通・関白内大臣	14															*15*	
975年	天延	3年		**このころ道綱母『蜻蛉日記』**	17															*18*	
977年	貞元	2年		兼道・関白を藤原頼忠に譲る	19															*20*	
978年	天元	1年		藤原頼忠・太政大臣	20											*15*				*21*	
984年	永観	2年	花山	花山天皇即位（17）	26	17								19		*21*			**15**	*27*	
985年	寛和	1年		**紫野行幸・曽祢好忠推参**	27	18								20		*22*			**16**	*28*	
986年		2年	一条	一条天皇践祚（7） 藤原兼家・摂政 **熊野行幸・恵慶ら供奉**	28	19	7							21		*23*	15		**17**	*29*	
990年	正暦	1年		定子・中宮に	32	23	11	15						25		*27*	19		**21**	*33*	
991年		2年		藤原為光・太政大臣	33	24	12	16						26	15	*28*	20		**22**	*34*	*15*
995年	長徳	1年		道長・右大臣		28	16	20						30	19	*32*	24		**26**	*38*	*19*
996年		2年		**長徳の変・藤原伊周太宰権帥左遷** **このころ清少納言『枕草子』**		29	17	21						31	20	*33*	25		**27**	*39*	*20*
999年	長保	1年		**公任・大覚寺で詠歌<55>**		32	20	24						34	23	*36*	28	12	**30**	*42*	*23*
1000年		2年		彰子・中宮に		33	21	25						35	24	*37*	29	13	**31**	*43*	*24*
1002年		4年		**このころ紫式部『源氏物語』**		35	23	27						37		*39*	31	15	**33**	*45*	*26*
1003年		5年		**左大臣家歌合・好忠ら出詠**		36	24	28						38		*40*	32	16	**34**	*46*	*27*
1004年	寛弘	1年		**『和泉式部日記』成立**		37	25	29						39		*41*	33	17	**35**	*47*	*28*
1005年		2年		**『拾遺和歌集』成立**		38	26	30						40		*42*	34	18	**36**	*48*	*29*
1011年		8年	三条	三条天皇即位（36）			32	36						46		*48*	40	24	**42**	*54*	*35*
1015年	長和	4年		**三条天皇・清涼殿内詠歌<68>**				40						50		*52*	44	28	**46**	*58*	*39*
1016年		5年	後一条	後一条天皇即位（9） 道長・摂政 **道雅・当子内親王密通により勅勘**				41	9					51		*53*	45	29	**47**	*59*	*40*
1017年	寛仁	1年		藤原頼通・摂政 道長・太政大臣				42	10					52		*54*	46	30	**48**	*60*	*41*
1019年		3年		頼通・関白					12					54		*56*	48	32	**50**	*62*	*43*
1021年	治安	1年		藤原公季・太政大臣					14					56		*58*	50	34		*64*	*45*
1027年	万寿	4年		道長・死去					20	19				62		*64*	56	40		*70*	
1028年	長元	1年		平忠常・東国で反乱					21	20				63		*65*	57	41		*71*	
1036年		9年	後朱雀	後朱雀天皇即位（28）					29	28								49		*79*	
1041年	長久	2年		**弘徽殿女御生子歌合** **赤染衛門出詠**						33	17							54		*84*	
1045年	寛徳	2年	後冷泉	後冷泉天皇即位（21）						37	21							58			
1049年	永承	4年		**能因法師・内裏歌合<69>**							25	16						62			
1051年		6年		前九年の役 **相模・内裏歌合<65>**							27	18						64			
1052年		7年		末法の時代に入る							28	19						65			
1053年	天喜	1年		平等院鳳凰堂完成							29	20						66			
1057年		5年		源頼義・安倍頼時を討つ							33	24						70			
1060年	康平	3年		**このころ菅原孝標女『更級日記』**							36	27						73			
1061年		4年		**祐子内親王家名所歌合、相模出詠**							37	28						74			
1062年		5年		源頼義・安倍貞任を討つ							38	29						75			
1068年	治暦	4年	後三条	藤原教通・関白 後三条天皇即位（35）							44	35	16					81			
1070年	延久	2年		藤原教通・太政大臣								37	18					83			
1072年		4年	白河	白河天皇即位（20）								39	20					85			
1075年	承保	2年		延暦寺・園城寺の僧徒抗争									23								
1076年		3年		**白河天皇・大堰川行幸**									24								
1078年	承暦	2年		**大弐三位・内裏歌合代詠**									26								
1079年		3年		延暦寺の僧徒・強訴									27								
1080年		4年		藤原信長・太政大臣									28								
1081年	永保	1年		興福寺・延暦寺・園城寺などの 僧徒の抗争激化									29								
1082年		2年		熊野の僧徒・上京して強訴									30								
1083年		3年		後三年の役									31								

大江山　〔60〕——小式部内侍——

小式部内侍　呼ばれの所以
和泉式部子にして　務めは内侍所
母の血引くか　次々男
藤原道長　御曹司なる
藤原教通　先ず子を設け
次いで藤原範永　藤原公成嫁ぎ
子産みてすぐに　儚くなれり
時に齢は　二十と五、六
嘆き和泉式部の　詠いし歌は

留め置きて　誰を哀れと　思ふらむ
子は勝るらむ　子は勝りけり

《親と子を　残すに不憫　何れかや
子であろうぞよ　我れとても子ぞ》
——和泉式部——（後拾遺集・五六八）
（定家）

きっとそうだわ
あんな巫山戯をなさったのは
わたしに　気が・・・
そう　母譲りの美貌と歌才
ようくご存じの上で
引き立て役を買ってくれたのだわ
藤原公任様の御子息　藤原定頼様

あれは歌合も近付いていた夕暮れ
「歌は出来たか　小式部よ
丹後へ使い　出だせしか
母の返事は　まだ来ぬか
心細きや　さぞかしと」
人目憚らず　聞こえよがしに・・・
そう　わたしの歌が上手いのは
きっと母和泉式部の代作との
噂広がりの宮中
とっさに答えて遣ったわ

大江山（おおえやま）　生野（いくの）（行く野）の道の　遠ければ
まだ踏み（文）も見ず　天（あま）の橋立
―小式部内侍（こしきぶのないし）―

小式部内侍
大江山
生野の道の
とほければ
まだふみも見ず
天の橋立

《大江山　生野通って　行く丹後（たんご）
天橋立（はしだて）さえも　遠うて踏まず》
（まして文なぞ　見もして居らぬ）

55 藤原公任
64 藤原定頼
56 和泉式部
60 小式部内侍
道長―藤原教通
藤原範永
藤原公成

次は藤原定頼（さだより）　思うてみるが
好男子（もて）るに他の　女もあるに
母子（おやこ）選ばれ　大弐三位（だいにさんい）に繋ぐ
（小式部内侍）

〔58〕――大弐三位――

女房出世の　鏡かまるで
母の紫式部と　中宮彰子に仕え
藤原頼宗（道長次男）・藤原定頼（公任長男）　源朝任などの
権門貴公子　恋次々と
その後藤原兼隆（道兼次男）　嫁ぎて子産し
丁度生まれし　親仁親王（後冷泉天皇）乳母に
後冷泉天皇即位に　従三位昇る
再婚高階　成章なは
後に大宰の　大弐となるに
大弐三位の　呼び名となれる

（定家）

貴公子様は　お高くて困ってしまう
自らの訪ねが　途絶え勝ちというに
「どうしたの　心変わりじゃ　あるまいね」
などと　白々しく　言って寄越す

ようし　懲らしめてやる
母譲りの　才気と勝ち気
皆が読む『光源氏のものがたり』
作者娘ぞ　侮るなかれ
我れの心を　疑いしかや
いでや　見たかや　技巧の極地

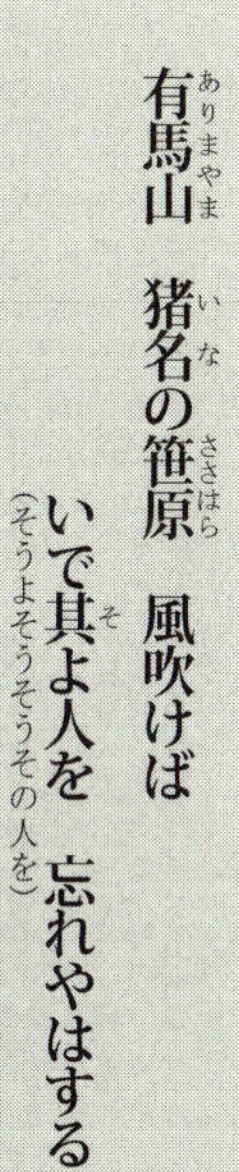

有馬山　猪名の笹原　風吹けば
いで其よ人を　忘れやはする
（そうよそうその人を）

―大弐三位―

《有馬山から　猪名笹原に　風そよと
そうよあなたよ　忘れず居るは》

（有馬せん　猪名です心　変わりなど
笹原来ぬは　愛しの貴男）

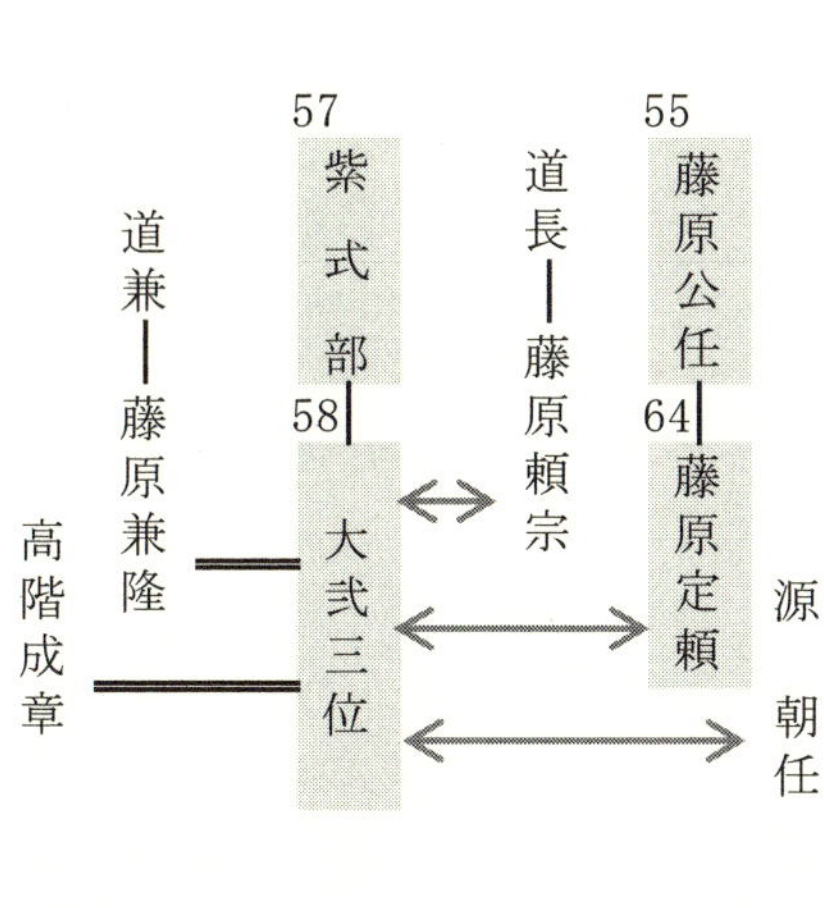

次は同じの　中宮彰子の仕え
気転才気の　伊勢大輔さん
（大弐三位）

古の〔61〕――伊勢大輔――

桜散り果て　葉桜緑き
宮廷集う　数多の顔の
今や遅しと　待ち受け為すは
恒例献花　奈良八重桜
やがて現る　僧都が掲げ
持ちた花房　漏る溜息に
次なる儀式　歌での拝受
仕儀や如何にと　広がる静寂
大中臣能宣孫の　歌詠み家系
神祇官仕えの　伊勢神宮故の
伊勢大輔は　その末席に

（定家）

拝受儀式は進み行く
緊張気に響く歌詠みの声・・・
満座に細波の感嘆
ややあって　中宮彰子様の　お誉め返し歌

九重に　映ふを見れば　桜狩り
重ねて来たる　春かとぞ思ふ

〈事の顚末　以下如くにて〉
「誰ぞ　早くに詠まぬかや」
藤原道長様が　急かされる
いつもは紫式部様が　お詠みになると聞くに
何やら　紫式部様は　中宮彰子様とお話し
伝えが末席のわたしの許へ
耳元に小声
「紫式部様が　『新参そなたが』と」
（いかな歌詠み家筋とは言え
この晴れやかの場で　わたし如きが・・・）
晴れの舞台の　誉れの胸は
不安動悸に　早鐘打つも

家門名誉の　汚しもならず

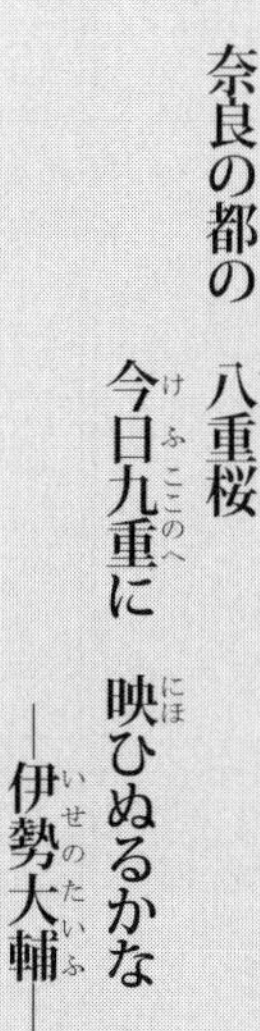

古の　奈良の都の　八重桜
今日九重に　映ひぬるかな
—伊勢大輔—

古・今日に
奈良・京（今日）と
八重に九重
七（奈良）・八・九と
さらに九重・此処にと掛ける

《旧都の　奈良で咲いてた　八重桜
今日宮中に　映え誇ってる》

（九重＝「宮中」を指す）
〈昔中国の王城は九重の宮門に囲まれていた〉

伊勢大輔
いにしへの
奈良の都の
八重櫻
けふ九重に
匂ひぬるかな

中臣意美麻呂 ― 大中臣清麻呂 …… 49 大中臣能宣 ↑〈祖父〉 61 伊勢大輔

跳ばした順を　元へと戻す
美男藤原定頼　そなたの番ぞ
（伊勢大輔）

朝ぼらけ〔64〕──権中納言定頼──

宇治の川霧　網代木なるは
柿本人麻呂殿が　詠いしなるも
京都風情に　そぐわぬからか
久し歌材　取り上げ無きが
『源氏物語』舞台の　宇治十帖の
評判故に　流行となりて
ここに再び　現れ来たる

もののふの　八十宇治川の　網代木に
いさよふ波の　行方知らずも

──柿本人麻呂──（万葉集・巻三・二六四）

（定家）

あぁ　光の君は　身罷り
主人公は　薫と匂宮

わしもそろそろ　『今源氏』を返上するか
管弦・読経・書の名手と言われ
容姿も申し分なし
小式部内侍・大弐三位・相模などと浮名も流した
歌も捨てたものではないぞ
親父藤原公任が心配げに見て居った
一条天皇大堰川行幸の歌詠進が　思い出される

水もなく　見え渡るかな　大堰川・・・

と　読み掛けたときの
（満々たる流れを「水もなく」とは不調法な）
との親父の顔

・・・峰の紅葉は　雨と降れども

──藤原定頼──（後拾遺集・三六五）

の下の句に　あがる喚声
一挙に緩む親父の頬
その親父も　先頃亡くなった
人生　宇治の川霧か・・・

朝ぼらけ　宇治の川霧　絶え絶えに
現れ亘る　瀬々の網代木
――権中納言定頼――

《ほの明かり　宇治の川瀬に
籠める霧
晴れ間仄かに　網代木浮かぶ》

55
藤原公任

64
藤原定頼

58
大弐三位

60
小式部内侍

65
相模

もう良き歳の　相模の姫に
艶なる歌の　一首を所望
（藤原定頼）

恨み侘び　〔65〕——相模——

丹波大江の　山奥棲まう
酒呑童子を　誅滅したる
藤原道長側近　源頼光養女
富豪邸の　姫様育ち
相模守の　大江公資嫁ぎ
共に下りし　故名に呼ばる
都戻りて　大江公資別れ
恋の遍歴　重ねし月日
多くの呼ばれ　歌合にも
歌壇重きの　役割演じ
ここに列する　内裏の歌合
永承六年（1051）五月の五日

（定家）

後冷泉天皇を始め
中宮・皇后・女房たち
殿上人が居流れる内裏
歌合後見為すは　関白左大臣の藤原頼通様
噂に聞く　一世紀も前の
「天徳四年（960）歌合」にも劣らぬ煌びやかさ
題は「恋」
あぁ思い出した　その昔
相模に下りし折り
夫大江公資め　田舎娘に手を
（相模）**若草を　籠めて標たる　春の野に**
　我れより他の　菫摘ますな（相模集・二三〇）
（夫？）**何か思い　何をか嘆く　春の野に**
　君より他に　菫摘ませじ（相模集・三二九）
（相模）**燃え勝る　焼け野の野辺の　ツボ菫**
摘む人絶えず　ありとこそ聞け（相模集・四三三）
「えぇい悔しや」思うに
湧き出で来る歌を　思わず書き留めていた

恨み侘(わ)び　干(ほ)さぬ袖だに　あるものを
恋に朽(く)ちなむ　名こそ惜(お)しけれ
——相模(さがみ)——

《恨めして　濡れ続け袖　朽(く)てへんに
恋で名朽(く)ちるは　我慢がならん》

王朝歌人　女人の掉尾(とうび)
飾る才媛　周防内侍(すおうのないし)
（相　模）

春の夜の〔67〕──周防内侍──

当意即妙　遣り取りなるは
清少納言　藤原行成(ゆきなり)一つ
小式部内侍(こしきぶないし)　藤原定頼(さだより)二つ
三つ目なるは　周防内侍(すおうのないし)
相手藤原忠家(ただいえ)(俊成祖父)　後(のち)大納言
ことの経緯(いきさつ)　当人「口」で
長生き為して　堀河院の
艶書(けそうのふみ)　合(あ)わせも出でし
平棟仲(たいらむねなか)　周防守(すおうのかみ)の
娘の故に　その名を呼ばる
さあさ腕前　篤(とく)とぞ披露

（定家）

関白藤原教通(のりみち)様の邸(やしき)
女房どもが集まって話に耽(ふけ)る
男どもの居ない気安さ
月の照る　早春の夜更け
おしゃべりの面白さも少し薄れて
（ああ　男が居たら少しは・・・）
「枕は無いかしら　眠くなったわ」
そっとの呟(つぶや)き漏らしに
「どうぞ　これを・・・」
なんと　男が居たのだ
声は正(まさ)しく　後(のち)の大納言藤原忠家(ただいえ)様
図らずもの闖入(ちんにゅう)
見ると　御簾の下
焚き込め衣(きぬ)の香る腕(かいな)

（他の女房が居なくば　まだしも）
（引っ叩(ぱた)くも　大人げないか）

春の夜の　夢ばかりなる　手枕(たまくら)に
甲斐(かひ)な（腕(かひな)）く立たむ　名こそ惜(を)しけれ
——周防内侍(すおうのないし)——

《お手枕(てまくら)　春の短か夜　夢みたい
そやが浮名(うきな)が　立つのはご免(めん)》

女房文化　衰え為して
隠者文化の　時代が来るに
往古(いにしえ)　隠遁(いんとん)　先駆けなるの
猿丸大夫　参りて述べよ
（周防内侍）

■大江山・生野・天橋立＜ 60 ＞
「大江山」（小式部内侍）
■有馬山・猪名＜ 58 ＞
「有馬山」（大弐三位）
■奈良の都＜ 61 ＞
「古の」（伊勢大輔）
■宇治川＜ 64 ＞
「朝ぼらけ」（権中納言定頼）

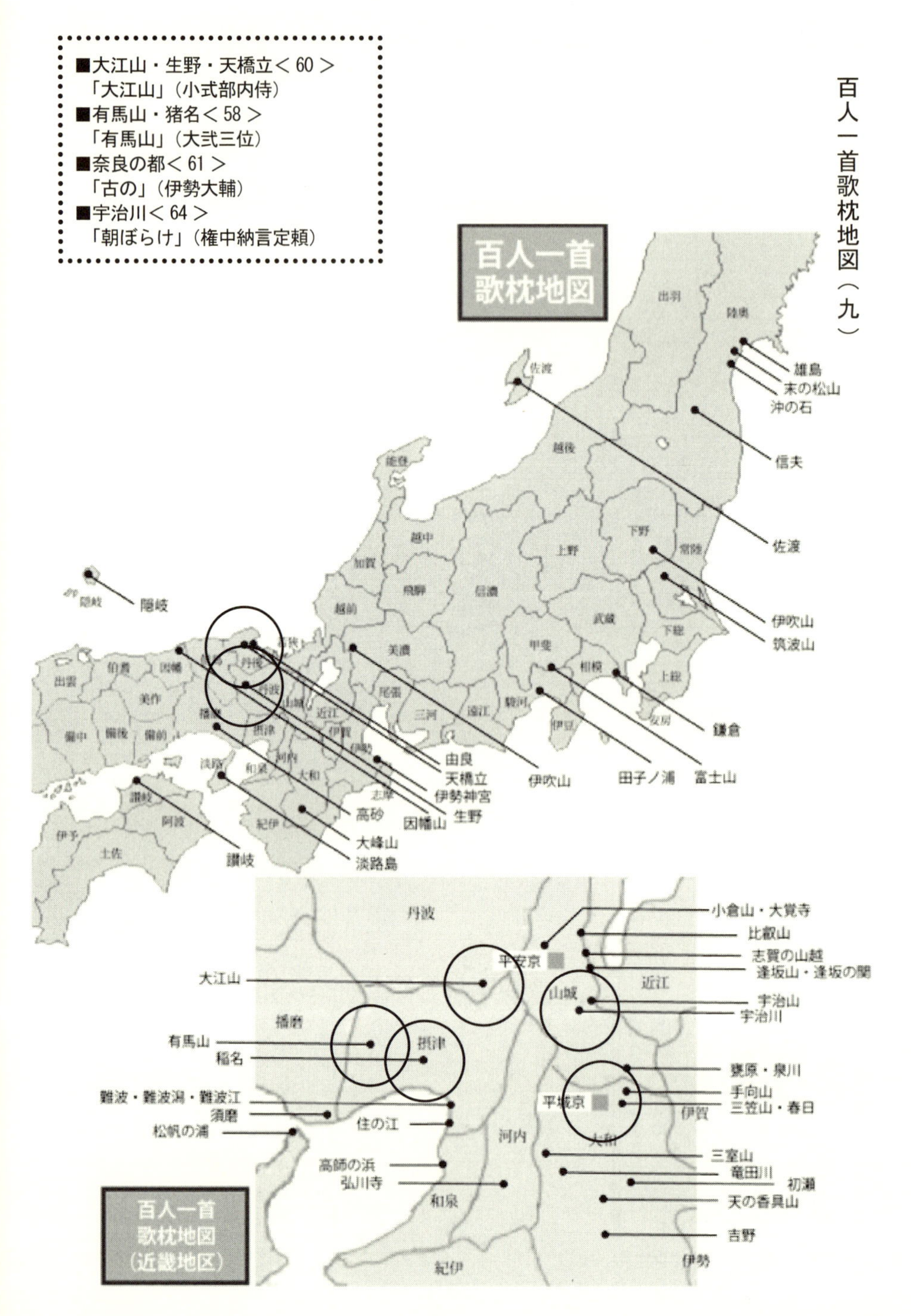

【百人一首年表】 (9)

（斜体数字：生没年不肖または生年不肖）

西暦	年号	年	天皇	院政	歴史的事項 （ゴシック体：文学関連事項）	一条天皇	三条天皇	後一条天皇	後朱雀天皇	後冷泉天皇	後三条天皇	白河天皇	小式部内侍	大弐三位	伊勢大輔	藤原定頼	相模	周防内侍
						66	67	68	69	70	71	72	60	58	61	64	65	67
986年		2年	一条		一条天皇践祚(7) 藤原兼家・摂政 **熊野行幸・恵慶ら供奉**	7												
990年	正暦	1年			定子・中宮に	11	15											
991年		2年			藤原為光・太政大臣	12	16											
995年	長徳	1年			道長・右大臣	16	20											
996年		2年			**長徳の変・藤原伊周太宰権帥左遷** **このころ清少納言『枕草子』**	17	21											
999年	長保	1年			**公任・大覚寺で詠歌<55>**	20	24											
1000年		2年			彰子・中宮に	21	25											
1002年		4年			**このころ紫式部『源氏物語』**	23	27											
1003年		5年			**左大臣家歌合・好忠ら出詠**	24	28								*15*			
1004年	寛弘	1年			**『和泉式部日記』成立**	25	29								*16*			
1005年		2年			**『拾遺和歌集』成立**	26	30								*17*			
1011年		8年	三条		三条天皇即位(36)	32	36								*23*	17	*17*	
1015年	長和	4年			**三条天皇・清涼殿内詠歌<68>**		40						*17*	17	*27*	21	*21*	
1016年		5年	後一条		後一条天皇即位(9) 道長・摂政 **道雅・当子内親王密通により勅勘**		41	9					*18*	18	*28*	22	*22*	
1017年	寛仁	1年			藤原頼通・摂政 道長・太政大臣		42	10					*19*	19	*29*	23	*23*	
1019年		3年			頼通・関白			12					*21*	21	*31*	25	*25*	
1021年	治安	1年			藤原公季・太政大臣			14					*23*	23	*33*	27	*27*	
1027年	万寿	4年			道長・死去			20	19					29	*39*	33	*33*	
1028年	長元	1年			平忠常・東国で反乱			21	20					30	*40*	34	*34*	
1036年		9年	後朱雀		後朱雀天皇即位(28)			29	28					38	*48*	42	*42*	
1041年	長久	2年			**弘徽殿女御生子歌合** **赤染衛門出詠**				33	17				43	*53*	47	*47*	
1045年	寛徳	2年	後冷泉		後冷泉天皇即位(21)				37	21				47	*57*	51	*51*	
1049年	永承	4年			**能因法師・内裏歌合<69>**					25	16			51	*61*		*55*	
1051年		6年			前九年の役 **相模・内裏歌合<65>**					27	18			53	*63*		*57*	*15*
1052年		7年			末法の時代に入る					28	19			54	*64*		*58*	*16*
1053年	天喜	1年			平等院鳳凰堂完成					29	20			55	*65*		*59*	*17*
1057年		5年			源頼義・安倍頼時を討つ					33	24			59	*69*		*63*	*21*
1060年	康平	3年			**このころ菅原孝標女『更級日記』**					36	27			62	*72*		*66*	*24*
1061年		4年			**祐子内親王家名所歌合、相模出詠**					37	28			63			*67*	*25*
1062年		5年			源頼義・安倍貞任を討つ					38	29			64				*26*
1068年	治暦	4年	後三条		藤原教通・関白 後三条天皇即位(35)					44	35	16		70				*32*
1070年	延久	2年			藤原教通・太政大臣						37	18		72				*34*
1072年		4年	白河		白河天皇即位(20)						39	20						*36*
1075年	承保	2年			延暦寺・園城寺の僧徒抗争							23						*39*
1076年		3年			**白河天皇・大堰川行幸**							24						*40*
1078年	承暦	2年			**大弐三位・内裏歌合代詠**							26						*42*
1079年		3年			延暦寺の僧徒・強訴							27						*43*
1080年		4年			藤原信長・太政大臣							28						*44*
1081年	永保	1年		以降院政開始	興福寺・延暦寺・園城寺などの 僧徒の抗争激化							29						*45*
1082年		2年			熊野の僧徒・上京して強訴							30						*46*
1083年		3年			後三年の役							31						*47*

奥山に　〔5〕——猿丸大夫——

風雅極めを　概括するに
「人の交わり　好まずと
身の沈めるも　愁えずて
花咲き散るを　味わいて
月の出入りに　騒ぐ胸
心澄まして　雑念去らし
世間汚れに　染まざれば
生滅道理　明かと
名利執着　止みぬべし
これが悟りの　入り口ぞ」
——鴨長明——（発心集）
実践せんと　遁世生活
試みたるの　歌人以下に
（定家）

我れの正体　探る説
弓削道鏡・弓削皇子・高市黒人や
志貴皇子・柿本人麻呂　等々と
数のあるにて　定めなく
『猿丸大夫　集』あるを
誰ぞ　詠み人　不明なを
集めて『集』と　名付け為し
流布せしものが　実在と
される根拠と　なりしかや

今となりては　この儂が
言いたきことの　ただ一つ
古今集の　真名序にて
次ぐ称されし　大友黒主の
「逸興あれど　身は鄙し」
これを儂にと　描きたる
歌仙絵なるの　貧素なを

これ猿丸（さるまる）大夫と　人の言う
声聞く時ぞ　儂（わし）悲し

奥山に　紅葉（もみぢ）踏み分け
鳴く鹿の　声聞く時ぞ　秋は哀（かな）しき
―猿丸大夫（さるまるだゆう）―

《山深（ふ）この　紅葉（もみじ）分け踏む　鹿の声
聞くに胸沁（し）む　秋の哀（かな）しさ》

これも存否の　定かで無しの
喜撰法師よ　控えて居るか
（猿丸大夫）

我が庵は 〔8〕——喜撰法師——

古今集の　序に名の挙がる
歌仙六人　そこに名あるの
喜撰法師の　歌これ一首
人が言うには　この喜撰
実は紀仙に　ありしとて
紀氏の仙人　名を騙る
紀貫之の　変名と
真偽何れは　定かで無きも
宇治の山から　雲乗り駆けて
空隠れたは　これ仙人か

（定家）

はてさて困ったことだ
紀貫之殿は　お人が悪い
わしは「何処住むぞ」と聞かれしに
返答したまでじゃ
それ　川柳にも言うて居ろう
お宅はと　聞かれたように　喜撰詠み
とな
ほんに「宇治山」に住むと言うたまでじゃが
誰が「憂ぢ山」などと　こ洒落めいた解釈なぞ
お陰で『源氏物語』宇治十帖で
「憂き」場所との定着
本歌取りにも採られ
まあ　嬉しくなくもないが

春日野や　守るみ山の　しるしとて
都の西も　鹿ぞ住みける
——藤原定家——（拾遺愚草・二四〇二）

秋と言へば　都の巽（たつみ）　鹿ぞ鳴く
名もうぢ山の　夕暮れの空
――順徳院――（順徳院御集）

我が庵（いほ）は　都の巽（たつみ）　然（しか）ぞ（鹿ぞ）住む
世を宇治山（うぢやま）（憂（う）ぢ山）と　人は言ふなり
――喜撰法師（きせんほうし）――

《人里（さと）離れ　鹿と宇治（うじ）山にと
（都の巽）
住み居（お）るに
他人（ひと）は世を憂（う）れ　隠（かく）れ棲（す）む言う》

能・謡曲で活躍あるも
これも不明の　蝉丸殿へ
（喜撰法師）

これやこの〔10〕——蝉丸——

山城・近江　境の関は
逢坂関と　呼ばれしままに
逢うと別れの　歌詠まれ処
関の近くに　藁葺き庵
構え琴弾く　僧形ひとり
伝え話の　いろいろ有りて
良岑宗定（僧正遍昭）　仁明天皇命で
和琴習いに　訪ねし云うや
源博雅　楽道優れ
琵琶の秘曲を　知りたく思い
逢坂通い　三年の後に
伝授受けしと　云う伝えやら
正体不明　蝉丸なるは
平家物語や　能舞台にて
名を馳せ為すが　真相闇ぞ
（定家）

ハハハ　俺も出世したものだ
最初は乞食
次には　親王の下級従者
遂には　天皇の皇子
得手も　和琴やら琵琶やら
僧とも俗人ともつかぬ身
目明き盲目の区別もつかぬまま
末には「逆髪」とかの妹皇女まで現れる
この謡曲は　世阿弥が作ったと伝えるが
果ては　近松浄瑠璃にまで　なる始末

人の行き交う関で
人を見　世を見
人離れの遁世の身が

斯くも　名高くなろうとは
「知るも知らぬも　我が身なりけり」じゃ

これやこの　行くも帰るも　別れては
知るも知らぬも　逢坂の関
——蝉丸——

《行人き帰人り　知人るも知人らんも
別れ逢う
まるで世の中　ここ逢坂関は》

蝉丸
これやこの
行くも歸るも
わかれては
しるもしらぬも
逢坂のせき

さてと時代を　元戻すにて
能因法師　そなたの出番
（蝉　丸）

強風吹く 〔69〕――能因法師――

都をば　霞と共に　立ちしかど
秋風ぞ吹く　白河の関
――能因法師――（後拾遺集・五一八）

良き歌なると　能因法師
されど都で　作りた言えば
評判ならず　悔しによりて
家に籠りて　人にも会わず
日焼け顔にと　西日に焼いて
陸奥の修行で　作ると披露
（古今著問集）

したが能因法師　行きたは真実
西行法師・芭蕉　その後辿る
しかも能因法師　行きたる国は
熊野や甲斐や　遠江から
美濃や信濃や　美作・伊予へ
さらに出羽まで　漂泊流浪
（定家）

ここに披露するは
永承四年（1049）内裏歌合のもの
何故か　評判は芳しくない
曰わく
三室山と竜田川は離れ居て
紅葉葉の飛ぶ訳無し
能因法師こそ　想念歌人なりと

歌詠みに　理屈は無しぞ
ほれ　古今集にもあるぞな

竜田川　紅葉葉流る
神奈備の　三室の山に　時雨降るらし
（古今集・二八五）

竜田川も三室山も　共に名立たる紅葉名所
心し願えば　葉は飛ぶのじゃ
歌心も知らぬかや

強風(あらし)吹く　三室(みむろ)の山の　紅葉葉(もみぢば)は
竜田の川の　錦なりけり
――能因法師(のういんほうし)――

《山風に　三室紅葉葉(みむろもみじば)　吹き散って
竜田川面(かわも)は　さながら錦》

さあ次なるは　良暹法師(りょうぜんほうし)
一流歌人(うたびと)　ここぞの歌を
（能因法師）

寂しさに〔70〕―良暹法師―

良暹法師　住まいしなるは
都離れの　大原里で

大原や　未だ炭窯も　習はねば
我が宿のみぞ　烟絶えける

―良暹法師―（詞花集・三六五）

と詠みたるが　絶讃博し
後世語りの　草とはなりて
藤原俊頼　大原来るに
良暹法師　偲びて下馬す
またに西行法師　来て詠いしは

大原や　未だ炭窯も　習はずと
言ひけん人を　今あらせばや

（山家集）

（定家）

板間より　月の漏るをも　見つるかな
宿は荒らして　住むべかりけり

―良暹法師―（詞花集）

習いもせぬに　侘びたる歌が詠める
我れが詠いし「秋の夕暮れ」
後世が　斯くもしみじみと詠うてくれる
世に「三夕」と称せられる『新古今和歌集』の歌
歌詠みの本懐じゃ

寂しさは　その色としも　なかりけり
槙立つ山の　秋の夕暮れ

―寂蓮法師―（新古今集・三六一）

心なき　身にもあはれは　知られけり
鴫立つ沢の　秋の夕暮れ

―西行法師―（新古今集・三六二）

見渡せば　花も紅葉も　なかりけり
浦の苫屋の　秋の夕暮れ

―藤原定家―（新古今集・三六三）

寂しさに　宿を立ち出でて　眺むれば
何処も同じ　秋の夕暮れ
――良暹法師――

《寂しさに　思わず庵室を
出てみたが
秋の夕暮れ　皆々寂し》

遁世歌人　名連ね為すは
畏れ多きの　行尊殿へ
（良暹法師）

諸共に　〔66〕——大僧正行尊——

藤原道長圧迫　堪え切れずとて
皇太子辞したる　敦明親王
（三条天皇皇子）
小一条院　名を変えたるの
孫の行尊　十歳父亡くし
十二の歳で　出家を為して
十七歳で　寺出て修行
諸国霊場　遍歴重ね
大峰山伏　修験者名馳せ
験徳無双　高僧となり
白河・鳥羽と　崇徳の天皇
護持僧務め　霊験示す
（天皇に近侍し安穏祈りの加持祈祷をする）
後延暦寺　座主とはなれり

（定家）

山河跋渉　崖駆け下り
寝るは岩穴　雨露飲みて
木の根囓りて　山苔喰って
霊気吸い込み　気を尖らせて
俗を脱して　験得る至る
（修行の結果得る神通力）

大峰山での修行は厳しい
人との繋がりを断ち
己が心を空にして
吹く風降る雨に身を曝す
全てを忘れ
身も心も外界と一体となったとき
初めて悟りがやって来る

岩を飛び越し様　目に飛び込む薄紅色
おお桜ではないか
深山　緑一色の鬱蒼木々の中

一本桜
お前も　また・・・

諸共（もろとも）に　情知（あはれ）と思へ　山桜
花より外（ほか）に　知る人もなし
―大僧正行尊（だいそうじょうぎょうそん）―

《我が心情（こころ）　理解（わか）る頼みは　山桜
一人同士（どうし）ぞ　分（わ）かり合おうや》

68 *67* 三条天皇 ― 敦明親王 ― 父 ― 66 行尊

行尊 〈護持僧〉 → *72* 白河
行尊 〈護持僧〉 → *74* 鳥羽
行尊 〈護持僧〉 → *76* 崇徳

王朝文化　翳りを見せて
時代変わるの　胎動（たいどう）前期
生きし歌人　先ず源経信（つねのぶ）へ
（行　尊）

■宇治山＜８＞
「我が庵は」（喜撰法師）
■逢坂の関＜10＞
「これやこの」（蝉丸）
■三室山・竜田川＜69＞
「強風吹く」（能因法師）
■大峰山＜66＞
「諸共に」（大僧正行尊）

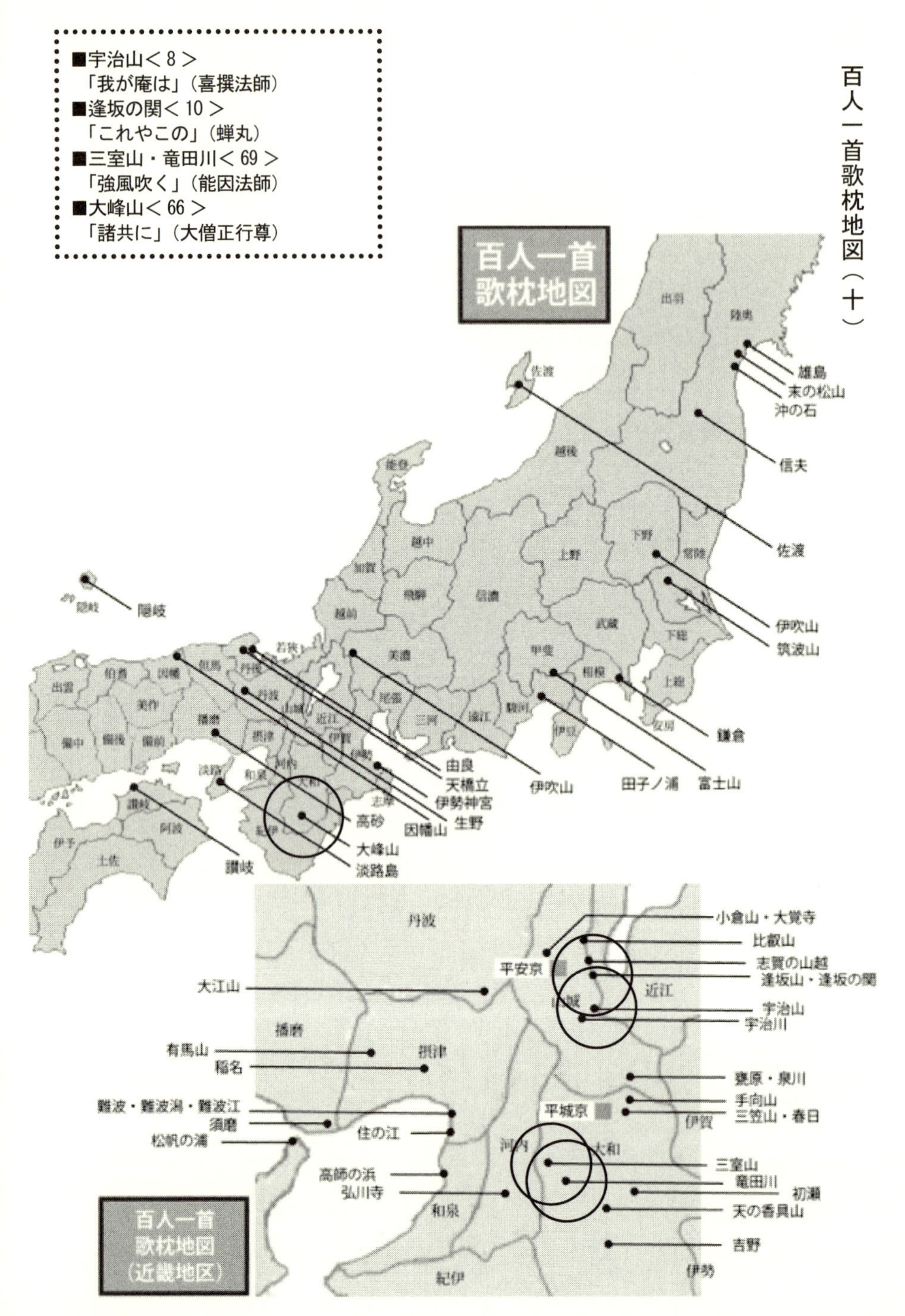

【百人一首年表】（10）

（斜体数字：生没年不肖または生年不肖）

年月			天皇	院政	歴史的事項（ゴシック体：文学関連事項）	一条天皇	三条天皇	後一条天皇	後朱雀天皇	後冷泉天皇	後三条天皇	白河天皇	堀河天皇	能因法師	良暹法師	行尊
西暦	年号	年				66	67	68	69	70	71	72	73	69	70	66
986年		2年	一条		一条天皇践祚(7) 藤原兼家・摂政 **熊野行幸・恵慶ら供奉**	7										
990年	正暦	1年			定子・中宮に	11	15									
991年		2年			藤原為光・太政大臣	12	16									
995年	長徳	1年			道長・右大臣	16	20									
996年		2年			**長徳の変・藤原伊周太宰権帥左遷** **このころ清少納言『枕草子』**	17	21									
999年	長保	1年			**公任・大覚寺で詠歌<55>**	20	24									
1000年		2年			彰子・中宮に	21	25									
1002年		4年			**このころ紫式部『源氏物語』**	23	27							15		
1003年		5年			**左大臣家歌合・好忠ら出詠**	24	28							16		
1004年	寛弘	1年			**『和泉式部日記』成立**	25	29							17		
1005年		2年			**『拾遺和歌集』成立**	26	30							18		
1011年		8年	三条		三条天皇即位(36)	32	36							24		
1015年	長和	4年			**三条天皇・清涼殿内詠歌<68>**		40							28	*16*	
1016年		5年	後一条		後一条天皇即位(9) 道長・摂政 **道雅・当子内親王密通により勅勘**		41	9						29	*17*	
1017年	寛仁	1年			藤原頼通・摂政 道長・太政大臣		42	10						30	*18*	
1019年		3年			頼通・関白			12						32	*20*	
1021年	治安	1年			藤原公季・太政大臣			14						34	*22*	
1027年	万寿	4年			道長・死去			20	19					40	*28*	
1028年	長元	1年			平忠常・東国で反乱			21	20					41	*29*	
1036年		9年	後朱雀		後朱雀天皇即位(28)			29	28					49	*37*	
1041年	長久	2年			**弘徽殿女御生子歌合** **赤染衛門出詠**				33	17				54	*42*	
1045年	寛徳	2年	後冷泉		後冷泉天皇即位(21)				37	21				58	*46*	
1049年	永承	4年			**能因法師・内裏歌合<69>**					25	16			62	*50*	
1051年		6年			前九年の役 **相模・内裏歌合<65>**					27	18				*52*	
1052年		7年			末法の時代に入る					28	19				*53*	
1053年	天喜	1年			平等院鳳凰堂完成					29	20				*54*	
1057年		5年			源頼義・安倍頼時を討つ					33	24				*58*	
1060年	康平	3年			**このころ菅原孝標女『更級日記』**					36	27				*61*	
1061年		4年			**祐子内親王家名所歌合、相模出詠**					37	28				*62*	
1062年		5年			源頼義・安倍貞任を討つ					38	29				*63*	
1068年	治暦	4年	後三条		藤原教通・関白 後三条天皇即位(35)					44	35	16				
1070年	延久	2年			藤原教通・太政大臣						37	18				16
1072年		4年	白河		白河天皇即位(20)						39	20				18
1075年	承保	2年			延暦寺・園城寺の僧徒抗争							23				21
1076年		3年			**白河天皇・大堰川行幸**							24				22
1078年	承暦	2年			**大弐三位・内裏歌合代詠**							26				24
1079年		3年			延暦寺の僧徒・強訴							27				25
1080年		4年		以降院政開始	藤原信長・太政大臣							28				26
1081年	永保	1年			興福寺・延暦寺・園城寺などの 僧徒の抗争激化							29				27
1082年		2年			熊野の僧徒・上京して強訴							30				28
1083年		3年			後三年の役							31				29
1086年	応徳	3年	堀川	白河上皇	堀川天皇即位(8) 白河上皇院政 **『後拾遺和歌集』完成**							34	8			32
1091年	寛治	5年			源義家・弟義綱と抗争							39	13			37
1093年		7年			興福寺の僧徒 ・春日社神木を奉じて入京強訴							41	15			39
1095年	嘉保	2年			延暦寺の僧徒 ・日吉社神輿を奉じ強訴							43	17			41
1096年	永長	1年			白河上皇・出家							44	18			42
1102年	康和	4年			**内裏艶書歌合・紀伊<72>**							50	24			48
1104年	長治	1年			鳥羽殿で田楽を催す							52	26			50
1105年		2年			藤原清衡・平泉に中尊寺を建立							53	27			51
1106年	嘉承	1年			京に大火、京中に田楽流行							54	28			52

夕来れば　〔71〕―大納言経信―

三条院願い　叶いしなるか
藤原道長後を　嗣ぐ藤原頼通は
（道長長男）
娘後宮　入れたるものの
皇子の誕生　思うに為せず
藤原権勢　影射し初めて
やがて藤原頼通　藤原教通も死し
（道長五男・頼通より長者嗣ぐ）
後三条天皇　即位を以って
藤原外戚　途絶えを迎え
次代白河　天皇立って
院政時代　始まることに

（定家）

こんなことがあった　あれは
承保三年（1076）白河天皇の大堰川の行幸
漢詩・歌・管弦　三つ船浮かべ
得手を船乗せ　遊ぶに　我れ遅参
「何れの船か　戻りて乗せよ」と言えば
「昔藤原公任と同じに『三船の才』の呼び名
それと同じをとの遅れか」との囃し・・・

今日は遅れじと参った歌会
源師賢の別荘は　桂川近く梅津
広い敷地の外には　田園風景広がる
与えられしお題は「田家秋風」
浮かびし歌心を反芻する我れに
古今集時代の古歌が過ぎる

秋来ぬと　目には清かに　見えねども
風の音にぞ　驚かれぬ

―藤原敏行―　（古今集・一六九）

（秋の名歌か
これに劣らぬ歌を詠まねば）

夕来れば　門田の稲葉
音連れ（訪れ）て
芦の田舎家に　秋風そ吹く
―大納言経信―

《夕暮れに　稲穂そよがせ
吹き来たり
芦の田舎家　秋風過ぎる》

騒然陸奥の　争乱起こり
大江匡房お主　軍学出番
（源経信）

高砂の〔73〕――権中納言匡房――

大江匡房(おおえまさふさ)　軍学優れ
前九年役　貢献せしの
八幡太郎(はちまんたろう)　源義家(よしいえ)なるが
陸奥(むつ)での戦(いくさ)　語るを聞きて
「好漢惜しや　兵法知らず」
耳す源義家(よしいえ)　弟子なり学び
後三年役　また出兵に
『伏兵飛雁(ひがん)　列をば乱す』
教え実践　勝利を得たり

（定家）

まだ　若かりし頃であった
我れを　堅苦しい学者と見た女房共
からかい半分に　これをお弾きと
東琴(あずまごと)(和琴の別称)を　御簾下から出しおったに

逢坂の　関の此方(こなた)も　まだ見ねば
東(あずま)の事（琴）も　知られざりけり

――大江匡衡――（後拾遺集・巻一・春上）

と煙に巻いてやった
なんの　和歌も気転も　心得おるに

今日は　内大臣・藤原師通(もろみち)様邸(やしき)にての酒宴
酣(たけなわ)の春
里の桜は散り果て
遠く望む峰々の霞むは
花か霞か・・・

高砂の（高い山の）　尾上の桜　咲きにけり
外山の霞（手前の低い山）　立たずもあらなむ
――権中納言匡房――

《高山の　峰の桜が　咲き初めた
立たずに居れよ　里山霞》

前中納言匡房
高砂の尾の上の
さくら
咲にけり
外山の霞
たたずもあらなむ

【伏兵飛雁　列をば乱す】
『敵野に伏す時は飛雁行を乱る』
…その後、後三年の役において金沢城を攻めた折　一行の雁が飛来し　刈入れの済んだ田に下りようとしたところ　俄かに驚き列を乱して飛び去ったので　義家は怪しみ　轡を押さえて馬を止め
「以前匡房公が教えてくださったことがある『軍が野に潜むとき、雁は乱れ飛ぶ』この野に必ず敵が潜んでいる　背後より突け…」…
（古今著聞集）

変わる時代の　この歌合
年頃同じ　紀伊よ披露為せ
（大江匡房）

噂に聞く

〔72〕――祐子内親王家紀伊――

「艶書合せ」
康和四年（1102）堀川天皇の御代のこと
王朝文化も末期を迎え
歌合も　技巧凝らしが主流となっていた
この歌合
殿方・殿上人が　恋の呼掛け歌を詠み
姫方・宮仕え女房らが　歌で応える
なに　何ら情の籠もらぬ　お遊びじゃ
お相手は　藤原俊忠殿（藤原俊成の父）
齢三十の男盛り
なに私は？じゃと
はて　幾つじゃったか　還暦も遠に・・・

人知れぬ　思い有りそ（荒磯）の　浦風に
波の寄るこそ　言はま欲しけれ

《人知れず　恋焦れ思うに　一夜なと
お目に掛かりて　心中告げたやな》
―藤原俊忠―（金葉集）

おう　歌が来たか　なんのなんの

白河天皇　この後からは
藤原復権　阻止為す為に
我が直系に　後継がすにと
位を皇子の　堀川天皇譲り（即位時八歳）
政務自ら　執る院政を
開き長きに　君臨為せり

これが時代に　活躍したる
祐子内親　王家紀伊なは
兄が紀伊守　故紀伊と呼ばれ
若きの折に　宮仕え為し
後朱雀天皇皇女　祐子内親王に
仕えしからに　この名を貰う
（定家）

噂に聞く　高師の浜の　徒波は
懸けじや袖の　濡れもこそすれ
――祐子内親王家紀伊――

《名の高い　高師徒波　被ったら
袖が濡れるに　被りは為まい》

（評判の　浮気心の　徒情け
受けて許せば　この袖涙）

祐子内親王家紀伊
音にきく
高師の濱の
あだ浪は
かけじや袖の
ぬれもこそすれ

歌のお相手　藤原俊忠様の
邸歌会　参画したる
源俊頼殿に　次をば託す
（紀　伊）

憂かりける〔74〕——源俊頼朝臣——

源経信　源俊頼そして
俊恵法師は　三代親子
百人一首　名を連ね為す
中に源俊頼　性質温和にて
人望篤く　敬愛頻り
歌会選者　多くと推され
大治二年（1127）に　白河院の
求めに応じ『金葉集』を
撰進為すの　功績得たり

（定家）

権中納言・藤原俊忠様邸にての　歌会
出されし題は　なんと
「祈れど逢はざる恋」
当代一の歌人と称される我れも
些かの躊躇
はてさて
「祈れ」はどうじゃ　神かや仏かや
「逢はざる」は
邪魔のありしか
相手に嫌われしか
詠み手を　男とするや　女とするや
これ程の思案に　困り暮れるとは・・・
そうか成程
「隠口の初瀬」と行こう
源氏物語や枕草子にも採られ
女性の信仰も篤いと言う

憂かりける　人を初瀬の　山颪
激しかれとは　祈らぬものを
――源俊頼朝臣――

《初瀬観音に　つれない人に
更増しの
初瀬風吹かせよと　祈りは為んに》

次なは我れの　歌好敵手
口は些か　辛辣なれど
（源俊頼）

契りおきし〔75〕――藤原基俊――

互い官位は　然も無きなるも
歌の上手は　引けをも取らず
源俊頼・藤原基俊　並びて居るに
人望高き　源俊頼前に
漢詩得手なる　藤原基俊詰る
「和歌良くするは　常並みなりて
馬の早くに　走るに過ぎず
漢詩出来ての　歌詠みなるぞ」
聞きて源俊頼　直ぐにと返す
「菅原文時・大江朝綱　漢詩の学者
名歌詠むとは　はて聞かぬにて
凡河内躬恒・紀貫之　漢詩は為ぬも
歌の名手ぞ　我れしも然り
其方言うのは　それこじつけぞ」
聞くに藤原基俊　ぐう音も出せず
（定家）

我が子可愛いは　人の常
今は興福寺の僧となった
息子　光覚僧都
何とか　維摩会の講師にとの願望
（経を講じる任に当たる高僧）
一昨年も　去年も　選に漏れた
今年こそとの親心
お察しあれと　藤原忠通様に願うと
「しめぢが原」とのご返事
ただ頼め　しめぢが原の　させも草
我れ世の中に　在らむ限りは
――清水観音――（新古今集）
信じて待つに　当て外れ
ああも固くに約束したに
ええい悔しや　この歌喰らえ

契り(ちぎ)おきし　指焼草(させも)が露を　命にて
あわれ今年の　秋も去(い)ぬめり
――藤原基俊(ふじわらのもととし)――

《約束の　「指焼草(させも)」頼りと
待ってたが
あぁぁ今年も　秋選(あき)出過ぎて仕舞(も)た》

71
源　経信
74
源　俊頼
85
俊恵法師

75
藤原基俊
〈叶わずの懇請〉
76
藤原忠通

我れと源俊頼(としより)　判者となりし
藤原忠通(ただみち)様の　歌合(うたあわせ)にて
二勝挙げたる　源兼昌(かねまさ)次ぞ
（藤原基俊）

淡路島〔78〕――源兼昌――

須磨の海女の　塩焼衣の
藝れなばか
一日も君を　忘れて思わん
――山部赤人――（万葉集・巻六・九四七）
須磨と言うのは　万葉集に
海女や藻塩や　塩焼き衣
詠まれ居りしも　千鳥は鳴かず
源兼昌　詠いしからに
これを本歌と　詠うが増える
藤原俊成　詠いしこれぞ
須磨の関　有明の空に　鳴く千鳥
かたぶく月は　汝もかなしや
《須磨関の　有明空に　沈む月
千鳥お前も　悲しと見るか》
――藤原俊成――（千載集・四二五）
（定家）

与えられし題は「関路ノ千鳥」
「関」と言えば『枕草子』に
「関は相坂　須磨の関・・・」とある
「千鳥」と言えば『源氏物語・須磨』に
友千鳥　もろ声に鳴く　暁は
ひとり寝ざめの　床も頼もし
《連れ立うて　鳴く明け千鳥　声聞くと
寝覚めひとりの　床も心安らぐ》
――光源氏――（源氏物語・須磨の巻）
とある
ようし「須磨」を詠うてやろう
来る朝毎に　ああも鳴かれては
さぞや関守
眠れぬことだろうて

淡路島　通ふ千鳥の　鳴く声に
幾夜寝覚めぬ　須磨の関守
――源兼昌――

《淡路島から　飛び来る千鳥
鳴く声に
幾度目覚めし　須磨関守よ》

われら仲間を　邸に集め
歌の機会を　与えてくれし
藤原忠通様に　次お頼みを
（源兼昌）

■高師の浜＜ 72 ＞
「噂に聞く」（祐子内親王家紀伊）
■初瀬＜ 74 ＞
「憂かりける」（源俊頼朝臣）
■淡路島・須磨＜ 78 ＞
「淡路島」（源兼昌）

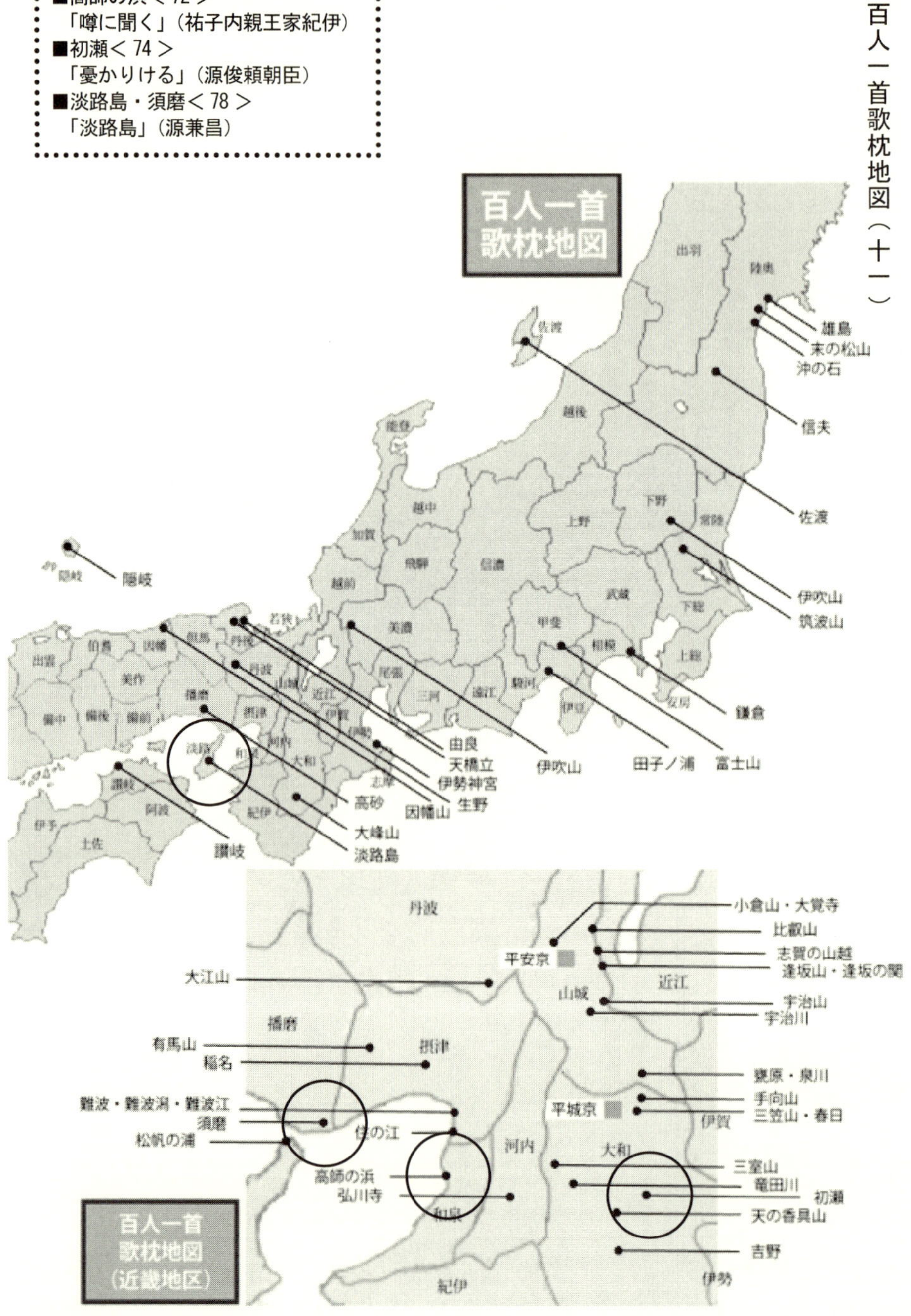

【百人一首年表】 (11)

(斜体数字:生没年不肖または生年不肖)

西暦	年号	年	天皇	院政	歴史的事項(ゴシック体:文学関連事項)	後朱雀天皇	後冷泉天皇	後三条天皇	白河天皇	堀河天皇	鳥羽天皇	崇徳天皇	源経信	大江匡房	周防内侍	祐子内親王紀伊	藤原俊忠	源俊頼	藤原基俊	源兼昌	藤原忠通
						69	70	71	72	73	74	77	71	73	67	72		74	75	78	76
1036年		9年	後朱雀		後朱雀天皇即位(28)	28							21								
1041年	長久	2年			**弘徽殿女御生子歌合 赤染衛門出詠**	33	17						26								
1045年	寛徳	2年	後冷泉		後冷泉天皇即位(21)	37	21						30								
1049年	永承	4年			**能因法師・内裏歌合<69>**		25	16					34								
1051年		6年			前九年の役 **相模・内裏歌合<65>**		27	18					36		*15*						
1052年		7年			末法の時代に入る		28	19					37		*16*						
1053年	天喜	1年			平等院鳳凰堂完成		29	20					38		*17*						
1057年		5年			源頼義・安倍頼時を討つ		33	24					42	17	*21*	*18*					
1060年	康平	3年			**このころ菅原孝標女『更級日記』**		36	27					45	20	*24*	*21*					
1061年		4年			**祐子内親王家名所歌合、相模出詠**		37	28					46	21	*25*	*22*					
1062年		5年			源頼義・安倍貞任を討つ		38	29					47	22	*26*	*23*					
1068年	治暦	4年	後三条		藤原教通・関白 後三条天皇即位(35)		44	35	16				53	28	*32*	*29*					
1070年	延久	2年			藤原教通・太政大臣			37	18				55	30	*34*	*31*		16			
1072年		4年	白河		白河天皇即位(20)			39	20				57	32	*36*	*33*		18			
1075年	承保	2年			延暦寺・園城寺の僧徒抗争				23				60	35	*39*	*36*		21	16		
1076年		3年			**白河天皇・大堰川行幸**				24				61	36	*40*	*37*		22	17		
1078年	承暦	2年			**大弐三位・内裏歌合代詠**				26				63	38	*42*	*39*		24	19		
1079年		3年			延暦寺の僧徒・強訴				27				64	39	*43*	*40*		25	20		
1080年		4年			藤原信長・太政大臣				28				65	40	*44*	*41*		26	21		
1081年	永保	1年		以降院政開始	興福寺・延暦寺・園城寺などの 僧徒の抗争激化				29				66	41	*45*	*42*		27	22		
1082年		2年			熊野の僧徒・上京して強訴				30				67	42	*46*	*43*		28	23		
1083年		3年			後三年の役				31				68	43	*47*	*44*		29	24		
1086年	応徳	3年	堀川	白河上皇	堀川天皇即位(8) 白河上皇院政 **『後拾遺和歌集』完成**				34	8			71	46	*50*	*47*		32	27		
1091年	寛治	5年			源義家・弟義綱と抗争				39	13			76	51	*55*	*52*	19	37	32		
1093年		7年			興福寺の僧徒 ・春日社神木を奉じて入京強訴				41	15			78	53	*57*	*54*	21	39	34		
1095年	嘉保	2年			延暦寺の僧徒 ・日吉社神輿を奉じ強訴				43	17			80	55	*59*	*56*	23	41	36	*16*	
1096年	永長	1年			白河上皇・出家				44	18			81	56	*60*	*57*	24	42	37	*17*	
1102年	康和	4年			**内裏艶書歌合・紀伊<72>**				50	24				62	*66*	*63*	30	48	43	*23*	
1104年	長治	1年			鳥羽殿で田楽を催す				52	26				64	*68*	*65*	32	50	45	*25*	
1105年		2年			藤原清衡・平泉に中尊寺を建立				53	27				65	*69*	*66*	33	51	46	*26*	
1106年	嘉承	1年			京に大火、京中に田楽流行				54	28				66	*70*	*67*	34	52	47	*27*	
1107年		2年	鳥羽		鳥羽天皇即位(5)				55	29	5			67	*71*	*68*	35	53	48	*28*	
1108年	天仁	1年			平正盛・源義親を討ち但馬守に				56		6			68	*72*	*69*	36	54	49	*29*	
1113年	永久	1年			**少納言定通歌合・紀伊ら出詠**				61		11					*74*	41	59	54	*34*	17
1114年		2年			延暦寺僧徒の武装を禁じる				62		12						42	60	55	*35*	18
1119年	元永	2年			白河法皇 関白忠実の上野国の荘園を停止				67		17						47	65	60	*40*	23
1123年	保安	4年	崇徳		崇徳天皇即位(5) 藤原忠通・摂政				71		21	5					51	69	64	*44*	27
1124年	天治	1年			中尊寺金色堂完成				72		22	6						70	65	*45*	28
1127年	大治	2年			**『金葉和歌集』奏上**				75		25	9						73	68	*48*	31
1128年		3年			**住吉社歌合・兼昌出詠**				76		26	10						74	69	*49*	32
1129年		4年		鳥羽上皇	藤原忠通・関白 白河法皇崩御 鳥羽上皇院政				77		27	11						75	70	*50*	33
1132年	長承	1年			鳥羽上皇・三十三間堂の落慶供養 忠盛昇殿許可						30	14							73		36
1135年	保延	1年			平忠盛・海賊捕らえ 平清盛従四位下に						33	17							76		39
1140年		6年			**俊成<83>**						38	22							81		44

海の原 〔76〕――法性寺入道前関白太政大臣――

堀河天皇　崩御の後に
未だ五歳の　鳥羽天皇就く
やがて白河上皇　我が寵姫なる
待賢門院　孕みの璋子
鳥羽天皇の妃に　無理矢理為して
生まれし皇子が　五歳となるや
譲位迫りて　崇徳天皇を即位
六年後に　白河上皇死すや
鳥羽天皇の憎悪は　崇徳天皇と向かい
美福門院　寵愛産みし
近衛天皇（第九皇子）三歳　天皇と為すも
なんと夭折　後継ぎたるは
第四皇子たる　後白河天皇
やがて鳥羽院　崩御となるや
崇徳院と後白河天皇　干戈の交え
（定家）

なになに　名前が長いじゃと
晩年に　法性寺に隠遁し出家した故じゃ
元々　性格は温厚で
和歌を良くし　歌人の面倒も見
数々の歌合も催し
書も上手く　我れの流れを「法性流」と呼ぶ
関白太政大臣　そうわしの官職
もう今は　名ばかりじゃが・・・
弟藤原頼長を偏愛する　父藤原忠実に疎まれ
一旦得た氏長者も　藤原頼長へと
そして　わしと父・弟との対立が
皇室内の軋轢に巻き込まれ
崇徳院様を　敵としての争いになるとは・・・
あれは　院がまだ十七歳の在位中
保延元年（1135）であった
内裏歌合　与えられしお題は「海上遠望」
題に相応しく

「おおらかで風格備え」をと　詠んだものであった

海の原　漕ぎ出でてみれば
久方の　雲居に紛ふ　沖つ白波
――法性寺入道前関白太政大臣――

《海原に　船漕ぎ出して　眺めたら
遥か沖立つ　白波は雲かや》

法性寺入道前関白太政大臣
わたの原
こぎ出でて
見れば久かたの
雲ゐにまがふ
おきつしらなみ

【門院】
朝廷から天皇の生母・内親王などに与えられた称号。
皇居の門の名前を付けたところからこう呼ぶ。

【院】
上皇・法皇・女院の別称。
元は建物のこと。
譲位した天皇の居住地を指すようになり　転じて譲位した天皇を言う語となった。
複数の上皇が居られる場合は　本院・中院・新院と区別する。

72 白河
73 堀川
74 鳥羽
75 崇徳
76 近衛
77 後白河

運命抱きて　生まれし天皇
崇徳院様　いま一首をば

（藤原忠通）

瀬を速み〔77〕——崇徳院——

後白河天皇側の　徴発繁く
備えと軍を　集める最中
夜の静寂を　破るの音は
兵の怒号と　軍馬の響き
夜明け待たずと　崇徳院側敗れ
逃れ崇徳院は　捕らわれ配流
配所讃岐に　怨念募り
止まぬ痛憤　髪逆巻きて
生きて鬼化し　妄執憎悪
「大魔王となりて　国覆す」
呪い呪いて　九年の後に
死すに埋葬　天掻き曇り
風雨雷鳴　轟く中に
真っ赤血潮の　噴出す棺
おどろ黒煙　向かうは都

（定家）

和歌
これ程　我れが夢中になったものはない
幼少時から歌上手を集め　歌会を開いた
長じ　藤原忠通　藤原顕広（後の俊成）を中心に
多くの歌会・歌合も催した
『久安百首』は藤原俊成に編集（久安六年（1150））
『詞花和歌集』は藤原顕輔に撰進（仁平元年（1151））
和歌三昧の生活をと思うも
天皇の子として生まれし故か
皇位継承に絡む　逃れもならずの運命・・・
『久安百首』に納めし歌　斯くなる身であったか

松が根の　枕も何か　徒ならむ（虚しない）
　玉の床とて　常の床かは（千載集）

後に西行法師が　和してくれたが　これか

よしや君（今仮に）**　昔の玉の　床とても**
　斯からむ後は（墓所入りては）**　何にかはせむ**（山家集）

おう　これも『久安百首』に入れた恋の歌・・・

瀬を速(はや)み　岩に塞(せ)かるる　滝川の
別(わ)れても末(すゑ)に　逢はむとぞ思ふ
——崇徳院(すとくいん)——

《滝早瀬(たきはやせ)　岩が邪魔して　別れるが
先で会うがな　わしらも一緒》

【久安百首】

久安六年（1150）に編まれた歌集で　崇徳院が出された「お題」に従い　十四人の歌人がそれぞれ百首づつを詠歌したもの。

中に　崇徳院・待賢門院堀川・藤原顕輔・藤原俊成・藤原清輔らの名が見える。

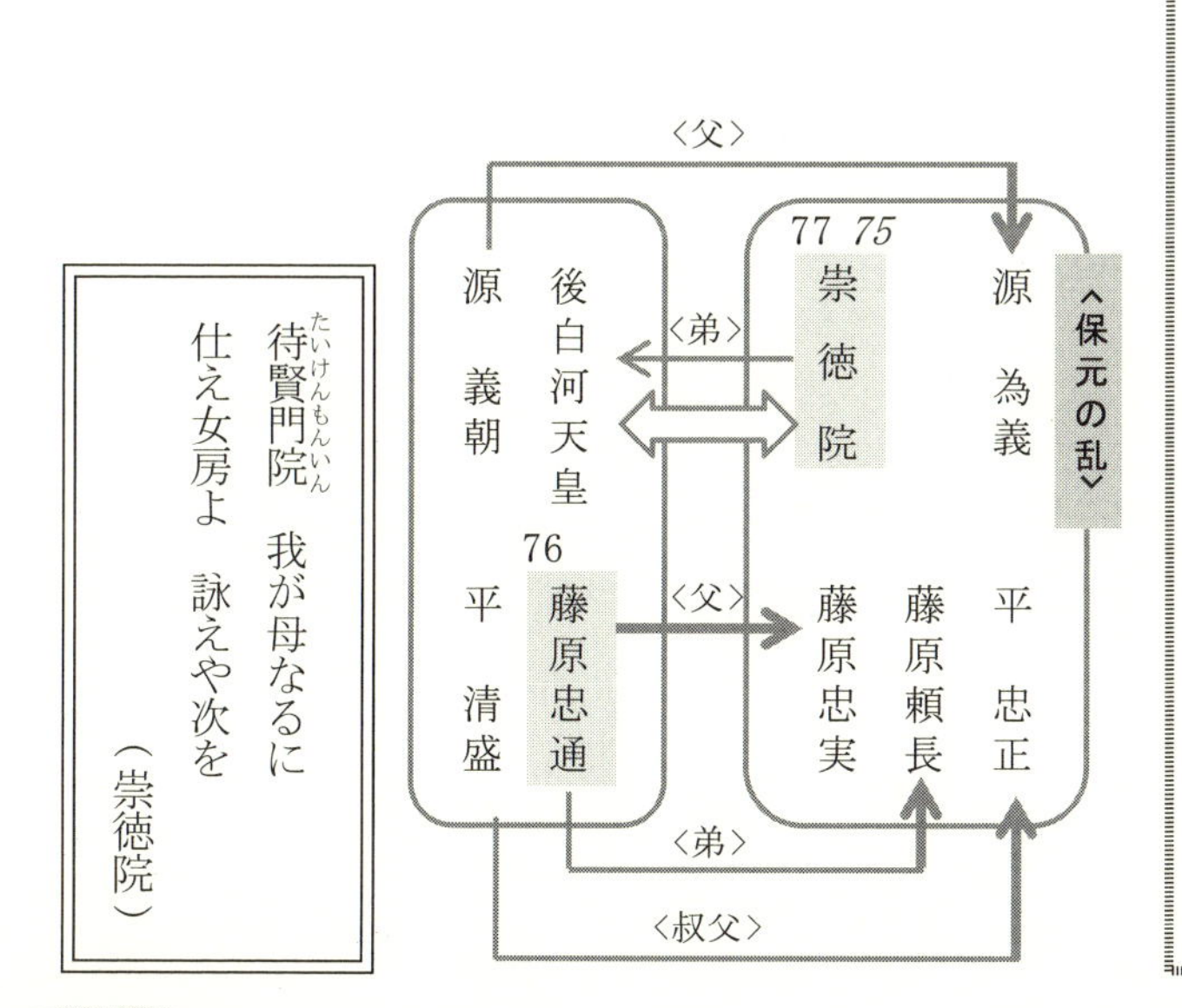

待賢門院(たいけんもんいん)　我が母なるに
仕え女房よ　詠えや次を
（崇徳院）

長からむ 〔80〕——待賢門院堀河——

朝髪の乱れは　艶めかしやな
寝起き気怠さ　薄寝の所為か
昨夜乱れの　夜姿所為か
さても万葉　歌にもありて
朝寝髪　我れは梳らじ
愛はしき　君が手枕　触れてしものを
——作者未詳——（万葉集・巻十一・二五七八）
和泉式部も　斯く詠いてし
黒髪の　乱れも知らず　うち伏せば
先ず掻きやりし　人ぞ恋しき
——和泉式部——（後拾遺集・七五五）
「堀河」何故と　所以分からぬが
待賢門院　仕えの女房
斯くてこの名で　呼ばれることに
（定家）

愛されるて　悲しいものなんですね
二人の人から　愛され
同じ二人から　憎まれる
待賢門院様　お労しや
同じ年頃の女として
とても考えられぬ　お胸内・・・
可愛がられた皇子崇徳院様に対する
ご幼少からの父君鳥羽天皇の冷たいお仕打ち
見るに胸痛い日々で御座いました
待賢門院様のご出家に合わせ
わたくしも　髪を下ろしました
長かった髪を思うに付け
この歌が　思い出されます・・・

我れのこの歌　返歌(かえし)やに
問い掛け歌が　付き居らぬ
ほんに散逸(みだれ)て　仕舞うたか
されば崇徳院(いん)様「瀬を速み・・・」
問い歌なりと　見てたもれ

長からむ　心も知らず
黒髪の　乱れて今朝(けさ)は　物をこそ思へ
――待賢門院堀河(たいけんもんいんのほりかわ)――

《末長(な)ごは　確かやろかと
乱迷(みだ)れてる
今朝(けさ)の心は　この黒髪よ》

白河院 ＝ 待賢門院璋子 ＝ 鳥羽上皇
80 待賢門院堀河 →〈仕え〉→ 待賢門院璋子
待賢門院璋子 ― 77 75 崇徳院

崇徳院様　命じに応え
詞花和歌集を　撰進された
歌壇大御所　藤原顕輔(あきすけ)様に
（待賢門院堀河）

秋風に

〔79〕——左京大夫顕輔——

烏帽子(えぼし)被(かぶ)りて　左手(ゆんで)に紙を
右手(めて)に筆持つ　直衣(のうし)姿の翁
夢に見たとて　絵師描(か)かせしを
聞きて召上げ　白河上皇(みかど)
これを是非にと　描き写したを
家宝と為して　飾りて祭る
藤原顕季(あきすえ)　藤原顕輔(あきすけ)父が
始めし儀式　人麻呂影供(ひとまろえいぐ)
以後の歌会　慣例となる

（定家）

鳥羽院(とばいん)の意向により
近衛天皇(みかど)への譲位止む無しとされた崇徳院(すとくいん)様
少からぬ歌への傾倒
指導に召されたのは　わしであった
父は　末子(ばっし)なるもわしの歌才を良しと
源俊頼(としより)様を師に　更なる才を研かせた
第一人者藤原基俊(もとかとし)　既に亡き今
歌壇を取り仕切るの重責
ついに叡慮の召しにより
『詞花和歌集』を献じるまでに至った

これは『久安百首』に入れた歌
崇徳院(すとくいん)様は　皇子(みこ)の重仁(しげひと)親王を
近衛天皇(みかど)への譲位に際し　親王宣下(せんげ)を受けさせ
皇太子への道を開かれていた
—雲間から漏れる一筋の月光(ひかり)—
それのみを頼りとされていたに　暗転

訪れ来たる「保元の乱」の悲劇
これ見ずの我が命ではあったが・・・

秋風に　棚引く雲の　絶え間より
漏れ出づる月の　光の清けき
―左京大夫顕輔―

《吹く秋風に　棚引く雲の　隙間漏れ
射す月光　清かの限り》

【人麻呂影供】

元永元年（1118）藤原顕季によって創始された　歌聖柿本人麻呂を祭る儀式。

歌人たちは人麻呂を神格化し　肖像を掲げ和歌を献じることで和歌の道の跡を踏もうとした。

以降人麻呂影供は六条家においては歌道継承のシンボルとなって行く。


〈久安百首掲載歌人〉
75 77 崇徳院
83 藤原俊成
79 藤原顕輔
84 藤原清輔
80 待賢門院堀河

親隆　隆季　季通　教長　公能
小大進　安芸　兵衛　実清

不肖息子の　藤原清輔そちに
後を頼むに　確とぞ受けよ
（藤原顕輔）

長らへば　〔84〕――藤原清輔朝臣――

藤原清輔思う　白楽天は
以下の歌にて　まずご覧あれ

【白楽天『東城に春を尋ぬ』】

老色日上面（老色日に面に上り）　日増し容色　老け為して
歓情日去心（感情日に心を去る）　愉快日毎に　滅し行く
今既不如昔（今既に昔に及かず）　若さ少しく　減じ為し
後當不如今（後正に今に及かざるべし）　先の更増し　避け得ずも
今猶未甚衰（今尚未だ甚だしくは衰えず）　未だしも今は　然も無くて
毎事力可任（事毎に力耐うべし）　何事為すも　まずまずと
花時仍愛出（花時尚出づるを愛し）　花咲きたれば　出で見たく
酒後尚能吟（酒後尚よく吟ず）　酒飲みたれば　吟じたし
但恐如此興（只恐る斯くの如きの興も）　この楽しみも　日に日にと
亦随日消沈（又日に従って消沈せん事を）　薄らぎ行くの　恨めしや
東城春欲老（東城春老いんと欲す）　東城の春　去る惜しく
勉強一来尋（勉強して一度来尋す）　この身励まし　尋ね来し

（定家）

父上は　何故にこうも我れを疎みて厳しいのか
父が　崇徳院様の仰せに
『詞花集』を編まれるに　手伝いをと
しかし　五十路を前にしたるの
我れの申し上げ事は一顧だにされず
その上
「選者の息子の歌を入れるは例なし」と
一首も選ばれず・・・
父十五歳の子故の　歳近か敵愾心の表れか
『詞花集』成った四年後
先の短かきを悟りてか
やっと歌家元「六条家継ぐべし」とのお許し
二条天皇からの『続詞花集』撰進を受けるも
完成見ぬ間の天皇の崩御
手の届くかの栄光も　砕かれて仕舞うた
歌壇長老と成りしも
残りし生の幾許もを思うと・・・
ああ　白楽天の「春を尋ぬ」が思われる

長らへば　またこのごろや　偲ばれむ
憂しと見し世ぞ　今は恋しき
──藤原清輔朝臣──

《生きてたら　今の辛さも　思い出か
今は懐かし　昔の辛さ》

（この歌　人に　慰め遣るに　詠われしにて
作りし時の　若きや老いや　二説あれど
歌の心は　老い時と見ゆ）

我ら六条家　歌競い為し
御子左家の　創立為せし
藤原俊成殿よ　後頼むにて
（藤原清輔）

世の中よ　〔83〕――皇太后宮大夫俊成――

源俊頼・藤原基俊　後継ぎたるの
藤原清輔　大御所亡きの
歌道世界　第一人者
藤原俊成すは　『千載集』で
藤原定家・寂連法師　藤原良経・式子内親王
新古今調　旗手らを指導
長く生きた世　時代は変わる
保元・平治の　乱既に過ぎ
平氏台頭　天下を取るも
奢る平氏の　世は儚くて
訪ね来たるの　平忠度願う
「一首なりとも　勅撰集に」
願い叶うも　名伏せとなりぬ

さざ浪や　志賀の都は　荒れにしを
昔ながらの　山桜かな
―詠み人知らず―（千載集・六六）
（定家）

ああ　友の佐藤義清も俗世を捨てた
未だ二十三歳と云うに
他に何人かも僧と身を変えた
摂関家の力衰えと共に
皇親政治が復活し　遂に院政の世となった
その故や否やは定かならねど
宮中には　暗鬱の気が立ち込め
争乱の暗雲も　広がりつつある
我れ三十路に未だしも
遁世の誘惑が募る
あれは　猿丸大夫か・・・

奥山に　紅葉踏み分け
鳴く鹿の　声聞く時ぞ　秋は哀しき

おお　鹿が鳴いて居る
鳴き声が身に沁みる
沁みる心は　人恋しさか
あぁ　我れ為すべきあるに　遁世は無理か・・・

世の中よ　道こそ無けれ
思ひ入る　山の奥にも　鹿ぞ鳴くなる
——皇太后宮大夫俊成——

《無常世に　避け道無しと
籠りたる　奥山に鹿鳴き
心静けさ破る》

皇太后宮大夫俊成
世の中よ道こそ
なけれ
思ひ入る
山のおくにも
鹿ぞ鳴くなる

末法入りて　早や百年ぞ
都争乱　続くの日々に
遁世隠者　数多と出づる
道因法師そなた　魁と為せ
（藤原俊成）

■讃岐＜77＞
「瀬を速み」（崇徳院）

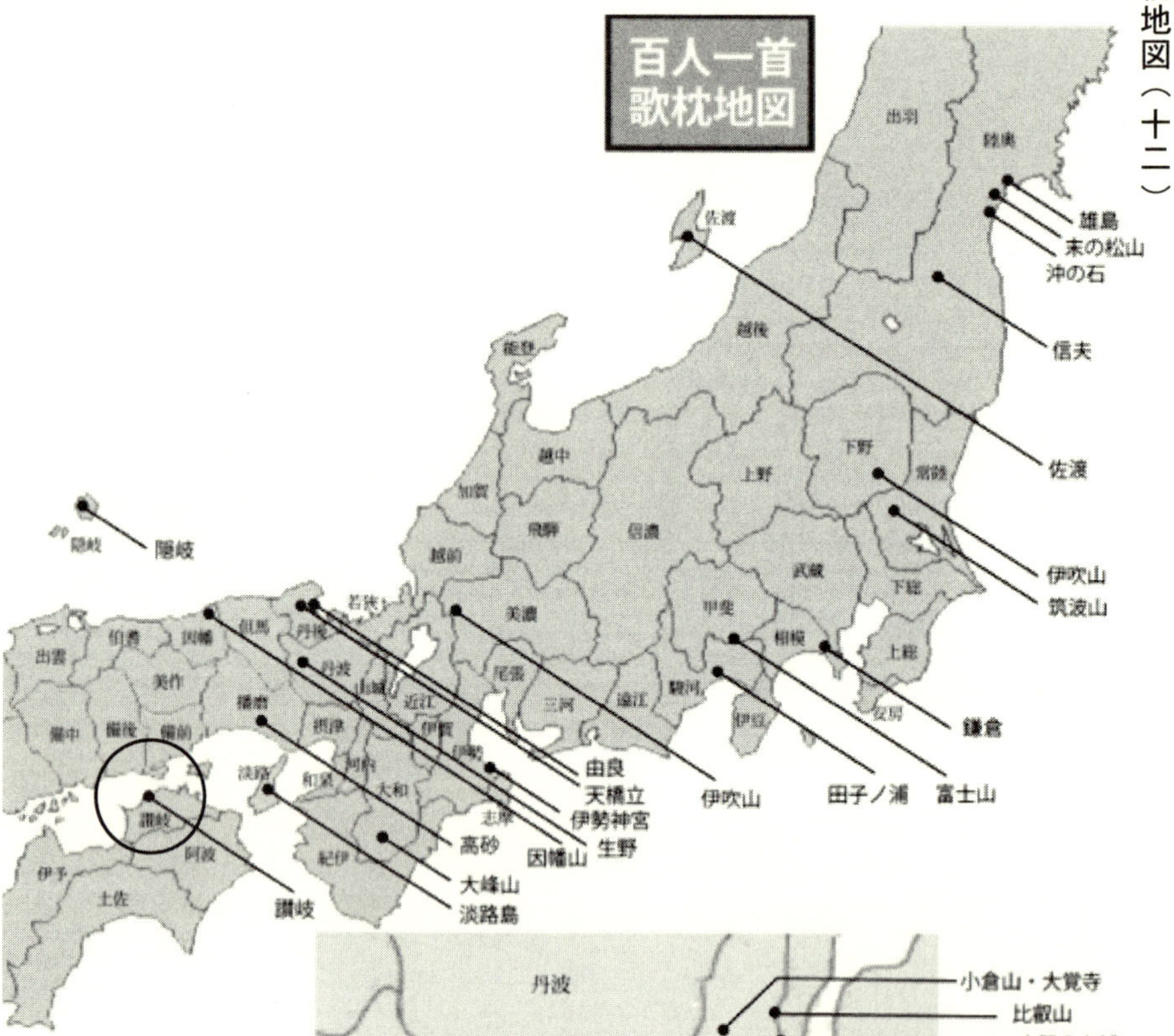

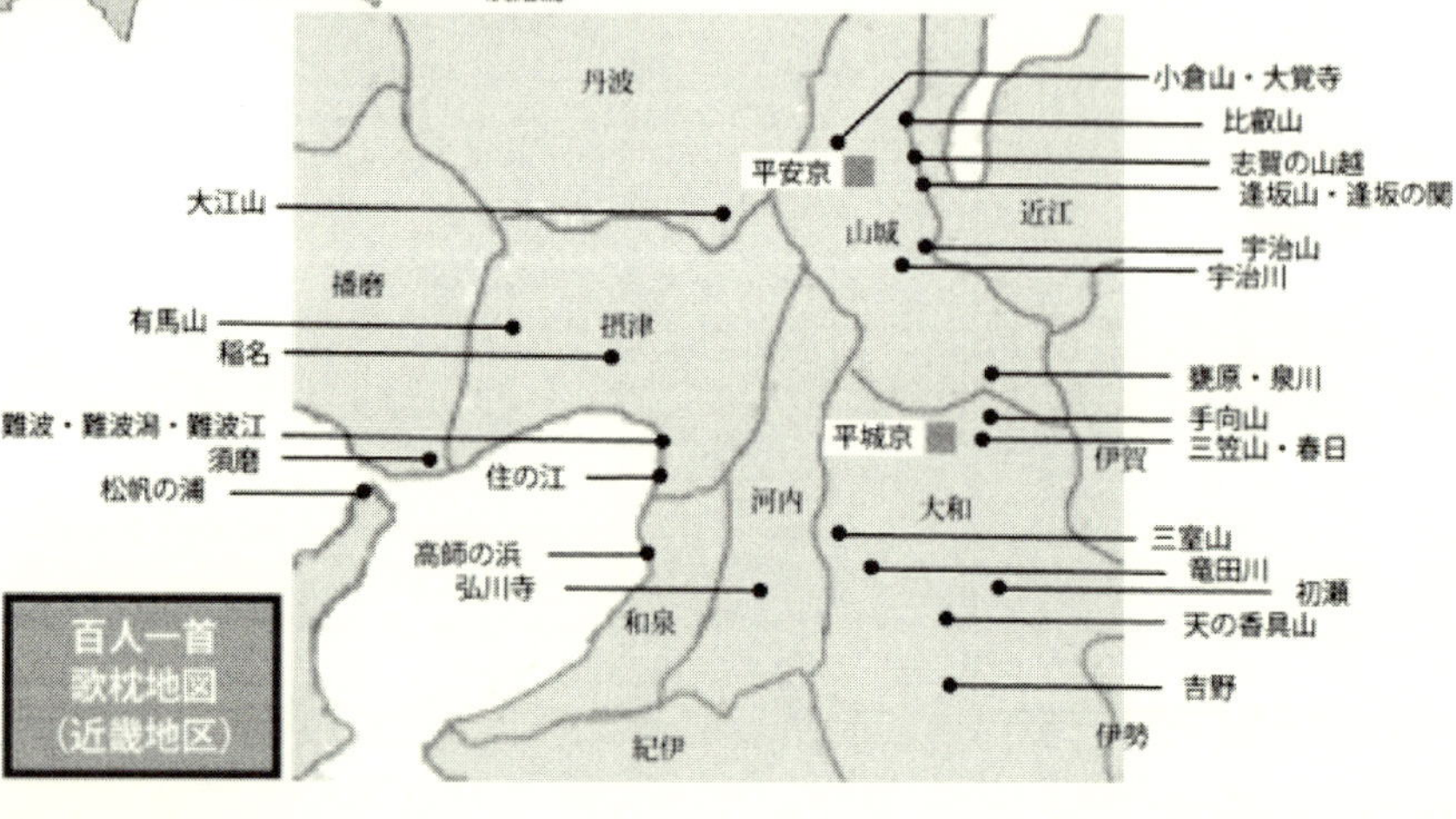

百人一首
歌枕地図

雄島
末の松山
沖の石
信夫
佐渡
伊吹山
筑波山
鎌倉
富士山
田子ノ浦
伊吹山
由良
天橋立
伊勢神宮
生野
因幡山
高砂
大峰山
淡路島
讃岐
隠岐

小倉山・大覚寺
比叡山
志賀の山越
逢坂山・逢坂の関
宇治山
宇治川
大江山
有馬山
稲名
難波・難波潟・難波江
須磨
松帆の浦
住の江
高師の浜
弘川寺
瓶原・泉川
手向山
三笠山・春日
三室山
竜田川
初瀬
天の香具山
吉野
平安京
平城京
丹波
近江
山城
播磨
摂津
伊賀
河内
大和
和泉
紀伊
伊勢

百人一首
歌枕地図
（近畿地区）

【百人一首年表】（12）

（斜体数字：生没年不肖または生年不肖）

西暦	年号	年	天皇	院政	歴史的事項（ゴシック体：文学関連事項）	白河天皇	堀河天皇	鳥羽天皇	崇徳天皇	近衛天皇	後白河天皇	二条天皇	**藤原忠通**	藤原忠実	藤原頼長	**崇徳院**	待賢門院	**待賢門院堀河**	**藤原顕輔**	**藤原清輔**	**藤原俊成**
						72	73	74	77	76	77	78	76			77		80	79	84	83
1072年		4年	白河	以降院政開始	白河天皇即位(20)	20															
1075年	承保	2年			延暦寺・園城寺の僧徒抗争	23															
1076年		3年			**白河天皇・大堰川行幸**	24															
1078年	承暦	2年			**大弐三位・内裏歌合代詠**	26															
1079年		3年			延暦寺の僧徒・強訴	27															
1080年		4年			藤原信長・太政大臣	28															
1081年	永保	1年			興福寺・延暦寺・園城寺などの 僧徒の抗争激化	29															
1082年		2年			熊野の僧徒・上京して強訴	30															
1083年		3年			後三年の役	31															
1086年	応徳	3年	堀川	白河上皇	堀川天皇即位(8) 白河上皇院政 **『後拾遺和歌集』完成**	34	8														
1091年	寛治	5年			源義家・弟義綱と抗争	39	13														
1093年		7年			興福寺の僧徒 ・春日社神木を奉じて入京強訴	41	15							16							
1095年	嘉保	2年			延暦寺の僧徒 ・日吉社神輿を奉じ強訴	43	17							18							
1096年	永長	1年			白河上皇・出家	44	18							19							
1102年	康和	4年			**内裏艶書歌合・紀伊<72>**	50	24							25							
1104年	長治	1年			鳥羽殿で田楽を催す	52	26							27					15		
1105年		2年			藤原清衡・平泉に中尊寺を建立	53	27							28					16		
1106年	嘉承	1年			京に大火、京中に田楽流行	54	28							29					17		
1107年		2年	鳥羽		鳥羽天皇即位(5)	55	29	5						30					18		
1108年	天仁	1年			平正盛・源義親を討ち但馬守に	56		6						31					19		
1113年	永久	1年			**少納言定通歌合・紀伊ら出詠**	61		11					17	36					24		
1114年		2年			延暦寺僧徒の武装を禁じる	62		12					18	37				*15*	25		
1119年	元永	2年			白河法皇 関白忠実の上野国の荘園を停止	67		17					23	42			19	*20*	30		
1123年	保安	4年	崇徳		崇徳天皇即位(5) 藤原忠通・摂政	71		21	5				27	46		5	23	*24*	34	16	
1124年	天治	1年			中尊寺金色堂完成	72		22	6				28	47		6	24	*25*	35	17	
1127年	大治	2年			**『金葉和歌集』奏上**	75		25	9				31	50		9	27	*28*	38	20	
1128年		3年			**住吉社歌合・兼昌出詠**	76		26	10				32	51		10	28	*29*	39	21	15
1129年		4年		鳥羽上皇	藤原忠通・関白 白河法皇崩御 鳥羽上皇院政	77		27	11				33	52		11	29	*30*	40	22	16
1132年	長承	1年			鳥羽上皇・三十三間堂の落慶供養 忠盛昇殿許可			30	14				36	55		14	32	*33*	43	25	19
1135年	保延	1年			平忠盛・海賊捕らえ 平清盛従四位下に			33	17				39	58	16	17	35	*36*	46	28	22
1140年		6年			**俊成<83>**			38	22				44	63	21	22	40	*41*	51	33	27
1141年	永治	1年	近衛		近衛天皇即位(3)			39	23	3	15		45	64	22	23	41	*42*	52	34	28
1146年	久安	2年			平清盛・安芸守 **待賢門院堀川・哀傷歌**			44	28	8	20		50	69	27	28		*47*	57	39	33
1147年		3年			祇園神人が 平忠盛・清盛の郎等と乱闘			45	29	9	21		51	70	28	29		*48*	58	40	34
1150年		6年			**久安百首の会<79><80>**			48	32	12	24		54	73	31	32		*51*	61	43	37
1151年	仁平	1年			**『詞花和歌集』奏覧**			49	33	13	25		55	74	32	33			62	44	38
1154年	久寿	1年			源為朝の乱行により父源為義解官			52	36	16	28		58	77	35	36			65	47	41
1155年		2年	後白河		後白河天皇即位(29)			53	37	17	29		59	78	36	37			66	48	42
1156年	保元	1年			保元の乱 **崇徳院讃岐配流**			54	38		30		60	79	37	38				49	43
1158年		3年	二条	後白河上皇	二条天皇即位(16)				40		32	16	62	81		40				51	45
1159年	平治	1年			平治の乱				41		33	17	63	82		41				52	46
1160年	永暦	1年			源頼朝伊豆配流、平清盛正三位				42		34	18	64	83		42				53	47
1164年	長寛	2年			平氏一門 法華経写経を厳島神社に納経				46		38	22	68			46				57	51

思ひ侘び　〔82〕―道因法師―

烏滸と呼ばれし　道因法師
自作負けたる　ある歌合
歌壇大物　藤原清輔向かい
「判者如何にて　我が負けなる」と
涙流して　泣き恨み為し
藤原清輔ほとほと　困りしとかや
またもある時　噂で聞くに
某　僧正　源俊頼歌の
遊女唄うの　評判真似て
琵琶法師にと　礼物与え
己が歌をば　流行らせたるを
我れもと道因法師　試み為すも
生来性癖　吝嗇なるに
礼せずなるは　流行りもせずと
（定家）

わしが遁世出家したは　八十路
いろいろと失敗りはしたが
それもこれも歌精進のため
「歌こそ我が命」なのじゃ
鴨長明殿も『無名抄』に書いておろう
「歌道に志深きは　道因入道措いて無し」とな
あれは　まだ七十代のころ
京から和泉国住吉まで
大社への月詣でをしたものだ
「何卒の秀歌詠みを」と願うてな

その甲斐あってか
藤原俊成殿『千載集』に
我が歌十八首をと聞きにしからに
礼にと夢枕に立ったものじゃ
藤原俊成殿　落涙歓喜じゃ
「死したるとは云え　これ程の執心
いま二首を追加するか」とて

二十首を採ってくれたそうじゃ
ははは　冥界での噂じゃが・・・

思ひ侘び　さても命は　あるものを
憂きに堪へぬは　涙なりけり
――道因法師――

《慕堪え続け　落とすに有るの
　　命やに
堪え得ぬ辛さ　落ちるは涙》

わしと違うて　人望なるの
俊恵法師よ　纏めよ上手く
（道因法師）

夜も一晩中〔85〕——俊恵法師——

世の中流行り　世相の鏡
王朝末期　起こりしことの
規律乱れの　価値観揺らぎ
世は憂きものと　現世を離れ
仏道求め　流浪の生活
多く出でしの　その中にても
恋歌詠みて　「数奇」道辿り
自由気侭と　過ごせしなるは
これも生き方　人それぞれぞ

（定家）

祖父　源経信　「三船の才」と呼ばれし御仁
父　源俊頼　院政初期の歌壇を率いし大家で
『金葉和歌集』の勅撰にも与った
その父六十歳前にしてのわれ誕生
父が亡くなったときは　十七歳であった
間もなくの仏門　僧籍は東大寺
齢四十を越す頃から　歌に目覚め
洛東白川の僧坊に　僧俗の歌人集め
四方山語り　歌会・歌合など
皆「歌林苑」と称しておった
父からは確たる歌教えは学ばなんだが
これの血脈の為せる業か
血生臭の臭う
保元から治承・寿永に掛けての二十年ほど
歌活動をしたものだ
そうそう
これは　場の趣向で

女の立場で恨む恋の風情を詠みしもの
見事詠えて居るじゃろうか

夜も一晩中　物思ふころは　明けやらで
寝家の隙間さへ　つれなかりけり
——俊恵法師——

《沈思いつつ　過ごす長夜は
まだ明けぬ
寝室の戸隙間　白みも見せぬ》

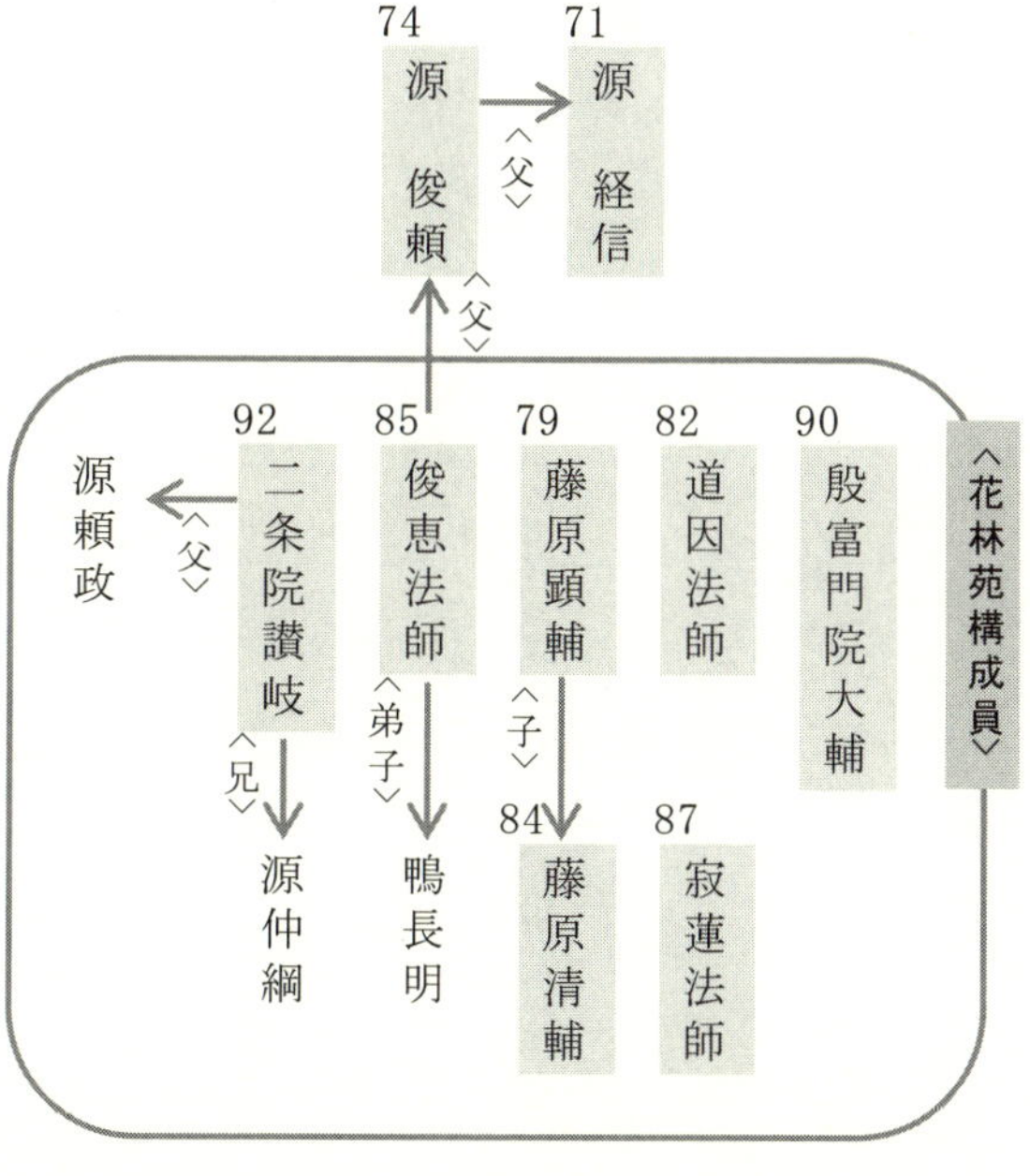

74 源　俊頼 →〈父〉→ 71 源　経信
85 俊恵法師 →〈父〉→ 74 源　俊頼

〈花林苑構成員〉
90 殷富門院大輔
82 道因法師
79 藤原顕輔 →〈子〉→ 84 藤原清輔
85 俊恵法師 →〈弟子〉→ 鴨長明
92 二条院讃岐 →〈父〉→ 源頼政
92 二条院讃岐 →〈兄〉→ 源仲綱
87 寂蓮法師

我ら仲間と　歌交わし合い
我れと親交　保ちしなるも
一人遠くの　西行法師次ぞ
（俊恵法師）

嘆けとて

〔86〕——西行法師——

富裕誉れの　武門に生まれ
鳥羽院仕え　北面武士が
二十三歳（はたちみつ）にて　妻子を遺棄（いき）し
出家（しゅっけ）漂泊　歌をば友に
鞍馬隠棲（いんせい）　後（のち）奥羽へと
やがて戻りて　高野（こうや）の山に
崇徳（すとく）院罷（まか）るに　讃岐の墓へ
弘法大師　旧蹟訪ね
高野（こうや）山戻るや　伊勢二見浦
さらに藤原実方（さねかた）　能因（のういん）法師慕い
勧進（東大寺再建）兼ねて　また奥州へ
最期河内の　弘川寺（ひろかわでら）で
願い通りに　泉下の旅へ

願はくは　花の下（もと）にて　春死なむ
その如月（きさらぎ）の　望月（もちつき）の頃
（山家集・七七）
（定家）

あゝ　何と云う世なのであろうか
あゝ　何と云う我が人生なのであろう
平氏勃興と栄華の誇り　そしての没落
鳥羽・崇徳両院の肉親憎悪の地獄
我が知る人が次々と・・・
宮廷・貴族方々の歌合（うたあわせ）出詠は拒み
肉親・係累（けいるい）は詠（うた）わず
旅の流浪が　我が胸に呼び起こす歌
そればかりを詠うて来た

月やあらぬ　春や昔の　春ならぬ
我が身ひとつは　元の身にして
——在原業平——（『伊勢物語』・第四段）

在原業平（なりひら）殿　高貴お人との悲恋の話
我が身置き換えの　昔の春・・・
あゝ　今日も
物言わぬ月が　我れを泣かす

嘆けとて　月やは物を　思はする
託ち顔なる　わが涙かな
―西行法師―

《嘆けよと　月が誘うか　いいやいや
月の所為やと　本心涙の嘆き》

西行法師
なげけとて
月やは物を
おもはする
かこちがほなる
わがなみだかな

【佐藤義清・出家動機の説】

①親友の突然死
②高貴な女性との失恋
③無常観や仏教への帰依
④摂関家の争い皇位継承をめぐる政争への失望

忍び来る義清に高貴女性（待賢門院？）が示唆した古歌

伊勢の海　あこぎが浦に　引く網も
度重なれば　人もこそ知れ
（「源平盛衰記」他）

※「阿漕の浦」は、三重県津市阿漕町の海岸一帯。伊勢神宮に供える魚を神に誓約して、年に一度獲る外は網を引いて漁をすることをしない。昔、ある漁夫がこの禁を破り夜な夜な密かに網を引いて魚を獲り、発覚した漁師は海に沈められてしまったという。

俊恵法師　縁の「花林苑」の
女性に託す　良いかな大輔
（西行法師）

■弘川寺＜86＞
「嘆けとて」（西行法師）

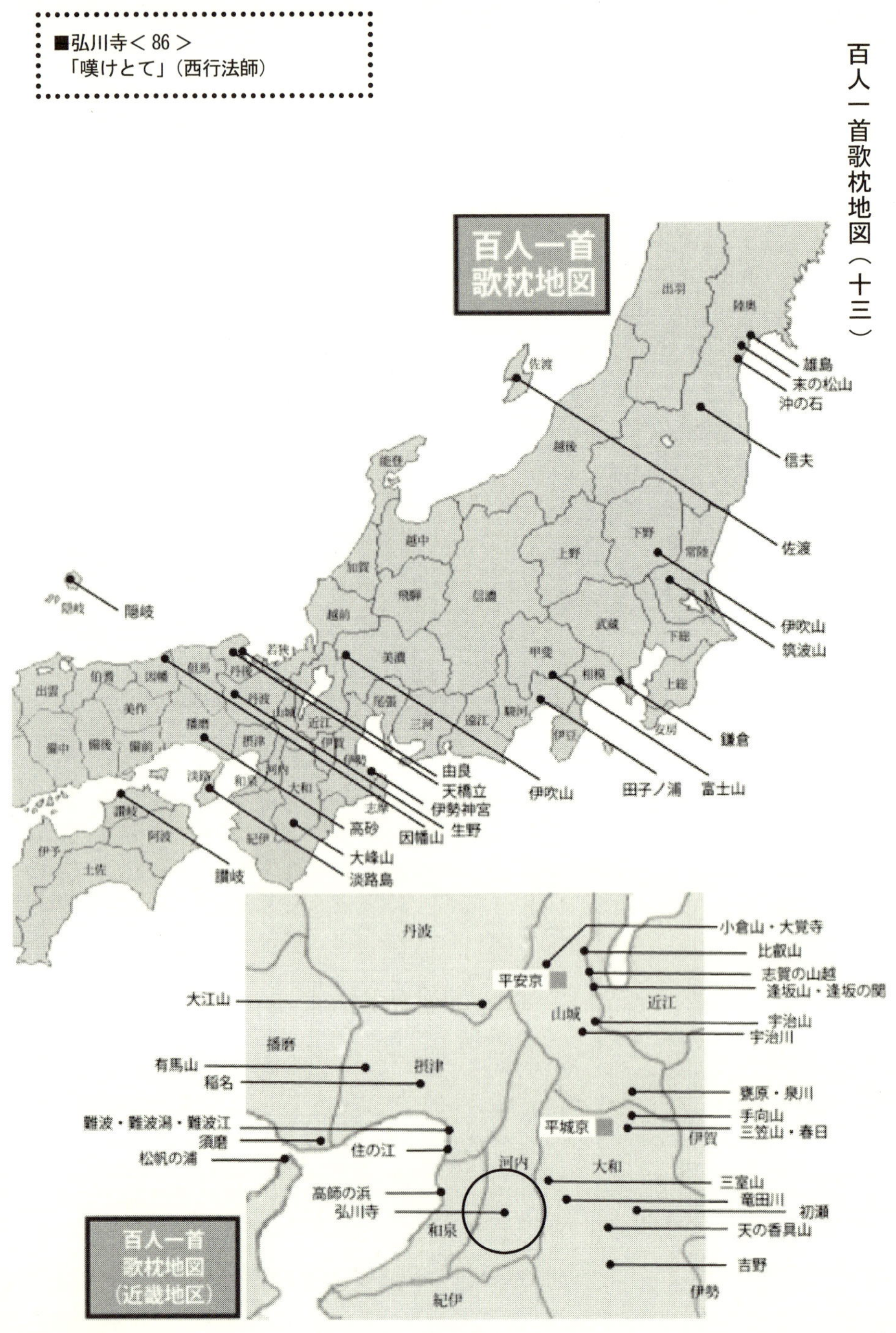

【百人一首年表】（13）

（斜体数字：生没年不肖または生年不肖）

西暦	年号	年	天皇	院政	歴史的事項（ゴシック体：文学関連事項）	白河天皇 72	鳥羽天皇 74	崇徳天皇 77	近衛天皇 76	後白河天皇 77	二条天皇 78	六条天皇 79	高倉天皇 80	安徳天皇 81	後鳥羽天皇 82	道因法師 82	俊恵法師 85	西行法師 86
1107年		2年	鳥羽	白河上皇	鳥羽天皇即位(5)	55	5									*18*		
1108年	天仁	1年			平正盛・源義親を討ち但馬守に	56	6									*19*		
1113年	永久	1年			**少納言定通歌合・紀伊ら出詠**	61	11									*24*		
1114年		2年			延暦寺僧徒の武装を禁じる	62	12									*25*		
1119年	元永	2年			白河法皇 関白忠実の上野国の荘園を停止	67	17									*30*		
1123年	保安	4年	崇徳		崇徳天皇即位(5) 藤原忠通・摂政	71	21	5								*34*		
1124年	天治	1年			中尊寺金色堂完成	72	22	6								*35*		
1127年	大治	2年			**『金葉和歌集』奏上**	75	25	9								*38*	15	
1128年		3年			**住吉社歌合・兼昌出詠**	76	26	10								*39*	16	
1129年		4年		鳥羽上皇	藤原忠通・関白 白河法皇崩御 鳥羽上皇院政	77	27	11								*40*	17	
1132年	長承	1年			鳥羽上皇・三十三間堂の落慶供養 忠盛昇殿許可		30	14								*43*	20	15
1135年	保延	1年			平忠盛・海賊捕らえ 平清盛従四位下に		33	17								*46*	23	18
1140年		6年			**俊成<83>**		38	22								*51*	28	23
1141年	永治	1年	近衛		近衛天皇即位(3)		39	23	3	15						*52*	29	24
1146年	久安	2年			平清盛・安芸守 **待賢門院堀川・哀傷歌**		44	28	8	20						*57*	34	29
1147年		3年			祇園神人が 平忠盛・清盛の郎等と乱闘		45	29	9	21						*58*	35	30
1150年		6年			**久安百首の会<79><80>**		48	32	12	24						*61*	38	33
1151年	仁平	1年			**『詞花和歌集』奏覧**		49	33	13	25						*62*	39	34
1154年	久寿	1年			源為朝の乱行により父源為義解官		52	36	16	28						*65*	42	37
1155年		2年	後白河		後白河天皇即位(29)		53	37	17	29						*66*	43	38
1156年	保元	1年			保元の乱 **崇徳院讃岐配流**		54	38		30						*67*	44	39
1158年		3年	二条	後白河上皇・高倉上皇（安徳期）	二条天皇即位(16)			40		32	16					*69*	46	41
1159年	平治	1年			平治の乱			41		33	17					*70*	47	42
1160年	永暦	1年			源頼朝伊豆配流、平清盛正三位			42		34	18					*71*	48	43
1164年	長寛	2年			平氏一門 法華経写経を厳島神社に納経			46		38	22	1				*75*	52	47
1165年	永万	1年	六条		六条天皇即位(2)					39	23	2				*76*	53	48
1167年	仁安	2年			平清盛・太政大臣					41		4				*78*	55	50
1168年		3年	高倉		高倉天皇即位(8) 平清盛出家					42		5	8			*79*	56	51
1171年	承安	1年			後白河法皇福原御幸 清盛娘徳子入内					45		8	11			*82*	59	54
1172年		2年			平徳子中宮					46		9	12			*83*	60	55
1177年	治承	1年			洛中大火 鹿ヶ谷事件					51			17			*88*	65	60
1179年		3年			後白河法皇を幽閉 **右大臣兼実歌合・道因出詠**					53			19			*90*	67	62
1180年		4年	安徳		安徳天皇即位(3) 福原遷都 以仁王、頼朝挙兵					54			20	3		*91*	68	63
1181年	治承	5年			定家・俊成と共に御所へ					55			21	4		*92*	69	64
	養和	1年			平清盛死去 養和の大飢饉					55			21	4		*92*	69	64
1183年	寿永	2年			義仲・倶利伽羅峠で維盛を破る					57				6	4		71	66
			後鳥羽		後鳥羽天皇即位(4)					57				6	4		71	66
1185年	元暦	2年			京都大地震					59				8	6		73	68
	文治	1年			壇ノ浦の戦い、平氏滅亡					59				8	6		73	68
1187年		3年			義経奥州へ **『千載和歌集』奏覧**					61					8		75	70
1189年		5年			衣川の戦い、藤原泰衡義経を討つ					63					10		77	72
1190年	建久	1年			頼朝入京					64					11		78	73
1192年		3年			後白河法皇崩御 頼朝・征夷大将軍					66					13			

見せばやな〔90〕――殷富門院大輔――

殷富門院　宣下を受けし
後白河天皇　内親王　亮子
そこに仕えし　女房なりて
「歌林苑」へと　通いて詠い
『千載集』以下の　勅撰集に
入集されるは　六十三首
『無名抄』にて　鴨長明が
待宵　小侍従　並びて挙げる
女流歌詠み　上手にありて
我れもここにて　採り挙げ為せる

（定家）

どんな趣向で臨もうかしら
当然　恋の歌
集り来る殿方を
思わず仰け反らせるようなはどうかしら
そう　これに続く思いとしよう

何か厭う　世も永らえじ
然のみやは　憂きに堪へたる　命なるべき

《嫌われて　もう生きてけん
このまんま　辛さ堪えて　生きてくなんて》

―殷富門院大輔―（新古今集・一二二八）

そうだわ　本歌は　これに決り

松島や　雄島の磯に　漁りせし
海士の袖こそ　斯くは　濡れしか

―源重之―（後拾遺集・八二八）

見せばやな
雄島の海人の　袖だにも
濡れにぞ濡れし　色は変はらず
――殷富門院大輔――

《見せたろか　血色この袖
雄島海人の袖
濡れに濡れても　此も変わらんに》

【待宵の小侍従】

平安時代後期から鎌倉時代の歌人で　女房三十六歌仙の一人。
『平家物語』に「待宵の小侍従の沙汰」として　太皇太后多子の「待つ宵と帰る朝とは　何れか哀痛はまされるぞ」との問いに対して　即座に

待つ宵の　更けゆく鐘の　音聞けば
飽かぬ別れの　鳥は物かは

《待つに鳴る　宵更け鐘音が　大層辛い
逢瀬別れの　告げ鶏鳴よりも》
（『平家物語』（百二十句本）第四十二句「月見」）

と詠んだことで「待宵の小侍従」の名を得た。

同じく「花林苑」集いて共に
競うた仲の　讃岐に次を
（殷富門院大輔）

わが袖は 〔92〕——二条院讃岐——

平家全盛　誇りし中に
残る源氏の　魂潜む
鵺の退治で　その名を馳せた
源頼政　平治の乱で
平清盛側の　味方となりて
信任受けて　政界残る
平氏横暴　日増しに募り
高倉天皇廃し　安徳天皇立つの
暴挙見かねた　以仁王の
平氏打倒の　呼掛け為すや
隠忍自重　これまでなると
息子源仲綱　連れ立ち上がり
奮闘するも　平等院に
自刃迫られ　露とぞ消えし

（定家）

何と　今日のお題「石に寄せる恋」
詰まらぬ題だこと
心宿さぬ石に恋うとは
「石」「石」・・・「磯の石」「沖の離れ石」・・・
まあ　父上と兄上の歌だわ

名児の海　潮干潮満ち　磯の石と
成れるか君が　見え隠れする

（源頼政）

満つ汐に　隠れぬ沖の　離れ石
霞に沈む　春の曙

（源仲綱）

お二人の冥福祈り　詠ってみるわ
「恋に泣く涙」と「父兄思慕の涙」
それにお仕えした「二条院様への菩提の涙」
これら全てを込めて・・・

わが袖は　潮干に見えぬ　沖の石の
人こそ知らね　乾く間もなし
──二条院讃岐──

《うちの袖　潮干ても見えへん
沖の石
誰も知らんか　乾く間無いを》

【「歌林苑」歌合】
歌合には　二条院讃岐と共に　源頼政・源仲綱も参加していた可能性があり　同時期に　同じ題として詠われたものかも・・・。

蹶起敗れし　以仁王の
悲運姉君　式子内親王に
（讃　岐）

玉の緒よ〔89〕——式子内親王——

式子内親王　お労しやな
幼な六歳　賀茂斎院に
仕え十年　病で退かれ
虚弱なる身の　暮らししなるに
妹宮と　母宮亡くし
次いで弟　以仁王も
平氏打倒の　蹶起に死せり（1180）
傷心内親王に　我れお目もじは
治承五年（1181）の　正月三日
内親王の歌の師　父藤原俊成に
連れられ御所に　参りし折ぞ
御簾の内より　薫物香り
芬馥たるの　忘れもならず
我れが二十歳の　事ぞと覚ゆ
ただそれだけの　事にてあるに
後世　云々　内親王気の毒ぞ

（定家）

神に仕えて過ごした幼き日々
清ら身にありてこその勤め
その時の教え
身に着きたるままの育ち
心思いを　直に出せず　閉じ込め為すの性
身内人の相次ぐ身罷り
兵乱　大火　地震　飢饉・・・
末世故の荒廃なるや
思い託すは　歌のみにてなのか
そして　この燃ゆる思いも・・・

わが恋は　知る人も無し
　堰く床の　涙洩らすな　黄楊の小枕
　　——式子内親王——（新古今集・一〇三六）
儚しや　枕定めぬ　仮寝に
　仄かに迷ふ　夢の通ひ路
　　——式子内親王——（千載集・六七七）

あゝ　これは藤原定家に　添削をと手渡しし歌

玉の緒よ　絶えなば絶えね
長らへば　忍ぶることの　弱りもぞする
——式子内親王——

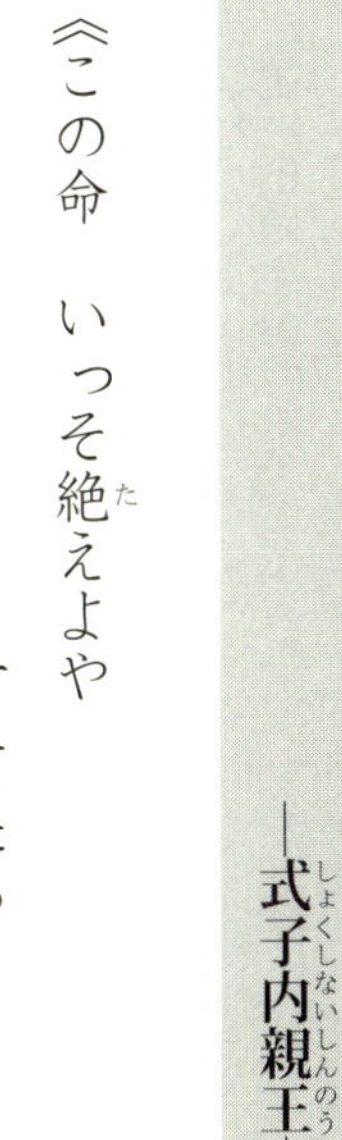

《この命　いっそ絶えよや　生きてたら
隠し恋心の　決心も弱る》

後白河法皇
├ 以仁王
└ 89 式子内親王

83 藤原俊成
└ 97 藤原定家

式子内親王 →〈歌の師〉→ 藤原俊成
式子内親王 ⟷ 藤原定家

藤原定家従兄で　父後白河上皇
付きて大原　訪ねし人に
（式子内親王）

ほととぎす〔81〕──後徳大寺左大臣──

目紛るしくも　変わるの世かな
安徳天皇・後白河法皇　高倉上皇連れて
平氏一門　福原遷都
源頼朝挙兵　富士川敗れ
遷都挫折で　京都へ還都
やがて平清盛　病に死すや
倶利伽羅峠　大敗喫し
三種神器携え　都を落ちる
一ノ谷待つ　逆落とし攻め
屋島落ちるは　那須与一の的扇か
潮目の変わる　壇ノ浦沖
入水為したる　安徳天皇母の
建礼門院　救われ為して
平家人々　弔い菩提
為んと大原　寂光院に
庵構えて　三昧読経

（定家）

我が祖父　藤原実能
徳大寺を建てたにより
徳大寺左大臣と呼ばれた
わしも又左大臣になりし故
後徳大寺左大臣と称されておる
いやはや　大変な時代を過ごし来た
今は　平氏も西海の藻屑と沈んで仕舞うた
今日は後白河上皇に従い
大原寂光院
落飾のお姿　さすがに見るに忍びない
建礼門院様が　涙のお歌

いざ然らば　涙くらべん　ほととぎす
われも憂き世に　音（哭）をのみぞ鳴く
（建礼門院）

我れは応えもならず　庵室柱にと書き付け

往時は　月に喩へし　君なれど
その光なき　深山辺の里
（藤原実定）

何もかも　無うなって仕舞うた
諸行無常と言うが
残るのは　月ばかりか

ほととぎす　鳴きつる方を　眺むれば
ただ有明の　月ぞ残れる
―後徳大寺左大臣―

《ほととぎす　鳴くに何処と
見上げたら
有明空に　ただ月だけが》

藤原俊忠
83 藤原俊成
母
藤原実能
藤原公能
81 藤原実定
97 藤原定家

祖父の藤原実能　妹待賢門院璋子
子の崇徳院　皇后皇嘉門院聖子
仕えし別当　次なは其方ぞ
（藤原実定）

難波江の〔88〕――皇嘉門院別当――

「お主定家よ　ちと訊ぬるが
予て吾輩　疑念がござる
歌人中に　実在無きや
これが秀歌か　思うの歌や
他に秀作　あるにも採らず
何や選定に　意図これありや
見るに大伴家持　陽成院や
菅家ならびに　三条院に
崇徳院皆　時代の敗者
後に出で来る　後鳥羽院や
源実朝　順徳院然り
皇嘉門院　別当入るは
悲惨崇徳院を　呼び起こし為し
往古繁栄の　寂れの難波
身を滅ぼすの　身を尽くし」とは

（定家）

(私選ばれ　疑念の元は
百人一首　撰集以前
選ばれたるは　『千載集』二首と
『新勅撰和歌集』に　二首のみなるを
根拠と為すは　片腹痛し
歌の上手を　認められしに)
私が女房としてお仕えするは　皇嘉門院聖子様
そう　崇徳天皇の皇后様
その弟の九条兼実様お邸での歌合
姉なる故のご縁で　よくお呼ばれするの
「旅先で契った恋」
なんて怪訝なお題なの
まるで遊女などとの恋みたい
殿方はまだしも　女の私はどう詠めば良いの
女の旅宿と言えば　長谷の観音　それに石山寺
でも「恋」は　一寸ね
そうだ　住吉詣でにしようかしら

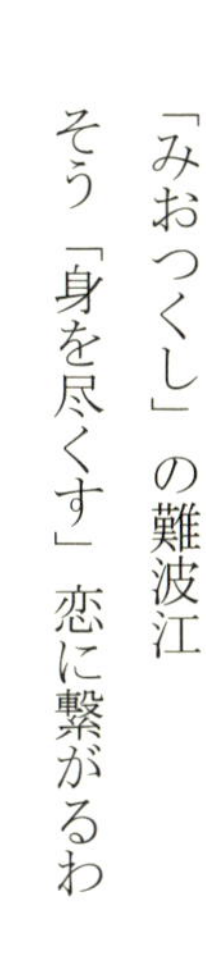

「みおつくし」の難波江
そう「身を尽くす」恋に繋がるわ

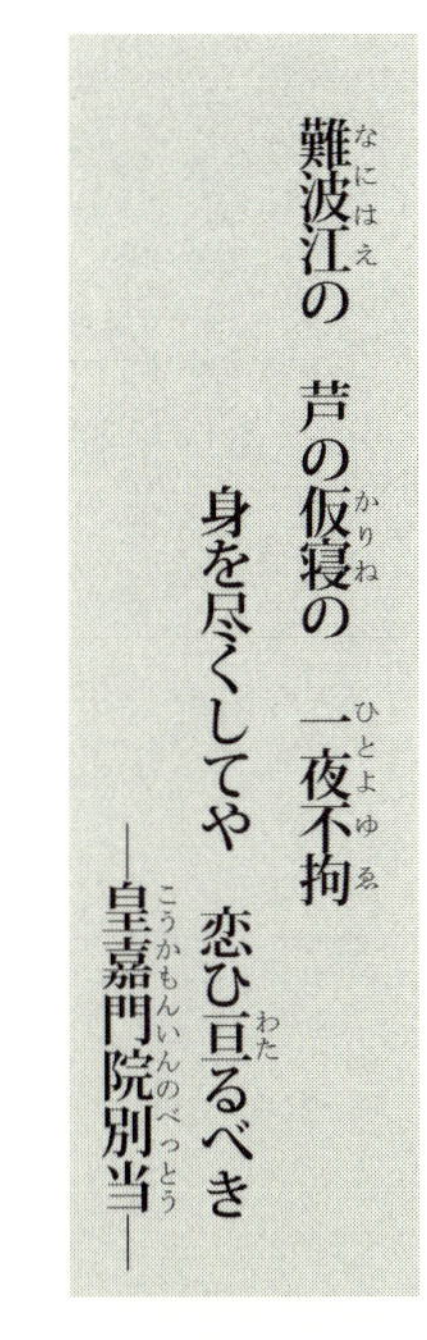

難波江（なにはえ）の　芦の仮寝（かりね）の　一夜不拘（ひとよゆゑ）
身を尽くしてや　恋ひ亘（わた）るべき
――皇嘉門院別当（こうかもんいんのべっとう）――

《芦生（は）える　難波一夜（なにわひとよ）の　契（ちぎ）りやに
何故（なぜ）に思うか　命限りと》

皇嘉門院別當
難波江の蘆の
かりねの
一夜ゆゑ
身をつくしてや
戀ひわたるべき

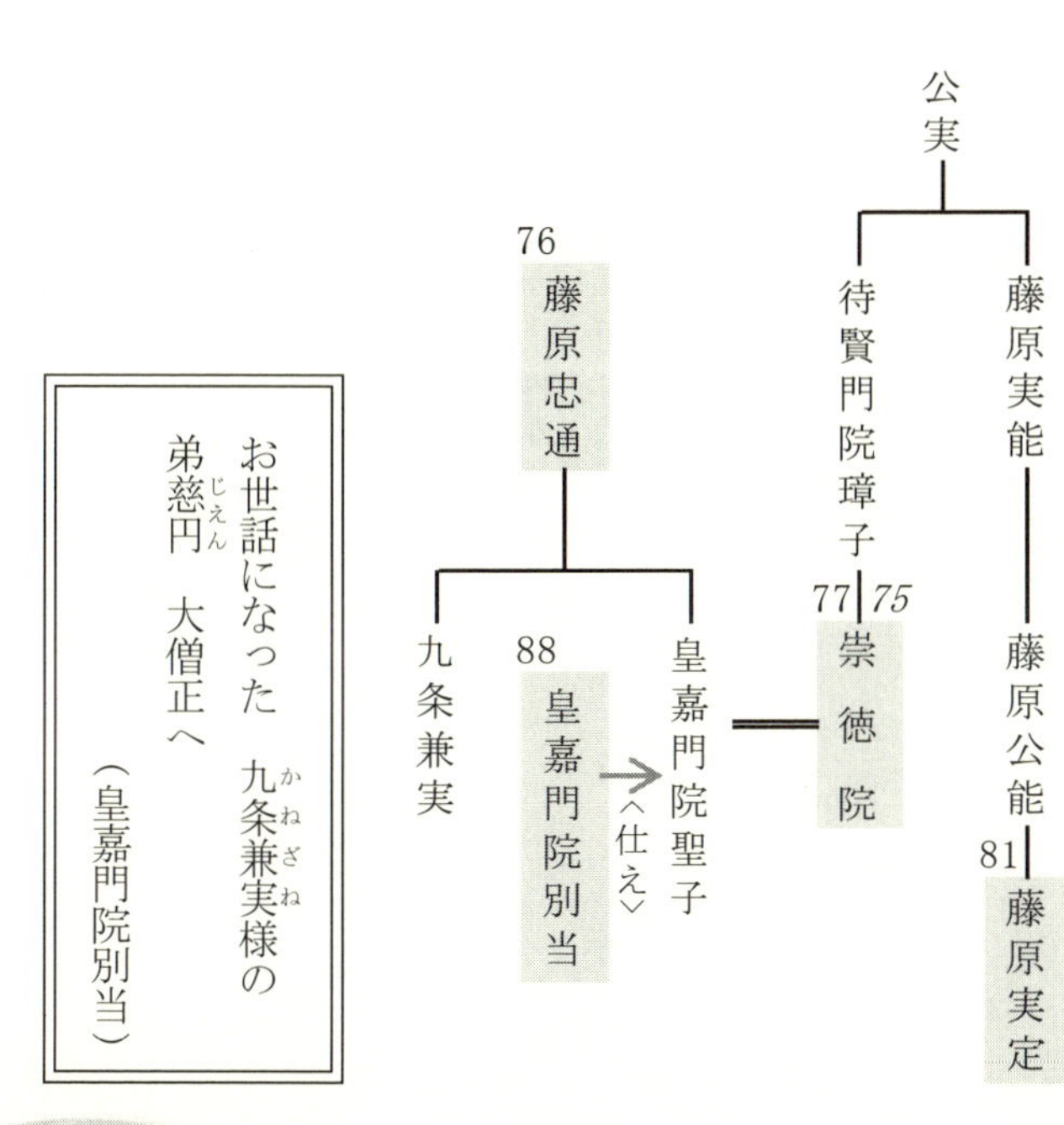

お世話になった　九条兼実（かねざね）様の
弟慈円（じえん）　大僧正へ
（皇嘉門院別当）

おほけなく　〔95〕――前大僧正慈円――

藤原忠通（ふじわらただみち）　晩年なりて
生みし慈円（じえん）は　十歳（とお）父死別
仏門入るは　十一の歳
兄は源頼朝（よりとも）　提携なして
乱世政局　導きたるの
関白九条　兼実（かねざね）なりて
後に仏教　最高地位の
天台座主（ざす）に　四度上り為す
若き頃には　西行法師（さいぎょうほうし）私淑（ししゅく）
『愚管抄（ぐかんしょう）』をば　著（あら）わす中に
壇ノ浦にて　神器の剣（つるぎ）
沈み出でぬを　こう著（しる）したり
「剣（つるぎ）象徴　武にこそありて
天皇（みかど）放棄は　時世の巡り
無益宝剣　出で来（こ）ぬ運命（さだめ）」
（定家）

阿耨多羅（あのくたら）　三藐三菩提（さんみゃくさんぼだい）の　仏たち
（最高の　真理知恵持つ）
我が立つ杣（そま）に　冥加（みょうが）あらせ給へ
（我れが今立つ　木を伐る山に）
―伝教大師―　（新古今集・一九二〇）

伝教大師（でんぎょうだいし）　最澄（さいちょう）様が
ここ比叡の山に根本中堂をお建てになられ四百年
「賀茂川の水　双六（すごろく）の賽　山法師」
と嘆かれた　白河法皇も　もう亡い
「神輿（しんよ）に矢」騒動の平清盛（きよもり）も　先年亡くなった
政界が混乱する中
治承（じしょう）元年（1177）の洛中大火
養和（ようわ）の大飢饉　元暦（げんりゃく）の大地震
天がお怒り（いか）じゃ
我ら僧が　仏の加護得て
衆生（しゅじょう）を救わで何としょう

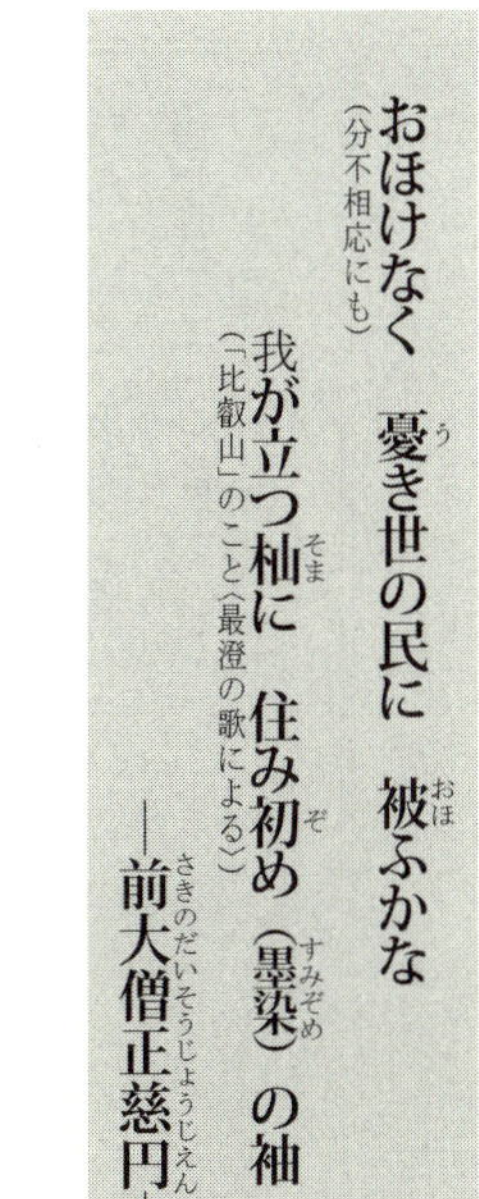
おほけなく　憂き世の民に　被ふかな
（分不相応にも）
我が立つ杣に　住み初め（墨染）の袖
（「比叡山」のこと〈最澄の歌による〉）
——前大僧正慈円——

《叡山に　修行間無しの
この墨染袖を
衆生へ被う　身も弁えず》
（仏の冥加あれと）

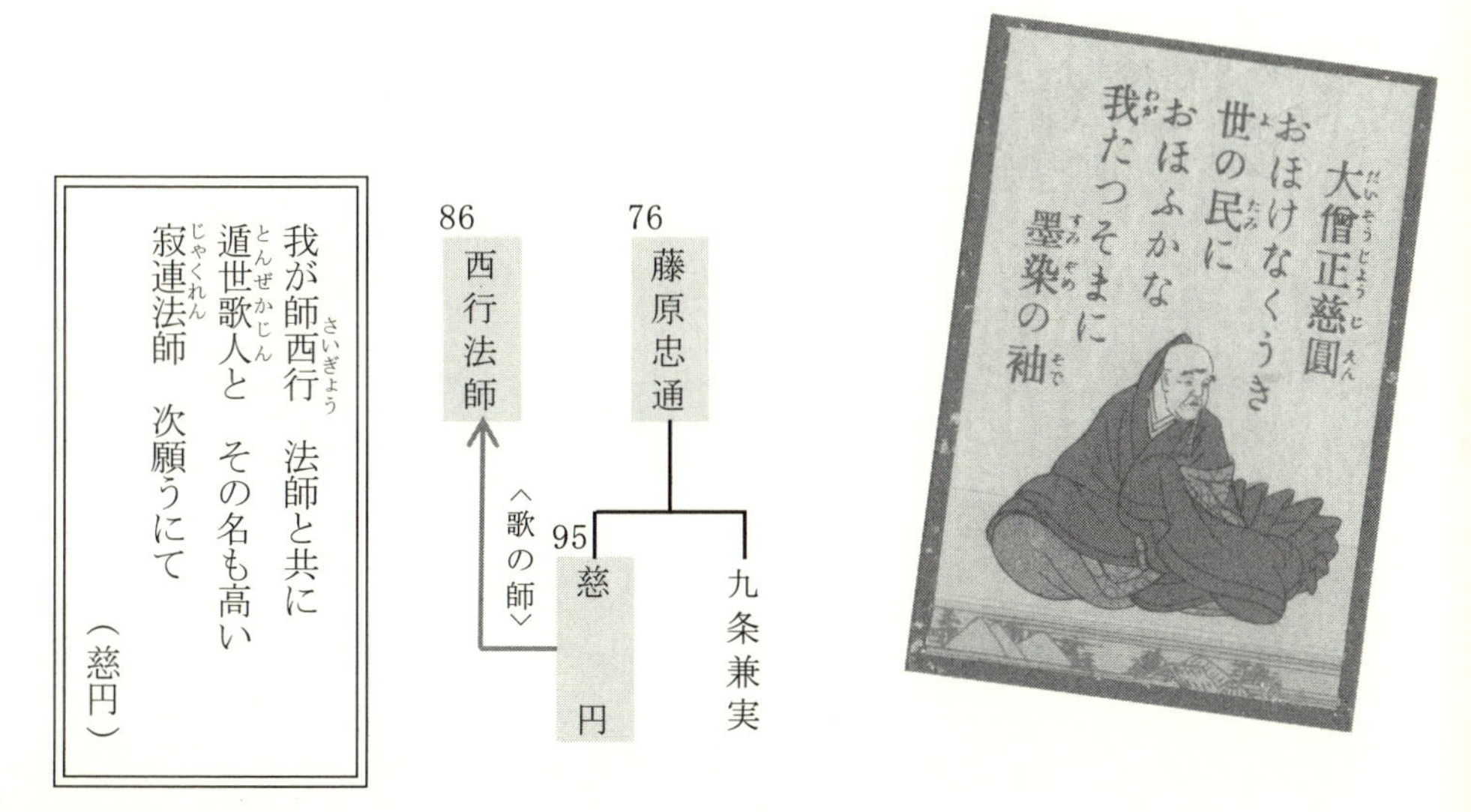

我が師西行　法師と共に
遁世歌人と　その名も高い
寂蓮法師　次願うにて
（慈円）

村雨の〔87〕——寂蓮法師——

寂連法師　元藤原定長は
藤原俊成弟　藤原俊海の子で
歌才見込まれ　藤原俊成養子
師匠藤原俊成　良き導きに
歌の技量も　更増し伸ぶも
やがて生まるは　この我れ定家
長じ為るつれ　めきめき歌才
歌家を継ぐのは　これにてあると
名を「寂蓮」と　出家を為しつ
さすが歌人の　家の血引くに
有力歌人　成長為して
『新古今集』撰者となるも
撰歌途中で　身罷りなせり

（定家）

女院殿上人の身でありながら
鎌倉御家人の従者如きの妻を相手に・・・
なんたる不埒
現場を抑えられ洛中大通りで惨殺とは
下手人め　これまた不埒
この年になって醜き屍見るとは
おのれ保季　親不孝者め
正治二年（1200）四月に起きた事件
寂連法師訴えは　鎌倉まで届くが・・・

翌　建仁元年（1201）二月
「老若五十首歌合」
当代一流の歌人十人　各五十首の歌合
居並ぶ中に　寂連法師の姿
何を思い詠うか「秋の夕暮れ」・・・
翌年他界を前にしての寂寥歌

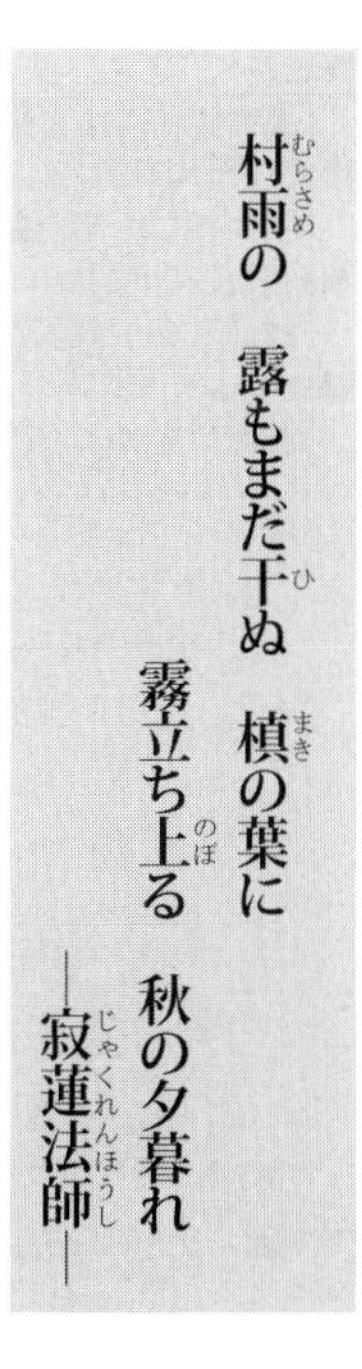
村雨の　露もまだ干ぬ　槙の葉に
霧立ち上る　秋の夕暮れ
——寂蓮法師——

《通り雨　雫乾かぬ　槙の葉に
霧湧き上る　静寂の秋宵や》

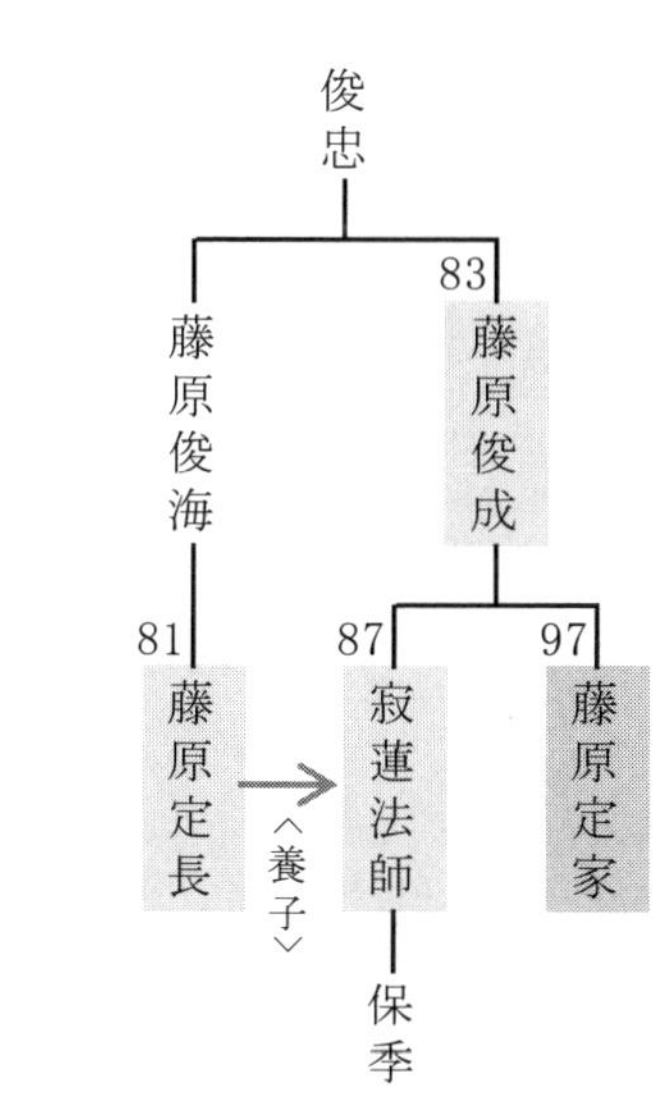

共に関与の　新古今集
歌の仲間の　藤原良経殿へ
（寂蓮法師）

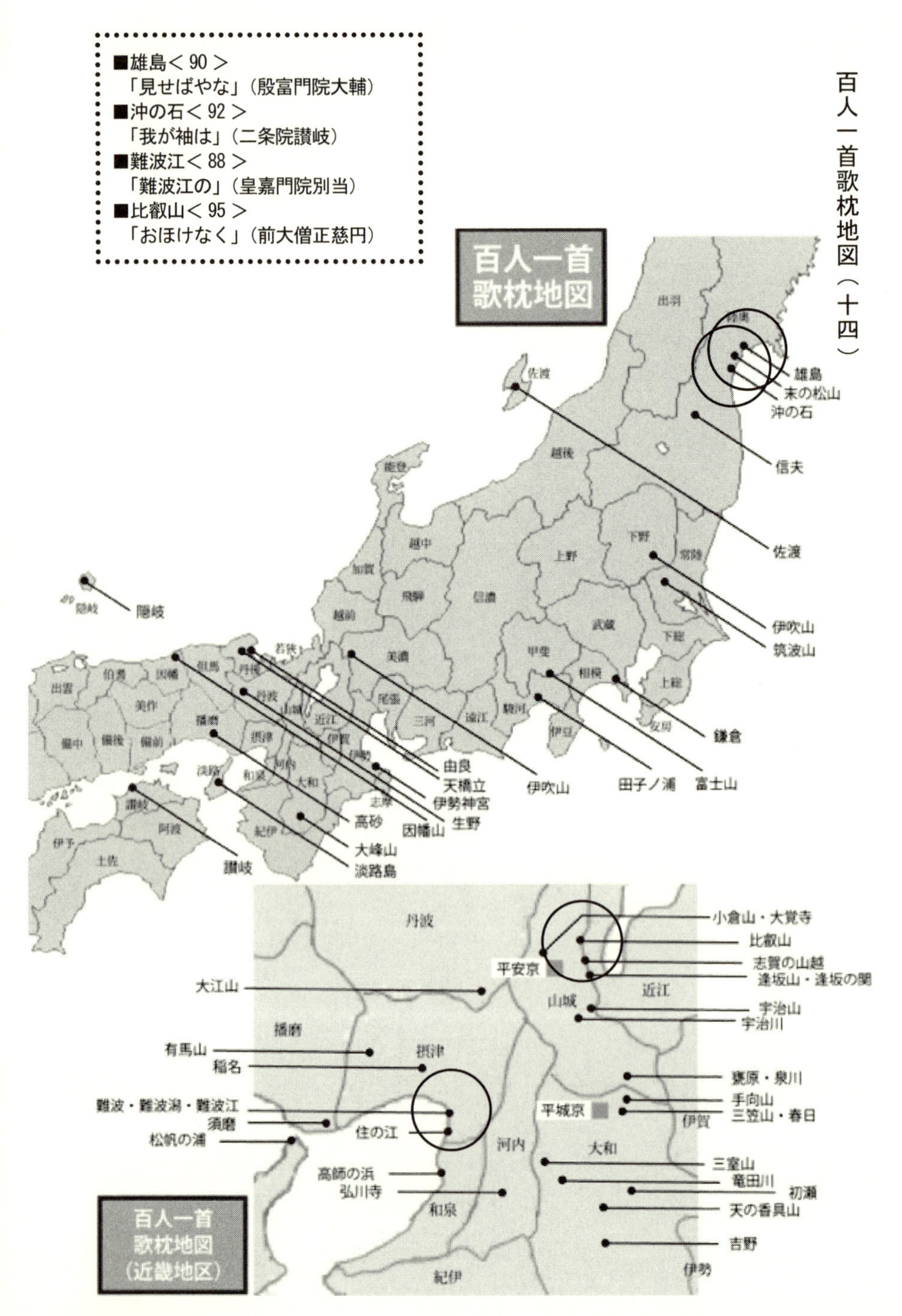

■雄島＜90＞
「見せばやな」（殷富門院大輔）
■沖の石＜92＞
「我が袖は」（二条院讃岐）
■難波江＜88＞
「難波江の」（皇嘉門院別当）
■比叡山＜95＞
「おほけなく」（前大僧正慈円）
百人一首歌枕地図（十四）
百人一首
歌枕地図
雄島
末の松山
沖の石
信夫
佐渡
伊吹山
筑波山
隠岐
鎌倉
富士山
田子ノ浦
伊吹山
由良
天橋立
伊勢神宮
生野
因幡山
高砂
大峰山
淡路島
讃岐
丹波
平安京
小倉山・大覚寺
比叡山
志賀の山越
逢坂山・逢坂の関
大江山
山城
近江
宇治山
宇治川
播磨
有馬山
摂津
稲名
甕原・泉川
難波・難波潟・難波江
須磨
松帆の浦
住の江
平城京
手向山
三笠山・春日
伊賀
河内
大和
三室山
竜田川
初瀬
高師の浜
弘川寺
和泉
天の香具山
吉野
紀伊
伊勢
百人一首
歌枕地図
（近畿地区）

【百人一首年表】 (14)

（斜体数字：生没年不肖または生年不肖）

西暦	年号	年	天皇	院政	歴史的事項 （ゴシック体：文学関連事項）	近衛天皇 76	後白河天皇 77	二条天皇 78	六条天皇 79	高倉天皇 80	安徳天皇 81	後鳥羽天皇 82	土御門天皇 83	順徳天皇 84	仲恭天皇 85	後堀河天皇 86	殷富門院大輔 90	二条院讃岐 92	式子内親王 89	藤原実定 81	皇嘉門院別当 88	慈円 95	寂蓮法師 87
1141年	永治	1年	近衛	鳥羽上皇	近衛天皇即位(3)	3	15																
1146年	久安	2年			平清盛·安芸守 **待賢門院堀川·哀傷歌**	8	20										*16*						
1147年		3年			祇園神人が 平忠盛・清盛の郎等と乱闘	9	21										*17*						
1150年		6年			**久安百首の会<79><80>**	12	24										*20*						
1151年	仁平	1年			**『詞花和歌集』奏覧**	13	25										*21*						
1154年	久寿	1年			源為朝の乱行により父源為義解官	16	28										*24*			16			16
1155年		2年	後白河		後白河天皇即位(29)	17	29										*25*	15		17			17
1156年	保元	1年			保元の乱 **崇徳院讃岐配流**		30										*26*	16		18			18
1158年		3年	二条	後白河上皇・高倉上皇（安徳期）	二条天皇即位(16)		32	16									*28*	18		20			20
1159年	平治	1年			平治の乱		33	17									*29*	19		21			21
1160年	永暦	1年			源頼朝伊豆配流、平清盛正三位		34	18									*30*	20		22			22
1164年	長寛	2年			平氏一門 法華経写経を厳島神社に納経		38	22	1								*34*	24	*16*	26	*15*		26
1165年	永万	1年	六条		六条天皇即位(2)		39	23	2								*35*	25	*17*	27	*16*		27
1167年	仁安	2年			平清盛·太政大臣		41		4								*37*	27	*19*	29	*18*		29
1168年		3年	高倉		高倉天皇即位(8) 平清盛出家		42		5	8							*38*	28	*20*	30	*19*		30
1171年	承安	1年			後白河法皇福原御幸 清盛娘徳子入内		45		8	11							*41*	31	*23*	33	*22*	17	33
1172年		2年			平徳子中宮		46		9	12							*42*	32	*24*	34	*23*	18	34
1177年	治承	1年			洛中大火 鹿ヶ谷事件		51			17							*47*	37	*29*	39	*28*	23	39
1179年		3年			後白河法皇を幽閉 **右大臣兼実歌合·道因出詠**		53			19							*49*	39	*31*	41	*30*	25	41
1180年		4年	安徳		安徳天皇即位(3) 福原遷都 以仁王、頼朝挙兵		54			20	3						*50*	40	*32*	42	*31*	26	42
1181年	治承	5年			定家·俊成と共に御所へ		55			21	4						*51*	41	*33*	43	*32*	27	43
	養和	1年			平清盛死去 養和の大飢饉		55			21	4						*51*	41	*33*	43	*32*	27	43
1183年	寿永	2年			義仲·倶利伽羅峠で維盛を破る		57				6	4					*53*	43	*35*	45	*34*	29	45
			後鳥羽		後鳥羽天皇即位(4)		57				6	4					*53*	43	*35*	45	*34*	29	45
1185年	元暦	2年			京都大地震		59				8	6					*55*	45	*37*	47	*36*	31	47
	文治	1年			壇ノ浦の戦い、平氏滅亡		59				8	6					*55*	45	*37*	47	*36*	31	47
1187年		3年			義経奥州へ **『千載和歌集』奏覧**		61					8					*57*	47	*39*	49	*38*	33	49
1189年		5年			衣川の戦い、藤原泰衡義経を討つ		63					10					*59*	49	*41*	51	*40*	35	51
1190年	建久	1年			頼朝入京		64					11					*60*	50	*42*	52	*41*	36	52
1192年		3年			後白河法皇崩御 頼朝·征夷大将軍		66					13					*62*	52	*44*		*43*	38	54
1198年		9年	土御門	後鳥羽上皇	土御門天皇即位(4)							19	4				*68*	58	*50*		*49*	44	60
1199年	正治	1年			頼朝死去							20	5				*69*	59	*51*		*50*	45	61
1200年		2年			**正治初度百首<91>** **藤原保季·惨殺**							21	6				*70*	60	*52*		*51*	46	62
1201年	建仁	1年			**式子内親王死去** **老若五十首歌合<87>** **後鳥羽院·和歌所設置** **『新古今集』撰進開始**							22	7					61	*53*			47	63
1203年		3年			源実朝将軍に 北条時政執権に							24	9					63				49	
1205年	元久	2年			**『新古今和歌集』撰集**							26	11					65				51	
1210年	承元	4年	順徳		順徳天皇即位(14)							31	16	14				70				56	
1212年	建暦	2年			**二十首御会<99>、鴨長明·方丈記**							33	18	16				72				58	
1215年	建保	3年			**定家·『定家八代抄』を編む** **(百人一首92首を含む)**							36	21	19				75				61	
1216年		4年			**内裏百番歌合<97><100>** **こころまで『無名抄』**							37	22	20				76				62	
1219年	承久	1年			実朝·公暁に殺さる							40	25	23								65	
1221年		3年	仲恭		仲恭天皇即位(4)							42	27	25	4	10						67	
					後鳥羽院·北条氏追討院宣（承久の乱）							42	27	25	4	10						67	
			後堀河	後高倉法皇	後堀河天皇即位(10) **後鳥羽院·順徳院、隠岐·佐渡配流**							42	27	25	4	10						67	
1226年	嘉禄	2年			藤原頼経·征夷大将軍							47	32	30	9	15							
1229年	寛喜	1年			**女御入内屏風和歌撰定<98>**							50	35	33	12	18							

きりぎりす〔91〕――御京極摂政前太政大臣――

先達教え斯く言えり
『本歌取り』とは　須く
春歌なるを　秋・冬に
恋の歌をば　季の歌に
詠み替え為して　然もまた
本歌の意味合い　聞こゆとに
詠むの技巧に　ありしとぞ」
ようし　秋歌得意のこのわし
恋の歌を　秋歌にと変えてみせよう
さて　本歌はこの二つ

さ筵（寒しろ）に　衣片敷き　今宵もや
我れを待つらむ　宇治の橋姫（住吉大明神が通うて来る）
――詠み人知らず――（古今集・六八九）

我が恋ふる　妹は逢はさず
玉の浦に　衣片敷き　独りかも寝む
――柿本人麻呂歌集――（万葉集・巻九・一六九二）

秋の深まるにつれ　寒さ避けに
床下に来るという「きりぎりす」を初句にしてと…

平氏滅して　鎌倉興り
源頼朝幕府　開きて後は
朝廷権威　薄れしままに
上級貴族　鎌倉縁
繋ぎて後の　生き残りへと
藤原系譜　一条家では
源頼朝妹を　嫁にと取りて
西園寺家と　九条の家は
源頼朝姪を　嫁にと迎う

ここに掲げし　藤原良経なるは
藤原忠通息子　九条兼実次男
若くに歌を　藤原俊成学び
漢詩・書などを　良く熟しなす
『新古今集』仮名序に筆を
（定家）

きりぎりす　鳴くや霜夜の
さ筵（寒しろ）に
衣片敷き　独りかも寝む
——御京極摂政前太政大臣——

《こおろぎの　鳴く霜の夜の　寒筵
そこに袖敷く　独り寝寒い》

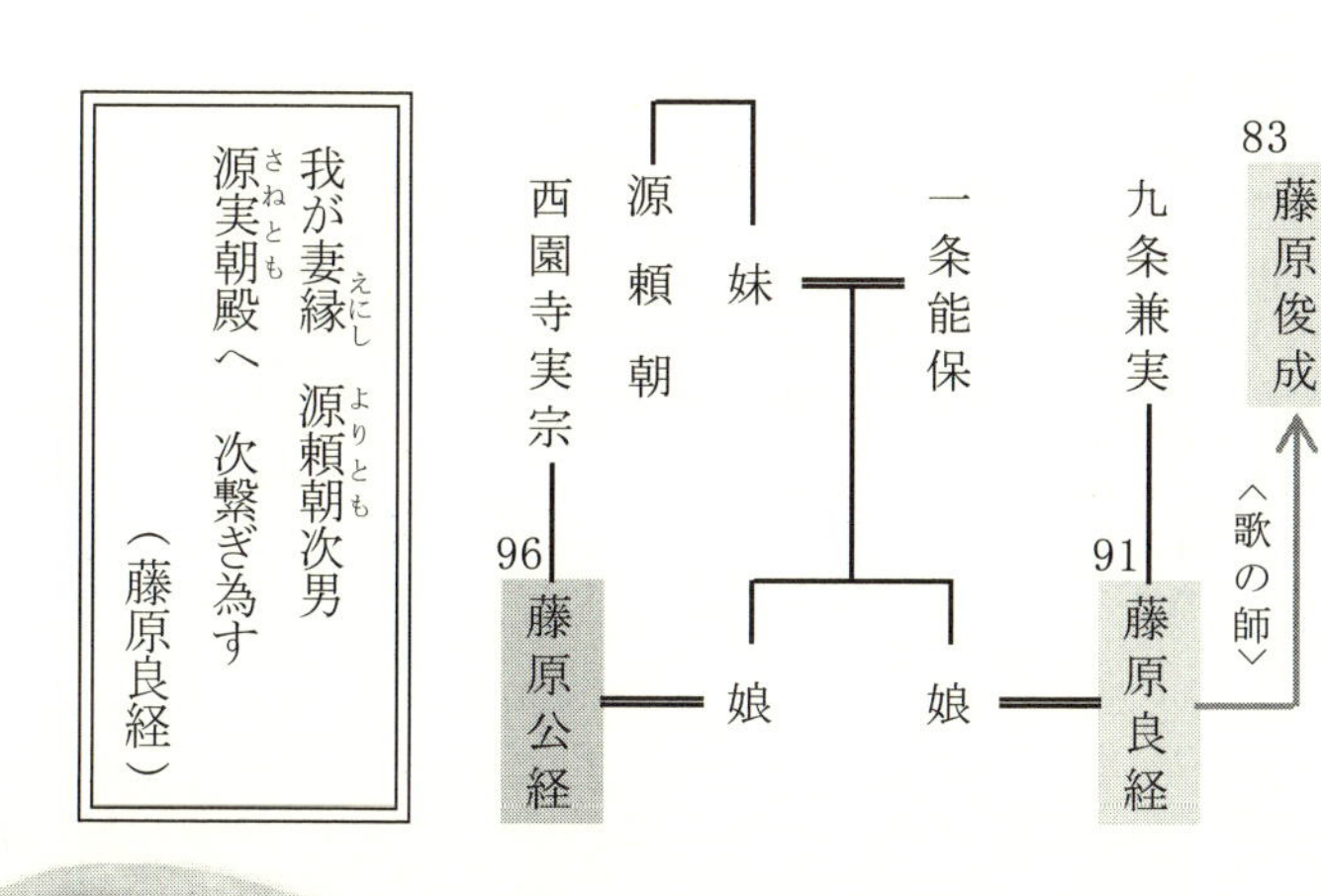

世の中は〔93〕―鎌倉右大臣―

平氏倒した　源頼朝死して（1199）
二代将軍　源頼家就くが
比企氏重用　北条政子が厭い
乱が起こりて　比企氏が敗れ（1203）
源頼家幽閉　伊豆修善寺に
直ち三代　将軍就くは
弟源実朝　齢は十二
実権北条時政・政子が握り
武家の棟梁　名ばかりなるに
自ずと向う　和歌歌世界
幽閉源頼家　明くるの年に
北条放つ　刺客に討たれ
遺児の公暁が　偽り教唆
受けて源実朝　暗殺なすは
雪の鶴岡　八幡宮ぞ（1219）
（定家）

この度は『新古今和歌集』
おう　編まれたばかりの歌集か
これまで　いろいろの歌作り手本をお贈り願うた
『万葉集』の解説
「本歌取り」の手引き書
師事する藤原定家様からの送りだ
お陰で　読む歌も人並みの物に何とか

武士の　矢並繕ふ　籠手の上に
霰たばしる　那須の篠原（金塊集）

箱根路を　我が越えくれば　伊豆の海や
沖の小島に　波の寄る見ゆ（続後撰集）

大海の　磯もとどろに　寄する浪
割れて砕けて　裂けて散るかも（金塊集）

「常にもがもな」願うてみたに
「割れて砕けて裂けてぞ　散るるか」

世の中は　常にもがもな
渚漕ぐ　海人の小舟の　綱手愛しも
——鎌倉右大臣——

《変わらずと　有れよこの世よ
愛おしは　渚海人小舟　曳き綱景色》

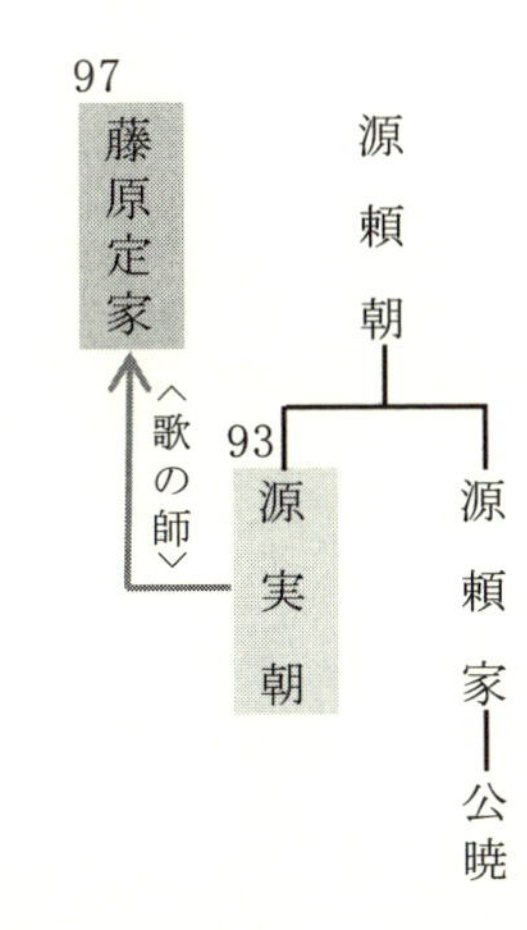

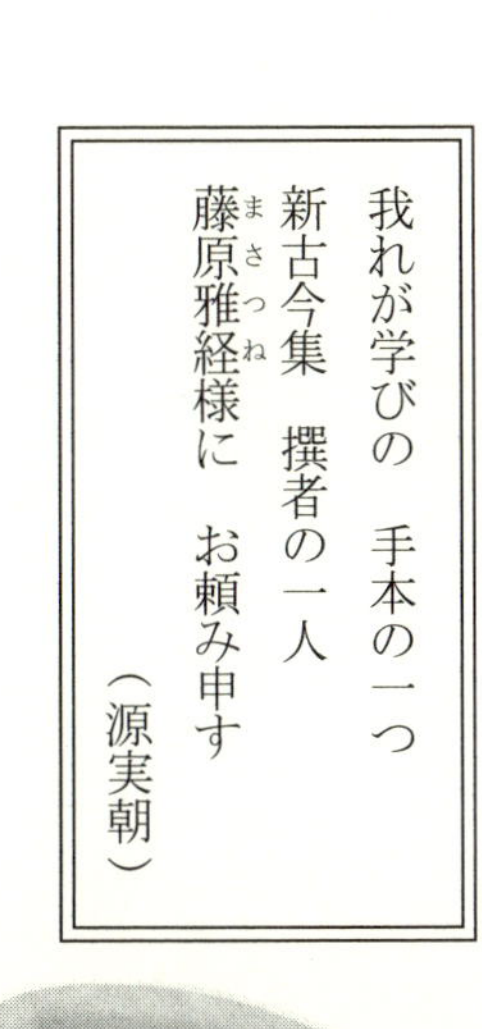

我れが学びの　手本の一つ
新古今集　撰者の一人
藤原雅経様に　お頼み申す
（源実朝）

み吉野の〔94〕――参議雅経――

後鳥羽上皇　文武に長けて
書画に管弦　蹴鞠に歌道
相撲・水泳　弓をも熟す
二十歳過ぎから　和歌執心し
式子内親王・藤原良経　藤原俊成・慈円
寂連法師・藤原雅経　藤原家隆に藤原定家
その他集めて　歌会数多
村上天皇以来　和歌所再興し
撰進命じ『新古今和歌集』
撰者六名　選ばれし中
藤原雅経・藤原家隆　藤原定家の名前
（定家）

『古今集』の時代の歌人に
我れと同じに　蹴鞠上手がいた
そう坂上是則
その歌に　これがある

み吉野の　山の白雪　積もるらし
旧都寒く　なりまさりなり

――坂上是則――（古今集・三二五）

これに
李白の漢詩「…万戸衣打声…」も踏まえて
模倣とは言わせぬぞ
初句・四句同じなも
冬を秋に　季節を変え
白雪を秋風にと　視覚を聴覚に
その音に　砧の音を重ねて
見事な「本歌取り」の出来上がりじゃ

み吉野の　山の秋風　さ夜更けて
旧都寒く　衣打つなり
——参議雅経——

《吉野山からの
秋の風吹き　夜も更けて
砧音寒し　旧都の里》

【李白漢詩】
長安一片月
万戸衣打声
秋風吹不尽
総是玉関情
何日平胡虜
良人罷遠征

長安夜空　侘びしの孤月
あちこち家に　砧音響き
秋風吹くは　止まずと激し
呼びて覚ますは　戦地の良人
何時来たりなば　胡虜(異民族)平らげて
遠征止みて　此処戻り来や

我れを蹴鞠の　師匠とされた
後鳥羽院様　さあ御胸内
（藤原雅経）

人も愛し　〔99〕——後鳥羽院——

源頼朝　鎌倉幕府を開く
なれど育ちは　都であれば
朝廷権威　敬い為すの
心少しは　残りてあるに
亡きの後にて　権力握る
北条一族　東の夷
武威を背景にと　圧力かける
天皇親政　夢見る後鳥羽院は
源実朝暗殺　幕府の乱れ
好機来たると　策練り計り
ついに承久　三年（1221）五月
北条泰時追討　院宣下す
これぞ世に言う　承久の乱

（定家）

何を小癪な
我れが和歌所へ参じ
『新古今和歌集』の撰集指揮に当たるが　何故悪い
我が意に添わぬ歌なぞ　入れてはならぬのじゃ
一介の歌詠み風情が
「歌の善悪弁えは　己にしか出来ぬ」
などとほざきおって
今あるは　誰のお陰と思いおるか
我れの恩顧・抜擢無くしての藤原定家は居らぬわ
ええい　公への出座・出詠禁じを申しつける

隠岐の風は寒い
あの時　我れは歌を捨て　政治にのめり込み
今の体たらくじゃ
藤原家隆が　絶えずと音信を寄越す
波音を枕に　歌三昧の日々じゃ
都との間で歌合などもして居る

はは　優雅なものじゃ
したがあやつ・・・

人も愛し　人も恨めし　味気なく
世を思ふゆゑに　物思ふ身は
──後鳥羽院──

《世を案じ　詮無き思い　する世ぞな
愛し憎しは　裏表にて》

【人も愛し　人も恨めし】
①愛し＝藤原定家　恨めし＝藤原定家
②愛し＝藤原家隆　恨めし＝藤原定家
③愛し＝藤原家隆　恨めし＝藤原公経（親幕派）
④愛し＝忠臣（朝廷方）　恨めし＝悪臣（幕府方）

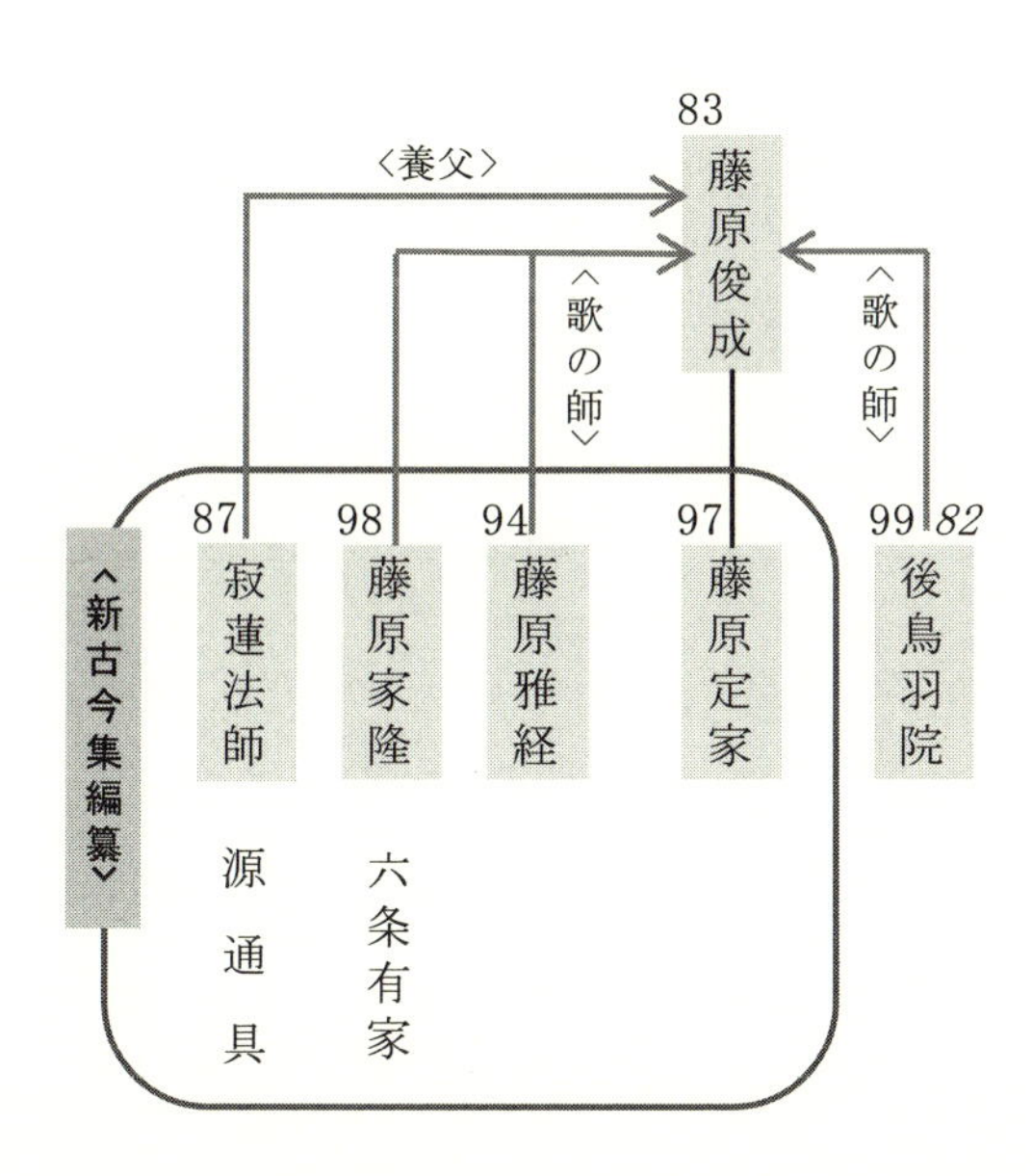

佐渡はどうじゃな　順徳院よ
北国故に　風邪など引くな
（後鳥羽院）

宮殿や

〔100〕――順徳院――

後鳥羽上皇皇子なる　守成親王（後の順徳天皇）
父の寵愛　この上無しの
才気煥発　幼少既に
後鳥羽上皇苦悩　見て育ちしに
母方祖父は　源義経懇意
その妻祖母は　平清盛姪の
東国武家を　厭いし心
教え受けしか　北条憎し
父と共にと　乱興せしも
為す術無しの　力の相違
佐渡へ配流の　憂き目となりぬ
（定家）

連日連夜の　歌合・歌会
ここ宮中こそ　我が国文化の在り処じゃ
いや宮中こそが　文化なのじゃ
ほうら　管弦の音も聞こえ来る
煌びやかな舞姫も　そこここに
居並ぶは　輝くばかりの貴公子・姫君
みんな　寂しげな顔をするでない

何れ　王道は復活致す
延喜・天暦の醍醐天皇・村上天皇の御代
いいや
あの蘇我一族を誅滅せし　乙巳の変
そう　我が皇祖天智天皇の御代を
今に　発現させるのじゃ
百磯城の大宮を　今ここに・・・

宮殿や　古き軒端の　忍草（偲ぶ）にも
なほ不可忍ある　栄華昔なりけり
—順徳院—

《宮殿の　軒端忍草を　見るに付け
偲ぶ栄華昔は　果て無く尽きず》

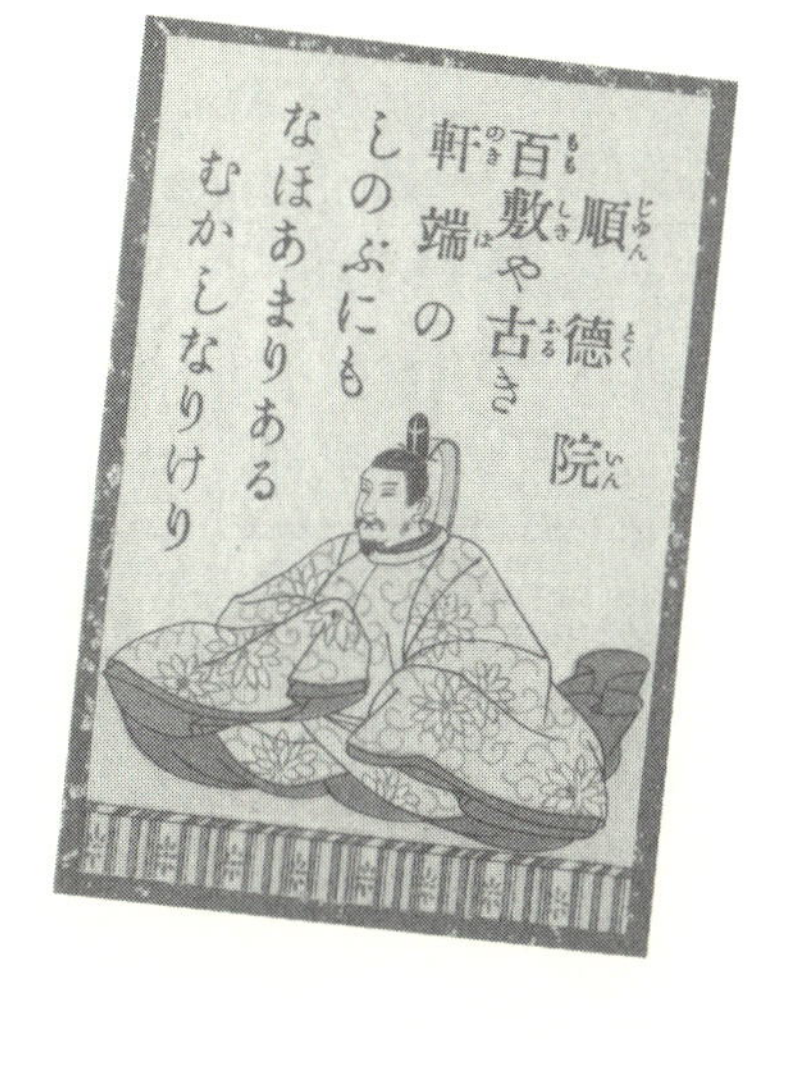

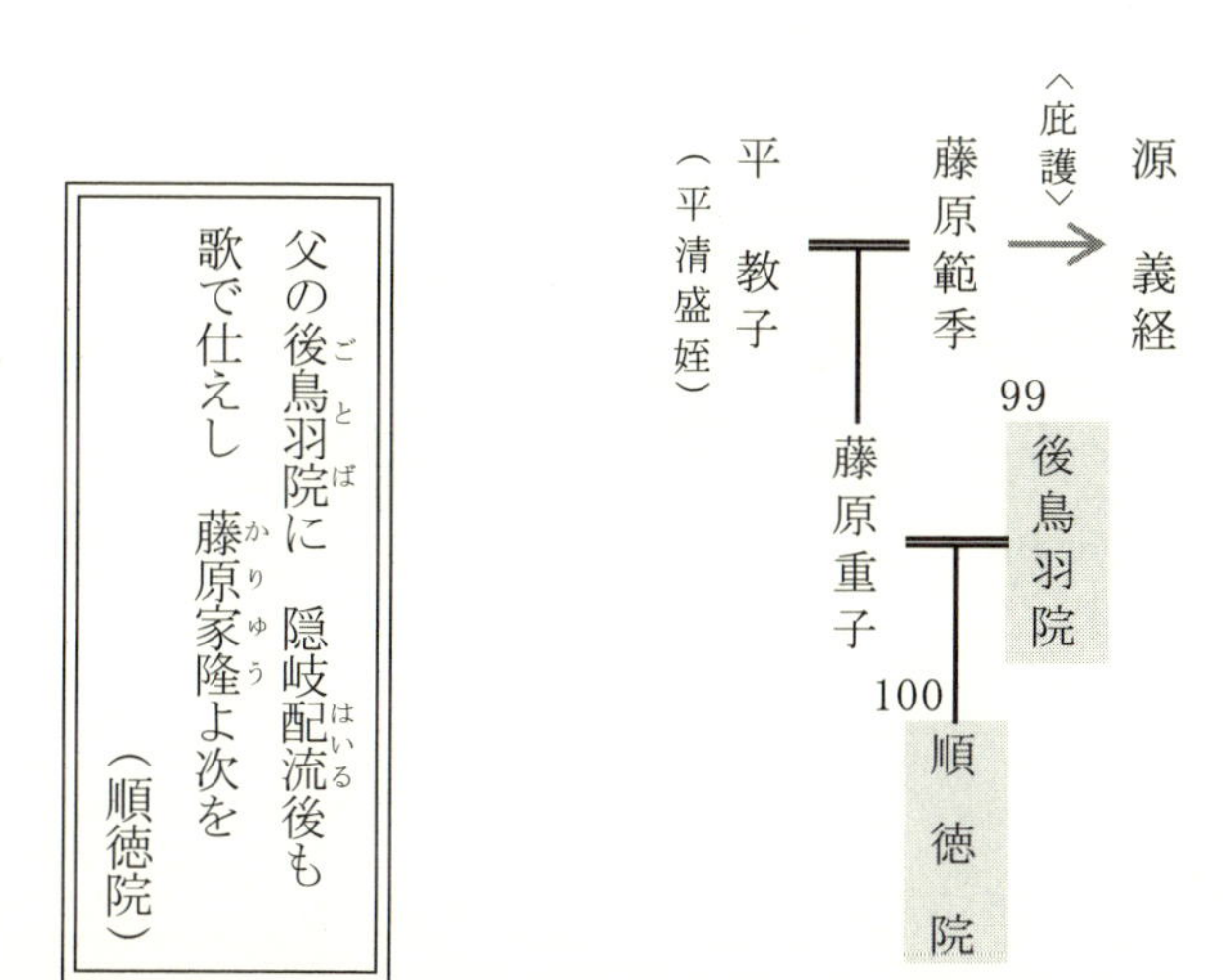

父の後鳥羽院に　隠岐配流後も
歌で仕えし　藤原家隆よ次を
（順徳院）

風そよぐ

〔98〕──従二位家隆──

後鳥羽上皇　歌道目指し
良き師有るやと　九条良経問うに
「藤原家隆これこそ　今人麻呂」と
推挙されたる　歌上手にて
御子左家の　双璧なりと
我れと並びて　称されたるの
共に藤原俊成　師と為すにても
藤原家隆温厚　我れ性質苛烈
為に勘気を　被り為して
以来後鳥羽上皇　交わり断つも
隠岐に音信　さすがは藤原家隆
（定家）

なになに　婚礼道具屏風に歌をとな
寛喜元年（1229）九条道家（九条良経長男）の娘竴子
後堀河天皇の女御として入内
それにお持ちとか
もうわしも　齢七十二を数える
なんとか季節歌七首を調え
藤原定家に批評をと願うた
「まあ合格はこれだけじゃな」との一首
相変わらずの辛辣　変わらぬものよ
暑い最中の「夏越えの六月祓」
上賀茂神社奈良社脇　御手洗川の流れ
明日からは秋か・・・
ああ　隠岐の生活も　もう八年におなり
遠島でも「祓え」為されて居られるや・・・

風そよぐ　奈良社の小川の　夕暮れは
（上賀茂神社奈良社）
御禊ぞ夏の　証なりける
――従二位家隆――

《風抜ける　奈良社小川の　夕涼し
されどまだ夏　御禊をするに》

後鳥羽院には　遠ざけらるも
数々歌会　臨みもしたる
藤原公経　語れや栄華
（藤原家隆）

花誘ふ　〔96〕――入道前太政大臣――

栄耀栄華を極めたわしを
「平清盛を超越」と言いしは藤原定家か
まあ　誉め辞と聞いておこう
一時　後鳥羽上皇には干されもしたが
九条道家に嫁がせた娘の子
九条頼経を鎌倉四代将軍として送り込み
公武融和に努めたものじゃ
もっとも　後鳥羽院倒幕計画を事前察知
鎌倉に諜報し　幕府勝利に荷担もしたが
お陰で　京政界における我れの地位は盤石
太政大臣にも昇進した
北山の田畑を取り潰し
善美を尽くした艶ある園を造り
山木深く　池心豊かに
水満々と湛え　峯落ちる流れの響きも清よらな
西園寺を建て　そこの寝殿に住もうておる
こうして庭に立つと　来し方が思われる

源頼朝姪を　妻にと娶る
西園寺公経姉は　我が妻なりて
後鳥羽院の勘気に　逼塞我れを
乱後引き立て　庇護者となりて
今の地位をの　恩顧の御仁
孫を後嵯峨天皇の　中宮と為し
四条天皇・亀山天皇　後深草天皇
曾祖父なりた　希有なる人で
鎌倉通じ　世渡り為すの
保身巧みな　生き様指して
「世の奸臣」と　言われしことも
（定家）

植えし桜の爛漫（らんまん）　栄華のわしを見るようじゃ
おおう　花吹雪じゃ・・・

花誘（さそ）ふ　強風（あらし）の庭の　雪ならで
降（ふ）り（古（ふ）り）ゆくものは　我が身なりけり
――入道前太政大臣（にゅうどうさきのだじょうだいじん）――

《落花（はな）誘う　強風（あらし）吹く庭　降る花吹雪（ふぶき）
いいや古（ふ）るのは　この我が身ぞな》

91 藤原良経 ― 道家
96 藤原公経 ― 実氏、倫子
道家 ═ 倫子 ― 源頼経（鎌倉四代将軍）、竴子
実氏 ― 姞子
88 後嵯峨 ═ 姞子 ― 90 亀山、89 後深草
86 後堀河 ═ 竴子 ― 87 四条

さあさ最期ぞ　藤原定家
確（かく）と飾れや　有終美をば
（藤原公経）

来ぬ人を〔97〕──権中納言定家──

父の藤原俊成　我れ生みたるは
齢四十九　老い初めなるも
歌才ありしと　厳しの教え
お陰一角　歌人なりて
後鳥羽院の愛顧を　賜わり受けて
順徳院歌壇　重鎮務め
『新古今和歌集』『新勅撰和歌集』を
撰び歌壇の　第一人者
思う心は　ただ一つにて
世は武家世界　なりつつあるも
我ら公家なる　この歌世界
如何に足掻こが　上りはならじ
政治には　敗れしなれど
文化朽ちぬぞ　世の末までも
（定家）

さて　我が子藤原為家の妻の父
宇都宮頼綱様から頼まれし「百首」
残りは一首となった
烏滸がましくはあるが
我れの歌省く訳には行かぬな
下敷きとしたは　先頃編みし「百人秀歌」
抜けてはならじと思いし
後鳥羽院・順徳院のお歌
未だ流罪の解けぬに拘り割愛せしが
頼綱様私人としての頼み
憚り薄きにつき　お入れ申した
臣藤原定家
後鳥羽院の恩顧
順徳院との歌の日々
忘れては居りませぬ
もう先に作した歌ではありまするが
ご帰還お待ちの心　お届け申しまする

来ぬ人を　待つ（松）帆の浦の　夕凪ぎに
焼くや藻塩の　身も焦がれつつ
――権中納言定家――

《待つに来ん　人を待つのは　松帆浦
夕凪焼く藻塩や　恋焦れるばかり》

83 藤原俊成
│
97 藤原定家 ＝ 全子（西園寺実宗の娘）
│
為家 ＝ 娘（宇都宮頼経の娘）

西園寺実宗
├ 96 藤原公経
└ 全子

【本歌―笠金村―（万葉集・巻六・九三五）】

名寸隅の　船瀬ゆ見ゆる
淡路島　松帆の浦に
朝凪に　玉藻刈りつつ
夕凪に　藻塩焼きつつ
海人娘子　ありとは聞けど
見に行かむ　縁の無ければ
大夫の　心は無しに
手弱女の　思ひ撓みて
た徊り　我れはぞ恋ふる
船楫を無み

名寸隅の
浜から見える　松帆浦
朝に玉藻を　刈り採って
夕方藻塩　焼くて云う
漁師娘子が　居る聞いて
見とうなったが　伝手無うて
男のくせに　しょぼくれて
女みたいに　うじうじと
行きたい思て　悩んでる
行く船無いし　楫も無い

継ぎて来たるも　待ち手は居らぬ
我れが殿　務めしなるも
如何に思うや　「百人秀歌」
除かれ悔やみ　抱きし人よ
ここに歌なぞ　せめてもなりと
（藤原定家）

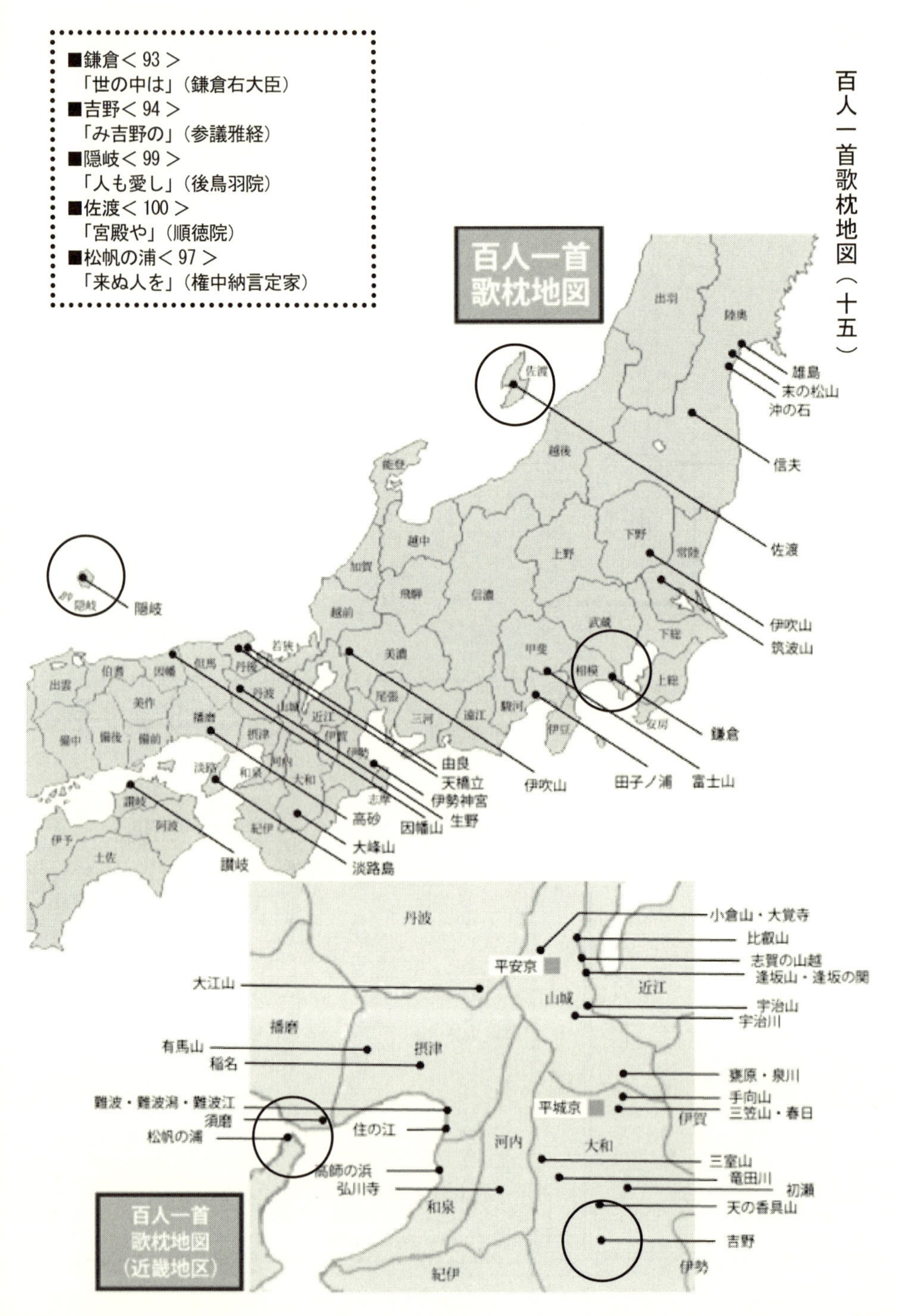
■鎌倉＜ 93 ＞
「世の中は」（鎌倉右大臣）
■吉野＜ 94 ＞
「み吉野の」（参議雅経）
■隠岐＜ 99 ＞
「人も愛し」（後鳥羽院）
■佐渡＜ 100 ＞
「宮殿や」（順徳院）
■松帆の浦＜ 97 ＞
「来ぬ人を」（権中納言定家）
百人一首歌枕地図（十五）
百人一首
歌枕地図
雄島
末の松山
沖の石
信夫
佐渡
伊吹山
筑波山
鎌倉
富士山
田子ノ浦
伊吹山
由良
天橋立
伊勢神宮
生野
因幡山
高砂
大峰山
淡路島
讃岐
隠岐
小倉山・大覚寺
比叡山
志賀の山越
逢坂山・逢坂の関
宇治山
宇治川
平安京
大江山
有馬山
稲名
難波・難波潟・難波江
須磨
松帆の浦
住の江
高師の浜
弘川寺
瓶原・泉川
手向山
三笠山・春日
平城京
三室山
竜田川
初瀬
天の香具山
吉野
丹波
山城
近江
播磨
摂津
河内
大和
伊賀
和泉
紀伊
伊勢
百人一首
歌枕地図
（近畿地区）

【百人一首年表】（15）

（斜体数字：生没年不肖または生年不肖）

西暦	年号	年	天皇	院政	歴史的事項（ゴシック体：文学関連事項）	高倉天皇	安徳天皇	後鳥羽天皇	土御門天皇	順徳天皇	仲恭天皇	後堀河天皇	四条天皇	藤原良経	源実朝	藤原雅経	後鳥羽院	順徳院	藤原家隆	藤原公経	藤原定家	九条兼実
						80	81	82	83	84	85	86	87	91	93	94	99	100	98	96	97	
1168年		3年	高倉	後白河上皇・高倉上皇（安徳期）	高倉天皇即位(8) 平清盛出家	8																20
1171年	承安	1年			後白河法皇福原御幸 清盛娘徳子入内	11																23
1172年		2年			平徳子中宮	12													15			24
1177年	治承	1年			洛中大火 鹿ヶ谷事件	17													20		16	29
1179年		3年			後白河法皇を幽閉 **右大臣兼実歌合・道因出詠**	19													22		18	31
1180年		4年	安徳		安徳天皇即位(3) 福原遷都 以仁王、頼朝挙兵	20	3												23		19	32
1181年	治承	5年			定家・俊成と共に御所へ	21	4												24		20	33
	養和	1年			平清盛死去 養和の大飢饉	21	4												24		20	33
1183年	寿永	2年			義仲・倶利伽羅峠で維盛を破る		6	4						15			4		26		22	35
			後鳥羽		後鳥羽天皇即位(4)		6	4						15			4		26		22	35
1185年	元暦	2年			京都大地震		8	6						17		16	6		28	15	24	37
	文治	1年			壇ノ浦の戦い、平氏滅亡		8	6						17		16	6		28	15	24	37
1187年		3年			義経奥州へ **『千載和歌集』奏覧**			8						19		18	8		30	17	26	39
1189年		5年			衣川の戦い、藤原泰衡義経を討つ			10						21		20	10		32	19	28	41
1190年	建久	1年			頼朝入京			11						22		21	11		33	20	29	42
1192年		3年			後白河法皇崩御 頼朝・征夷大将軍			13						24		23	13		35	22	31	44
1198年		9年	土御門	後鳥羽上皇	土御門天皇即位(4)			19	4					30		29	19		41	28	37	50
1199年	正治	1年			頼朝死去			20	5					31		30	20		42	29	38	51
1200年		2年			**正治初度百首<91>** **藤原保季・惨殺**			21	6					32		31	21		43	30	39	52
1201年	建仁	1年			**式子内親王死去** **老若五十首歌合<87>** **後鳥羽院・和歌所設置** **『新古今集』撰進開始**			22	7					33		32	22		44	31	40	53
1203年		3年			源実朝将軍に 北条時政執権に			24	9					35		34	24		46	33	42	55
1205年	元久	2年			**『新古今和歌集』撰集**			26	11					37		36	26		48	35	44	57
1210年	承元	4年	順徳		順徳天皇即位(14)			31	16	14					19	41	31	14	53	40	49	
1212年	建暦	2年			**二十首御会<99>、鴨長明・方丈記**			33	18	16					21	43	33	16	55	42	51	
1215年	建保	3年			**定家・『定家八代抄』を編む** **(百人一首92首を含む)**			36	21	19					24	46	36	19	58	45	54	
1216年		4年			**内裏百番歌合<97><100>** **こころまで『無名抄』**			37	22	20					25	47	37	20	59	46	55	
1219年	承久	1年			実朝・公暁に殺さる			40	25	23					28	50	40	23	62	49	58	
1221年		3年	仲恭		仲恭天皇即位(4)			42	27	25	4	10				52	42	25	64	51	60	
					後鳥羽院・北条氏追討院宣（承久の乱）			42	27	25	4	10				52	42	25	64	51	60	
			後堀河	後高倉法皇	後堀河天皇即位(10) **後鳥羽院・順徳院、隠岐・佐渡配流**			42	27	25	4	10				52	42	25	64	51	60	
1226年	嘉禄	2年			藤原頼経・征夷大将軍			47	32	30	9	15					47	30	69	56	65	
1229年	寛喜	1年			**女御入内屏風和歌撰定<98>**			50	35	33	12	18					50	33	72	59	68	
1232年	貞永	1年	四条	後堀河上皇	四条天皇即位(2) **定家・権中納言就任**			53		36	15	21	2				53	36	75	62	71	
1233年	天福	1年			**定家出家**			54		37	16	22	3				54	37	76	63	72	
1234年	文暦	1年			**『新勅撰和歌集』未定稿より** **後鳥羽院・順徳院御製を削除**			55		38	17	23	4				55	38	77	64	73	
1235年	嘉禎	1年			**定家・嵯峨山荘へ** **宇都宮入道蓮生より** **『古来人歌各一首』の嵯峨中院山荘** **襖色紙用撰歌揮毫依頼** **(蓮生娘は定家息子為家の嫁)** **『百人秀歌』はこれ以前に成立**			56		39			5				56	39	78	65	74	
1241年	仁治	2年			**定家死去**					45			11					45		71	80	

■百人秀歌掲載歌

夜もすがら〔秀歌1〕
――一条院皇后宮（定子）――

夜もすがら　契りしことを　忘れずは
恋ひむ涙の　色ぞ床しき
――一条院皇后宮（定子）――

《我れ逝くが　固き契りの　緩まずば
偲ぶ涙の　色如何ならん》

『後拾遺集』詞書
「一条院の御時　皇后宮隠れたまひて後　帳の　帷の紐に結
びつけられたる文を見つけたりければ　天皇にもご覧ぜさ
せよとおぼし顔に　歌三つ書きつけられたりける中に」
とある定子自らの死を詠んだ辞世歌

【中宮定子】
一条天皇の後宮で　中宮彰子と寵愛を競った。
女房に清少納言。
百人一首撰入の女房は　彰子の和泉式部・紫式部・大弐
三位・赤染衛門・小式部内侍・伊勢大輔と圧倒するが
近親者歌となると　彰子の方は皆無
対して定子の方は　母・儀同三司母　甥・左京大夫道雅
があり　和歌の面では　栄華の道長家と没落の中関白
家に差が付けられている。

春日野の〔秀歌2〕

――権中納言国信――

春日野の　下萌えわたる　草の上に
薄情く見ゆる　春の淡雪
――権中納言国信――

《一面の　萌える草芽の　春日野に
無情なるかな　淡雪残る》

【源国信】

父は右大臣源顕房。

待賢門院堀河の叔父。

堀河院歌壇で活躍。

康和二年（1100）には自宅に源俊頼・藤原基俊ら当代の著名歌人を集め歌合を主催した。

紀の国や　〔秀歌3〕
――権中納言長方――

紀の国や　由良の湊に　拾ふてふ
玉さか（偶然）にだに　逢ひ見てしがな
――権中納言長方――

《真珠玉　紀の由良浜に　拾う玉
逢いとに思う　偶さかなりと》

【藤原長方】
藤原俊成の甥で　藤原定家の従兄にあたる。
勅撰集に四十一首が入集。

■本歌
妹がため　玉を拾ふと
紀伊の国の
由良の岬に　この日暮らしつ
――藤原房前――（万葉集・巻七・一二二〇）

山桜

〔秀歌4〕

——源俊頼朝臣——

山桜　咲き初めしより　久方の
雲居に見ゆる　滝の瀑布糸
——源俊頼朝臣——

《山桜　初咲きてより見る　あの高嶺
まるで雲から　落ちくる瀑布ぞ》

【源俊頼】

大納言源経信の三男。
堀河院歌壇の中心歌人として活躍。
藤原基俊との二人判をおこなった
元永元年（1118）の内大臣忠通家歌合は
好敵手と目された両者の歌観がぶつかり合い注目された。
勅撰集二百十首撰入。

■秀歌四歌外れ考察

百人秀歌　百一(ひゃくいち)首なりて
外れ国信(くにざね)　長方(ながかた)・定子(ていし)
替り入るは　後鳥羽院(ごとばのいん)と
順徳院(じゅんとくいん)の　お二人なりて
これで帳尻　百人一首
源俊頼朝臣(としよりあそん)　ここ挙げたるは
既に入れたる　一首を外し
替りたるをば　補いし故

（一）
中宮定子(ていし)外しの　理由(わけ)考じるに
辞世歌故　忌(い)み避け為すや

（二）
次に源国信(くにざね)　歌外ししは
次の藤原定家(ていか)の　歌含まれの

「下萌え」なるの　句の拘(こだわ)りか

道野辺の　野原の柳　下萌えぬ
あはれ嘆きの　煙比(かぶり)べや

——藤原定家——（承久二年（1220）内裏歌合）

これ後鳥羽院(ごとばいん)　怒(いか)りし歌で
「左遷菅原道真(みちざね)　本歌を採りて
己(おのれ)身の上　擬(なぞら)え以って
朕(われ)が政道　揶揄(やゆ)為んとかや」
結果閉門　謹慎となる
菅原道真(みちざね)本歌　以下通りにて

道野辺の　朽木(くつき)の柳　春来れば
あはれ昔と　偲ばれぞする

——菅原道真——（新古今集・一四四九）

夕来(さ)れば　野にも山にも　立つ煙(けぶり)
嘆きよりこそ　燃え勝りけり

——菅原道真——（大鏡）

（三）

次いで藤原長方（ながかた）　外れの根拠（わけ）は
藤原定家（ていか）嗜好の　変化によるか
曽丹後（そたんご）歌の　由良同じなを
避けたき故か　判じは難（かた）き

（四）

最後源俊頼（としより）　歌入れ替えは
歌の甲乙　付け難きにて
類句避けたき　理由（わけ）かとすれば
[76]藤原忠道　「久方雲居」
[73]大江匡房　「尾の上（へ）の桜」
[55]藤原公任　「滝の音は」と
数々あれど　決め手は無うて
藤原定家（ていか）訊ねる　他これ無きか

何れにしても　歌替えしたは
後鳥羽・順徳　両院歌を
敢えて入れたき　衷心（ちゅうしん）思い
示さでなるかの　真情（こころ）と見たり

■天皇系譜歌人

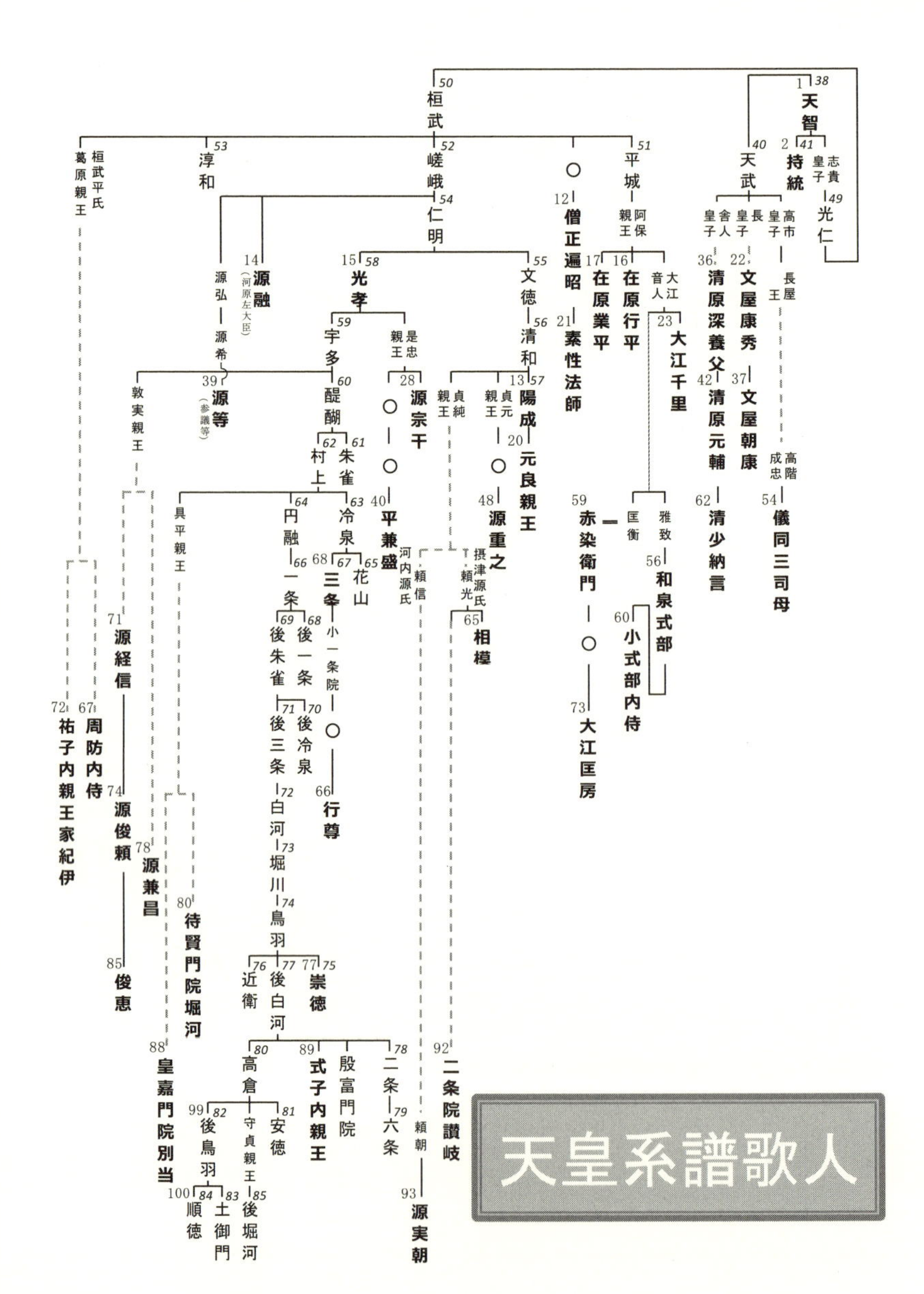

1 38 天智
2 41 持統
40 天武
志貴皇子
49 光仁
舎人皇子
長皇子
高市皇子
長屋王
高階成忠
54 儀同三司母
22 文屋康秀
37 文屋朝康
36 清原深養父
42 清原元輔
62 清少納言
50 桓武
桓武平氏 葛原親王
53 淳和
52 嵯峨
○
12 僧正遍昭
21 素性法師
51 平城
阿保親王
17 在原業平
16 在原行平
大江音人
23 大江千里
雅致
匡衡
56 和泉式部
60 小式部内侍
59 赤染衛門
○
73 大江匡房
54 仁明
源弘
14 源融（河原左大臣）
源希
39 源等（参議等）
15 58 光孝
55 文徳
59 宇多
是忠親王
56 清和
28 源宗于
13 57 陽成
20 元良親王
貞純親王
貞元親王
○
48 源重之
敦実親王
60 醍醐
62 村上
61 朱雀
○
○
40 平兼盛
具平親王
64 円融
63 冷泉
66 一条
68 67 三条
65 花山
河内源氏 頼信
摂津源氏 頼光
65 相模
69 後朱雀
68 後一条
小一条院
○
66 行尊
71 後三条
70 後冷泉
72 白河
73 堀川
74 鳥羽
76 近衛
77 77 後白河
75 崇徳
80 高倉
89 式子内親王
殷富門院
78 二条
79 六条
99 82 後鳥羽
守貞親王
81 安徳
100 84 順徳
83 土御門
85 後堀河
頼朝
93 源実朝
92 二条院讃岐
71 源経信
74 源俊頼
85 俊恵
78 源兼昌
80 待賢門院堀河
88 皇嘉門院別当
72 祐子内親王家紀伊
67 周防内侍
天皇系譜歌人

■藤原系譜歌人

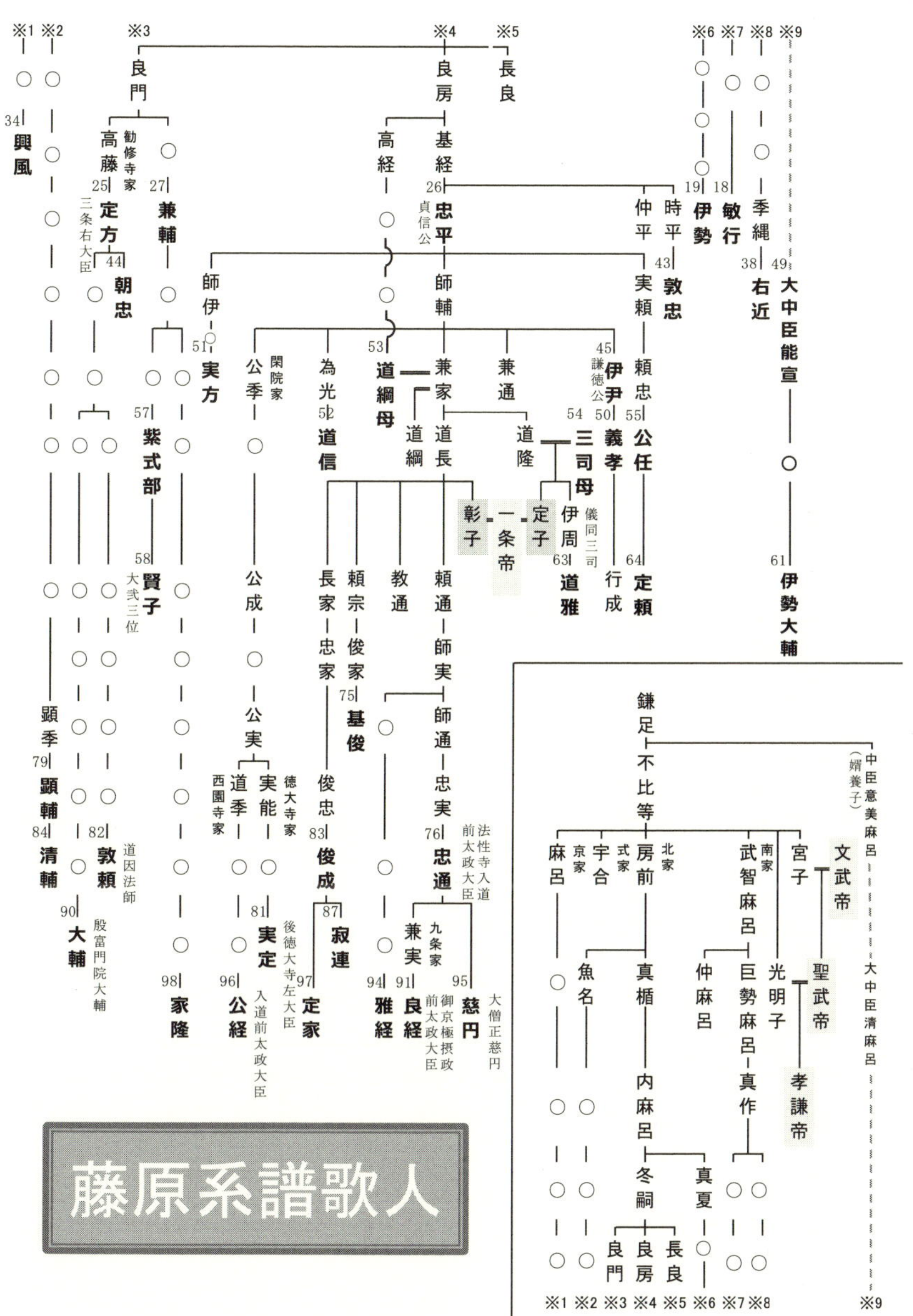

藤原系譜歌人
鎌足
不比等
中臣意美麻呂（婿養子）
大中臣清麻呂
麻呂 京家
宇合 式家
房前 北家
武智麻呂 南家
宮子
文武帝
聖武帝
孝謙帝
光明子
魚名
真楯
仲麻呂
巨勢麻呂
真作
内麻呂
冬嗣
真夏
良門
良房
長良
※1 ※2 ※3 ※4 ※5 ※6 ※7 ※8 ※9
34 興風
高藤 勧修寺家
25 定方 三条右大臣
44 朝忠
27 兼輔
57 紫式部
58 賢子 大弐三位
高経
基経
26 忠平 貞信公
師輔
師伊
51 実方
公季 閑院家
為光
52 道信
53 道綱母
兼家
兼通
45 伊尹 謙徳公
道綱
道長
道隆
54 三司母
50 義孝
行成
彰子
一条帝
定子
伊周 儀同三司
63 道雅
仲平
時平
43 敦忠
実頼
頼忠
55 公任
64 定頼
19 伊勢
18 敏行
季縄
38 右近
49 大中臣能宣
61 伊勢大輔
公成
公実
道季 西園寺家
実能 徳大寺家
81 実定 後徳大寺左大臣
96 公経 入道前太政大臣
長家
忠家
俊忠
83 俊成
87 寂蓮
97 定家
頼宗
俊家
75 基俊
教通
頼通
師実
師通
忠実
76 忠通 法性寺入道前太政大臣
兼実 九条家
91 良経 後京極摂政前太政大臣
95 慈円 大僧正慈円
94 雅経
顕季
79 顕輔
84 清輔
82 敦頼 道因法師
90 大輔 殷富門院大輔
98 家隆

繋がる言葉、生きている言葉

上野　誠

今夏パリに遊んだ。セーヌは流れ、大伽藍は崇高なる精神を表す街。そして、食事は美味しい――。しかし、それらは、舞台装置や大道具でしかない。主役は何かといえば、やはり語り合う人びとの声だ。人との出逢いだ。

「ムッシュー」と呼びかけられ、しばらく早口のフランス語で話しかけたあと、当方フランス語不如意と分かると、ゆっくりと英語で話しかけてくるギャルソン。その自然なこと。私は、パリにいるのだ、と実感した瞬間である。

小倉山に鹿の声を聞き、宇治川の流れに無常を知る。そんな人びとが、歌い語った物語を、今の日本語に置き換え、それも、気取った言葉ではなく、市場や食堂で語られる言葉に置き換える。それでも、われわれは、源氏物語を書いた日本語の使い手の末裔なのだ。百人一首を編纂した中世の文学者の末裔なのだ、と思う瞬間がある。言葉は、繋がっているのだ。言葉は、生きているのだ。

中村さんの本を読んでいて思うのは、肩の力を抜いて、普段着を着ている時に使っている言葉で語ったらこうなるよ、という中村さんのマジックだ。

体調を崩し、入院しておられたというが、今後も日本古典の現代訳を進められるのでしょうね。もちろん、それを望んでいるのは私だけではありませんが、まずは健康第一、ぼちぼち行って下さい。中村さん。

（うえの・まこと／奈良大学教授）

あとがき

驚いたことがある。

万葉集全訳に取り組んでいた時、さほど気に掛けなかったのであるが、伝承歌を除けば、歌の制作年代は、舒明天皇元年（629）から家持最終歌因幡の雪の天平宝字三年（759）までの百三十年間である。

世代的に言えば約四～五世代であろうか。

記録による歴史俯瞰はごく一部の人に限られていたとしても、口伝えによる記憶が人々の心に残っていたと考えられる。

百人一首に手を染め、改めてその制作年代を見ると、何と万葉集関連を除く、古今集時代から承久の変まででも四百年近くある。

そして百人一首に歌われたその時代は、学生時代に習った平安時代とはおよそ様相の違ったものであった。

さぞや煌びやかな宴の歌・恋の歌のオンパレードかと思いきや、そこにあった多くは権謀術数渦巻く時代に生きた歌人の叫びであった。

しかもそれは、敗れし者の怒り・悔しみを押し殺した、忍び難きを忍んでのそれであった。

「喜怒哀楽」

人間心情の表れである。

誤解を恐れず言うと、万葉歌の多くは、「喜」「楽」が多くを占めていたかに思われる。しかるに百人一首の平安歌は「怒」と「哀」を裏に背負った歌々である。

四百年に亘る長き時代。人々の記憶が確かでない昔の歌を集め、ここに纏めたのはもしや編者の何らかの意思が働いていたのか。そしてそれを連綿と伝えて今日に至った人々の思いはな、へ、んにあったのか。

改めて「百人一首」の存在が気になりだしている。

平成26年　初冬・小雪のころ

中村　博

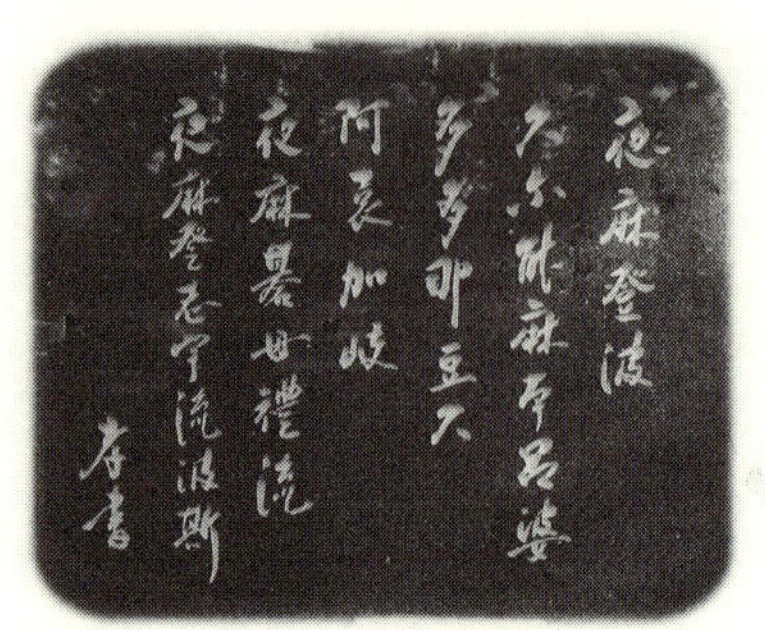

犬養孝先生揮毫「まほろば」歌碑（春日大社）

《国随一の　大和国
重なる山の　青垣が
囲む大和は　雲はるか
愛しの大和　愛しや大和》

倭は
国のまほろば
畳づく
青垣
山隠れる
倭し愛し
――倭建命――
（「古事記」歌謡三十一）

絢爛！平安王朝絵巻　解き放たれた姫たち
たすきつなぎ
ものがたり百人一首

発行日
2015年1月25日

著者
中村　博

制作
まほろば出版部

発行者
久保岡宣子

発行所
JDC出版
〒552-0001　大阪市港区波除6-5-18
TEL.06-6581-2811(代)　FAX.06-6581-2670
E-mail : book@sekitansouko.com
郵便振替　00940-8-28280

印刷製本
モリモト印刷（株）